KB268123

이강인과 Z세대

이강인과 Z세대

2000년대생 축구의 성장기와 세대교체

박린, 정다워 지음

북콤마

차례

이제 Z세대가 온다

한 세대가 지나가면 또 다른 세대가 온다. 한국 축구의 가장 영광스러운 시대를 이끌었던 홍명보, 황선홍 등의 2002 세대가 물러난 뒤 바통은 박지성에게 향했다. 이른바 '양박쌍용(박지성, 박주영, 이청용, 기성용)' 등 유럽파 1980년대생은 2010년 남아공 월드컵에서 한국 축구를 사상 처음으로 원정 16강에 올려놨다. 이들이 퇴장한 뒤엔 손흥민과 이재성 등을 필두로 하는 1992년생이 한국 축구를 지탱했고, 1996년생들인 김민재와 황인범, 황희찬 등이 뒤를 받쳤다. 2018년 자카르타·팔렘방 아시안게임 금메달, 2022년 카타르 월드컵 16강 진출의 주인공들이었다. 이들은 2026년 북중미 월드컵의 주축이기도 하다. 2000년대 한국 축구를 관통하는 '위대한 계보'다.

북중미 월드컵과 2027년 아시아축구연맹(AFC) 아시안컵을 기점으로 한국 축구는 새로운 시대를 맞이한다. 이미 대표팀의 에이스인 2001년생 이강인은 더욱 확실한 기둥이 된다. 홍명보, 박지성, 손흥민 계보를 잇는 주역이 바로 이강인이다. 개인의 실제 역량과 위상, 상징성 등을 생각할 때 20대 중반에 접어든 그가 차기 리더가 되는 그림은 지극히 자연스럽다.

여기에 오현규와 배준호, 이한범, 이태석 등 2000년대 초반에 태어나 이미 대표팀에서 활약하고 있는 막내급 'Z세대' 선수들이 중심으로 거듭나는 그림이다. 옌스 카스트로프와 강상윤, 신민하, 양민혁, 박승수 등 2000년대 중후반생의 유망주들도 태극마크를 계승할 가능성이 큰 후보군이다.

과거와 비교하면 한국 축구에서 유망주가 차지하는 비중은 훨씬 커졌다. 유럽 시장은 한국 선수의 우수성을 인정하며 젊은 유망주를 끌어가기 시작했고, K리그에서는 22세 이하 의무 출전 규정을 기반으로 잠재력 있는 선수들이 기회를 살려 빠르게 성장했다. 우리가 책에서 소개할 Z세대 역시 10대 후반, 20대 초반부터 두각을 드러내며 한국 축구를 책임질 자원으로 정착했다.

Z세대의 도약은 곧 한국 축구의 비상을 의미한다. 2020년대 후반, 더 나아가 2030년대 초중반까지는 이들이 한국 축구의 운명을 쥐고 있다. 우리가 이들의 성장기를 주목하는 이유도 여기에 있다.

과거는 현재와 미래를 비추는 거울이다. 우리가 소개할 Z세대의 성장기를 통해 한국 축구의 미래 주역들이 어떠한 형태로 성장하고 활약할지 가늠할 수 있다. 이 책은 이들의 성장 역사를 조명하는 동시에 다가올 미래의 활약을 기대하며 예측한다.

세대교체 흐름은 원활하다. 유럽에서 성장한 이강인은 빅리그, 빅클럽에서 월드 클래스 동료와 경쟁하며 발전하고 있다. 오현규와 배준호, 이한범 등 K리그에서 데뷔해 일찍 유럽으로 향한 선수들도 착실히 발전하며 경쟁력을 강화하는 중이다. K리그에서 활동하는 강상윤과 신민하는 소속 팀에서 충분한 출전 시간을 확보하며 활약을 이어가고 있다.

일부는 북중미 월드컵 무대를 누빌 것으로 기대를 모은다. 이강인은 북중미 월드컵의 열쇠를 쥔 에이스다. 지난 카타르 월드컵에서 조연에 가까웠던 그는 이제 주인공이 되어 한국의 사상 첫 '원정 8강 진출'을 이끈다. 원톱 주전 싸움에서 경쟁력을 발휘하는 오현규, 왼쪽 사이드백에서 주전을 두고 경합하는 이태석도 북중미에서 주목해야 한다. 배준호와 양민혁, 이한범, 강상윤 등은 바늘구멍을 뚫고 북중미로 향하는 것을 목표로 한다.

이러한 맥락에서 2026년과 북중미 월드컵은 한국 축구 세대교체를 위한 중요한 연결 고리가 될 것으로 보인다. 이들의 활약에 따라 향후 한국 축구의 경쟁력이 달라질 수 있다.

이제 우리가 주목해야 할, Z세대가 온다.

2019년 U-20 월드컵 '골든 보이' 이강인. **사진** FAphotos

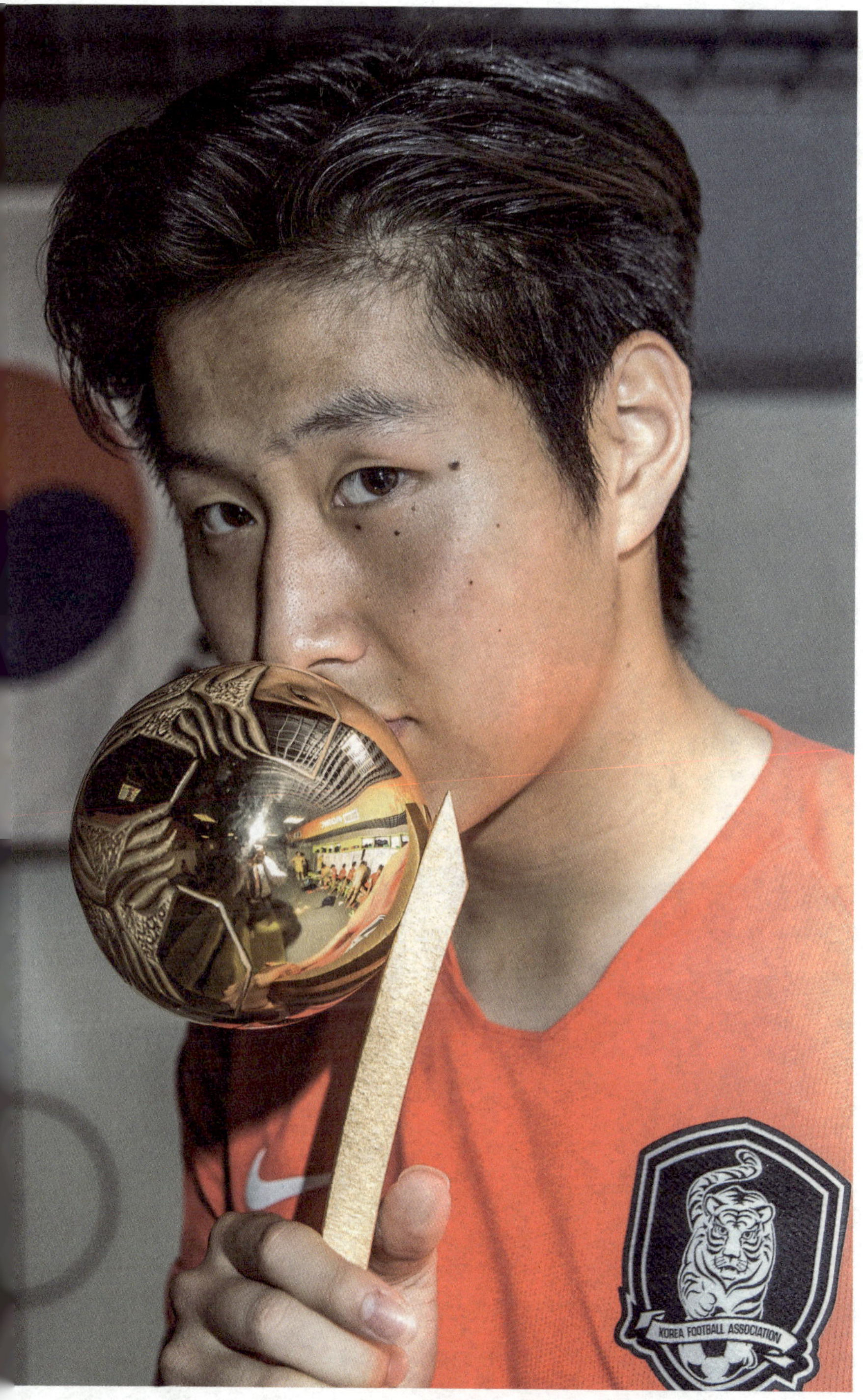

'화살 쏘기' 세리머니를 펼치는 오현규 **사진** FAphotos

대전 하나시티즌에서 뛰던 시기의 배준호. **사진** 대전 하나시티즌

대표팀에 발탁돼 뛰는 카스트로프. **사진** FAphotos

KOREA REPUBLIC vs GHANA
18 NOV 2025
SEOUL, KOREA REPUBLIC
33
KOREA

2019년 U-20 월드컵에서
골든볼을 수상한 뒤 언론
인터뷰에 응하는 이강인.
사진 정다워

홍명보호 대표팀에서 핵심
으로 활약하는 이강인.
사진 정다워

배준호.
사진 정다워

어머니, 형제들과 나란히 선 카스트로프(가운데). **사진** 보루시아 묀헨글라트바흐(크리스티안 베하이옌)

왼쪽부터 에이전트
마쿠스 한, 카스트로프,
홍명보 감독.
사진 박린

이강인

Gen-Z Soccer Player

한국 축구의 현재이자 미래,
이강인

10대가 우승을 얘기하다

2019년 4월 23일 파주 국가대표트레이닝센터(NFC) 현장은 취재진으로 시끌벅적했다. 국제축구연맹(FIFA) U-20(20세 이하) 월드컵을 앞두고 이강인이 입소하는 날이었다. 어린 시절부터 축구 예능 프로그램 '날아라 슛돌이'에 출연해 대중의 인기를 끈 그는 열살이 된 2011년 스페인 발렌시아로 떠났다. 국내에서 접하기 힘든 유망주였다. 그가 모처럼 미디어 앞에 공식적으로 모습을 드러내는 자리라 취재 열기가 A대표팀(성인 대표팀) 소집일 못지않게 뜨거웠다.

그 자리에서 이강인은 "월드컵 목표는 우승이다. 우여곡절 끝에 대표팀에 합류했으니 우승에 도전하고 싶다. 가능성이 없다고 말할 수는 없다. 목표는 크게 잡아야 한다. 폴란드에 오래 머물고 싶다"고 포부를 밝혔다. 예상보다 당찬 각오였다. 당시 취재진과 대한축구협회 관계자, 일반 팬들 대부분은 그의 말이 현실에 근접하리라고는 기대, 상상하지 못했다. 어린 선수가 의례적으로 꺼낸 출사표 정도로 여겼을 뿐이다.

그때까지 한국의 남자대표팀은 FIFA가 주관하는 대회에서 결승에 선 적이 없다. 1983년 박종환 감독이 이끄는 청소년대표팀이 세계청소년축구선수권대회(현 U-20 월드컵)에서 4강에 오른 게 최고 성적으로 그것도 너무 옛날 일이었다. 말 그대로 신화에나 존재하는 역사적 사건이었다. A대표팀으로 시선을 돌려도 2002년 한일월드컵에서 4강에 오른 것 이상의 성적은 없다. 한국이 FIFA가 주관하는 대회에 나가 결승에 진출하거나 심지어 우승하는 장면은 현실적으로 머릿속에 그려지지 않았다. 현장에 있던 필자도 마찬가지였다.

그로부터 54일 후인 6월 15일 폴란드 우치 스타디움. 이강인은 정말로 U-20 월드컵의 결승 무대에 섰다. 그의 약속대로 한국은 결승전 상대인 우크라이나와 함께 대회에 참가한 24개국 중 가장 오래 폴란드에 머물렀다. 필자 역시 벅찬 마음으로 애국가를 속으로 따라 불렀다. '약속의 땅' 우치에서 그의 각오가 허언이 아니었음을 두 눈으로 목격했다.

 이강인과 Z세대

TV에 나타난 슈퍼 탤런트

이강인은 2007년 4월부터 10월까지 KBSN스포츠의 축구 예능 프로그램 '날아라 슛돌이' 3기를 통해 세상에 이름을 알렸다. 여섯 살 꼬마는 천재적인 재능을 뽐내며 순식간에 '꼬마 스타'로 발돋움했다.

또래 선수와는 비교할 수 없는 개인 기량을 선보여 보는 이들을 놀라게 했다. 가히 천재적이었다. 특히 드리블과 킥 감각은 성인, 프로선수의 그것과 비교해도 뒤지지 않았다. 두 발바닥으로 공을 긁어 돌아서는 '마르세유 턴'은 기본이고 공을 아웃프런트에서 순식간에 인프런트로 이동해 돌파하는 '플립 플랩'도 아무렇지 않게 구사했다. 또 뛰어난 시야를 바탕으로 대지를 가르는 공간 패스를 시도했다. 축구 레전드인 고 유상철 감독과 크로스바를 맞추는 내기를 할 때도 상당히 정확한 킥으로 승리할 정도였다. 창조적이고 정확한 킥을 차는 모습은 마치 프로선수 같았다. 단순히 배워서 하는 게 아니었다. 오직 타고난 재능이 있어 가능했다.

유감독은 당시 이강인을 회상하며 "이미 완성된 선수였다"라고 표현했다. 여섯 살 어린이가 성인이 하는 플레이를 이미 구사한다는 뜻이었다. 프로그램에서 이강인을 상대했던 유소년 축구클럽 SKKU의 윤형준 감독도 이렇게 돌아봤다. "재능 있는 많은 어린이를 봐왔으나 이강인 같은 선수는 당시에도 지금까지도 본 적이 없다. 앞으로도 보기 쉽지 않다고 생각한다. 아예 차원이 다른 선수였다. 당시 이강인은 사실상 성인의 플레이를 구사했다. 그 작은 몸으로 강한 킥을 뿌렸다. 도저히 가늠할 수 없는 재능이었다. 그때의 충격을 잊을 수 없다. 아주 오래전 일이지만 기억이 생생하다. 어찌 보면 꼬마 이강인을 가까이에서 본 것은 내게도 행운이었다.”

이강인에게는 '스포츠 DNA'가 흐른다. 아버지 이운성은 인천에서 태권도장을 운영하는 무도인이었다. TV 속 이강인이 누나 이정은과 함께 태권도장에서 공을 차는 장면도 유명하다. 그의 축구 DNA는 누나를 보면 어렵지 않게 확인할 수 있다. 누나도 동생처럼 축구 예능을 통해 유명해졌다. SBS 프로그램 '골 때리는 그녀들' 시즌 2에서 'FC국대패밀리'의 일원이 된 누나는 압도적인 축구 실력으로 무대를 평정했다. 선수 출신으로 오해받을 만큼 능력이 탁월했다. 동생처럼 화려한 드리블과 정확한 킥, 여기에 탄탄한 신체 밸런스를 자랑하며 4경기 출전, 7골 4도움을 기록했다.

당시 출연진 훈련을 담당한 한 축구인은 “이정은이 워낙 실력이 좋아 출연진 사이에서 불만이 나올 정도다. 선수 출신 아니냐고 의심도 한다. 출연진 중에서 군계일학이다. 재능 자체가 다르다”고 귀띔했다. 이강인 재능의 뿌리를 확인할 수 있는 대목이다.

스페인으로 향한 천재

초등학교에 입학한 이강인은 2008년부터 K리그 인천 유나이티드 산하의 유스팀에서 엘리트 생활을 시작했다. 국내 무대가 좁다고 판단한 그와 가족은 2011년 열 살이 되자 본격적으로 축구 인생

설계에 들어갔다. 입단 테스트를 위해 유럽으로 향한 것. 당시 이강인은 발렌시아와 비야레알(이상 스페인), 볼프스부르크와 '샬케 04'(이상 독일), 포츠머스와 풀럼(이상 잉글랜드) 등 유럽 유수 클럽의 관심을 받은 것으로 알려져 있다.

그중 가장 열성적으로 이강인 영입에 나선 팀이 스페인 명문 발렌시아였다. 당시는 백승호와 이승우, 장결희 같은 유망주들이 바르셀로나에 입단해 두각을 드러내던 시기였다. 더 어리고 재능이 넘치는 이강인은 발렌시아에서도 탐내던 자원이었다. 영입 경쟁이 워낙 치열했다. 발렌시아가 경쟁에서 승리하려고 이강인 부친의 스페인 태권도장 운영을 지원하겠다는 조건을 제시했다는 일화는 꽤 유명하다.

발렌시아의 선택은 틀리지 않았다. 그는 입단하고 바로 두각을 드러내며 여러 대회에서 빠르게 실력을 인정받았다. 토렌트 대회와 마요르카 국제축구대회 등에선 MVP로 선정됐다. 열두 살이 된 2013년엔 블루 BBVA 대회에 참가해 득점왕을 수상하고 베스트 7에도 선정됐다. 그 대회에서 그는 보루시아 도르트문트(독일)와의 경기에서 프리킥 골을 넣는데, 당시 토트넘 홋스퍼에서 뛰던 발렌시아 출신의 스타 로베르토 솔다도가 골 장면 영상을 트위터에 올려 화제가 되기도 했다.

그 무렵 그의 재능이 유럽 전 지역에 알려졌다. 바르셀로나와 맨체스터 유나이티드, 바이에른 뮌헨 등이 이적 제안을 보냈다. 발렌시아는 그를 잡는 데 주력해 이례적으로 6년이라는 장기 계약을 체결했다. 그 나이대의 선수에게는 파격적인 제안이었다.

성장세는 계속됐다. 이강인은 각종 청소년 대회를 거치며 발렌시아의 에이스로 도약했다. 열다섯 살이 된 2016년 발렌시아주 16세 이하 대표팀에 발탁됐다. 스페인 전국대회에 출전해서는 팀의 준우승을 이끌었다. 당시 마드리드주와의 결승전에서 수비수 둘을 완벽히 따돌리고 득점해 스페인 언론의 스포트라이트를 받기도 했다.

발렌시아와 장기 계약을 맺은 뒤에도 그를 향한 유럽의 관심은 끊이지 않았다. 2016년 맨체스터 시티와 아스널이 그를 영입할 계획이라는 현지 보도가 나왔다. 2017년 당시 맨체스터 시티 단장이던 치키 베히리스타인이 직접 발렌시아를 찾아 영입을 추진했다. 이어 레알 마드리드까지 영입전에 뛰어들지만 2017년 2월 그는 발렌시아와 2년 연장 계약에 합의했다.

열여섯이 된 2017년엔 무려 네 살을 뛰어넘어 랄쿠디아 국제축구대회 20세 이하 부문에 출전했다. 출전이 전부가 아니었다. 팀의 핵심 자원으로 활약하며 발렌시아의 준우승을 이끌었다. 우승하지 못하나 워낙 뛰어난 활약을 펼쳐 대회 MVP까지 받았다.

메스타야에서의 도약과 1군 합류

2017년 12월 이강인은 발렌시아 B팀인 메스타야에 콜업됐다. 메스타야는 스페인에서도 유명한 유망주 양성소다. 다비드 실바와

　　　　　　　　　　　　　　이강인과 Z세대

조르디 알바, 카를로스 솔레르, 라울 알비올, 이스코 등 스페인의 슈퍼스타들이 그곳에서 성장했다. 같은 클럽 출신에 왼발잡이 공격형 미드필더라는 공통점 때문에 10대의 이강인은 '포스트 실바'로 불렸다. 화려한 드리블과 정확하고 창조적인 킥, 경기를 지배하는 플레이 메이커 성향은 실바의 후계자가 되기에 충분했다.

그해 12월 21일 세군다 디비시온 B(3부 리그) 데포르티보 아라곤(레알 사라고사 B팀)과의 경기에서 후반 37분에 교체 투입돼 마침내 프로 데뷔전을 치렀다. 상징적인 출전 기록이다. 발렌시아 정도로 큰 규모의 클럽이 열여섯 살의 어린 유망주, 그것도 동양 출신 선수를 프로 무대에 데뷔시킨 것. 그의 잠재력을 얼마나 크게 평가했는지 가늠할 수 있는 대목이다. 스페인 라리가는 비유럽연합 출신 선수의 등록을 3명까지만 허용하고 있다. 발렌시아는 머지않은 미래에, 스페인 축구 입장에서 보면 불모지에 가까운 한국 출신에게 쿼터 한 장을 할애하겠다는 뜻이 확고했다.

2018년 7월 발렌시아는 그와의 계약을 4년 연장했다. 바이아웃 금액을 8천만 유로로 설정하는 재계약이었다. 바이아웃이란 특정 금액을 지불하면 선수의 원 소속 구단과 이적료 협의를 하지 않고도 이적할 수 있는 조항을 말한다. 금액이 비싸면 비쌀수록 선수의 가치가 높다는 뜻이다.

그는 초고속으로 단계를 밟았다. 그해 프리시즌에 1군에 합류해 시즌을 준비했다. 2018/19시즌 10월 31일 에브로와의 코파델레이(국왕컵) 32강전에서 발렌시아 1군 데뷔전을 치렀다. 발렌시아 최초의 동양인, 최연소 데뷔 외국인, 한국 역대 최연소 유럽 1군 데뷔 등의 기록을 남겼다. 2019년 1월 13일 레알 바야돌리드와의 라리가 경기에서 리그 데뷔전까지 치렀다. 1군에서의 가능성을 증명하고 2주 뒤엔 1군 계약을 체결하며 공식적으로 발렌시아 선수가 됐다.

기대주로 발렌시아 1군의 일원이 되지만 주전으로 도약하는 데 어려움을 겪었다. 당시 발렌시아를 이끌던 마르셀리노 가르시아 토랄 감독은 4-4-2 포메이션을 주로 사용했는데 그 형태에선 이강인의 효용성이 떨어지는 편이었다. 가장 큰 이유는 수비력이었다. 성인이 되고 경험이 쌓이면서 달라지긴 하지만 10대 시절 그는 수비 능력이 떨어지는 선수였다. 중앙 미드필더로 서기엔 수비력과 활동량이 떨어지고 윙어로 자리하기엔 스피드가 부족했다. 메스타야에서 주로 공격형 미드필더로 활약한 그에게 팀 전술은 녹아들기 힘든 벽이었다.

U-20 월드컵 골든 보이

2017년 11월 이강인은 아시아축구연맹 U-19(19세 이하) 챔피언십에 나서 브루나이전을 통해 처음으로 태극마크를 달고 국제 경기에 출전했다. 무려 세 살을 월반할 정도로 일찌감치 청소년대표팀에 합류했다. 그리고 챔피언십 예선을 치르며 두세 살 많은 형들과 처음으로 손발을 맞췄다.

2019년 FIFA U-20 월드컵에 나갈 당시 그는 한국말이 서툴고 정서적으로도 스페인 사람에 가까운 청소년이었다. 스페인어를 좀 더 편하게 구사할 정도로 한국어 발음이 어색하고 어휘력도 부족했다. 한국 선수들과 한 팀에서 뛰는 것도 익숙하지 않았다. 가장 큰 차이는 감정 표현법이었다. 유럽 및 스페인 문화가 일상이던 그는 경기 중에 나오는 동료의 실수나 선택에 적극적으로 그리고 예민하게 반응했다. 스페인에선 늘 그렇게 해왔기에 대표팀에 와서도 형들을 상대로 주눅 들지 않고 자신의 의견을 피력했다. 그 과정에서 감정적으로 충돌하기도 했다. 하프타임에는 일부 선수가 나서 큰 목소리를 내는 이강인에게 강하게 얘기하기도 했다. 흥미로운 것은 이강인의 반응. 당시 대표팀을 이끌던 정정용 감독은 한 가지 일화를 꺼냈다. "전반전을 마치고 로커룸에 들어가려는데 큰 소리가 들렸다. 선참 선수가 이강인을 향해 질타하는 소리였다. 나는 가만히 기다렸다. 선수들끼리 해결해야 할 문제라고 봤다. 실제로 이강인은 그 비판을 받아들였다. 자연스럽게 한국과 스페인은 다르다는 것을 느끼는 것 같았다. 그렇게 팀에 녹아들었다."

일련의 과정을 거쳐 정정용호의 일원이 된 그는 그해 5월 25일 폴란드 비엘스코비아와에서 조별리그 1차전으로 포르투갈을 상대했다. 당시 포르투갈은 하파엘 레앙(AC 밀란), 프란시스쿠 트린캉(스포르팅 리스본), 디오구 달로(맨체스터 유나이티드) 등 초호화 멤버가 버티는 팀이었다. 이강인의 분전에도 팀은 0-1로 패배했다.

첫 경기에서 졌을 때 그의 표정에는 큰 변화가 없었다. 1999년생들 틈에 홀로 낀 21세기 태생 소년은 "이 나이대가 되면 나이는 상관없다고 생각한다. 잘하는 게 중요하다"며 나이를 핑계 삼지 않았다. 그 대신 "열심히 했으니 다음 경기를 바라보며 더 잘하고 싶다. 더욱 열심히 해 다음 경기에 이길 수 있도록 노력하겠다"라는 각오만을 남겼다. 건조하지만 다부졌다.

포르투갈전에서 몸을 푼 그는 2차전 남아프리카공화국과의 경기에서 좋은 경기력을 선보이며 팀을 이끌기 시작했다. 그리고 아르헨티나와의 3차전. 그가 본격적으로 '천재'의 존재감을 드러낸 경기였다. 축구 강국 아르헨티나가 개인 기량 면에서 한국보다 낫다는 평가를 받는 중에 그 벽을 허무는 변수가 이강인이었다. 개인기가 좋기로 유명한 아르헨티나 수비진을 농락했다. 그의 현란한 드리블과 재치 넘치는 움직임에 아르헨티나 수비수들이 격하게 반응했다. 실력으로 막지 못하니 반칙을 남발했다. 전반 42분에는 자로 잰 듯 정확한 크로스로 오세훈의 선제골을 도왔다. 이강인의 독무대였다. 리오넬 메시를 배출한 아르헨티나를 상대로 한국의 천재가 세상에 이름을 알리는 순간이었다. 그의 맹활약에 힘입어 한국은 2승을 기록하며 16강으로 향했다.

한국의 16강전 상대는 숙적 일본. 한국이 수세에 몰리는 순간이 많았으나 탄탄한 조직력을 앞세워 1-0으로 승리해 8강에 진출했다. 그렇게 성적이 나오면서 본격적으로 이강인의 캐릭터가 주목받기 시작했다. 당시 그의 별명은 '막내형'이었다. 나이는 제일 어리지만 실질적으로 팀을 이끄는 기량과 거침없는 화법은 그를 팀의 리더로 만들었다. 두 살 많은 정정용호의 형들은 그를 "형"이라 부르는 데 주저하지 않았다. 그도 형들을 상대로 "정상이 아니다", "좀 이상하다"라는 농담을 아무렇지 않게 던졌다.

이강인은 팀 전체를 춤추게 했다. 대다수 선수가 K리그 경험이 많지 않은데도 그를 중심으로 뭉치며 토너먼트 라운드를 돌파했다. 세네갈과의 8강전에서 이강인은 후반 추가시간에 정확한 코너킥으로 이지솔의 극적인 동점골을 돕고 연장전엔 결승골이 될 뻔한 조영욱의 골도 어시스트했다. 수비수 사이를 정확히 찌르는 침투 패스 하나에서 그의 천재성을 엿볼 수 있었다.

파죽지세. 기세를 올린 한국은 4강에서 에콰도르마저 꺾었다. 그 경기에서 그 유명한 이강인의 '디에고 마라도나 오마주' 장면이 나온다. 왼쪽 미드필드 지역 프리킥 상황에서 그는 에콰도르 수비진이 어수선한 틈을 타 왼쪽 측면에 대기하던 최준을 바라보며 크게 눈을 떴다. 수비 뒷공간으로 침투하라는 뜻이었다. 이를 파악하고 신속히 달려 들어가는 최준에게 속도와 방향에 맞춰 정확한 땅볼 패스가 전달됐다. 최준이 골대 반대편을 보고 득점하면서 한국이 승기를 잡았다. 현역 시절 마라도나가 비슷한 장면을 연출한 적이 있어 더 큰 화제가 됐다. 10대 이강인이 이미 최고 수준의 축구센스와 지능을 보유했음을 보여주는 명장면이다. 최준은 "강인이와 눈이 맞았는데 진짜 패스가 들어왔다"라며 웃었다.

4강을 뚫었다. 마침내 결승. 한국 남자대표팀이 FIFA 주관 대회에서 결승에 오른 것은 그때가 처음이었다. 가장 늦게까지 폴란드에 머물겠다던 그의 약속이 현실이 됐다. 그는 최종 목표가 우승임

을 다시 한 번 밝혔다. "처음부터 결승에 올라가 우승하고 싶다고
했다. 결승까지 올 수 있어 매우 행복하고 기쁘다. 코칭스태프와 형
들이 모두 간절하게, 열심히 뛰었다. 힘든 시기에도 잘 참고 버텼다.
내일 경기에서도 한 팀이 돼 좋은 모습을 보여주고 싶다."

본격적으로 이강인이 대회 MVP, 정확히는 골든 보이에 선정될
수 있다는 여론이 형성됐다. 잉글랜드의 도미니크 솔랑케(토트넘 홋
스퍼), 프랑스의 폴 포그바(AS 모나코), 아르헨티나의 세르히오 아궤
로(은퇴)와 리오넬 메시(인터 마이애미) 등 세계적인 스타들이 거쳐
간 관문이다.

이강인은 신경 쓰지 않았다. 경기 전날 우치 스타디움에서 열린
기자회견에서 우승만을 생각한다고 했다. "이번 대회에서 꼭 우승
하고 싶다. 목표는 우승이다. 다른 것은 다 없어도 된다. 우승이 제
일 하고 싶다. 나와 모든 사람의 목표다. 준비한 것을 잘하고 열심히
하면 좋은 성적을 낼 수 있을 것이다. 개인상보다 팀 우승이 목표다.
팀에 도움이 돼 우승할 수 있게 하고 싶다."

우승까지 단 한 걸음. 하지만 우크라이나는 쉽지 않은 상대였다.
이강인이 킥오프하고 5분 만에 페널티킥을 넣어 기선을 제압하지
만, 한국은 이후 세 골을 내리 내주며 역전패를 당했다. 잡힐 것 같
던 우승 트로피는 이강인이 아니라 우크라이나 진영으로 향했다.

아직 어린 정정용호의 선수들은 대부분 눈물을 쏟았다. 우승 트
로피를 들고 신나게 세리머니를 할 생각에 들떴던 스무 살 젊은 선
수들이 받아들이기엔 버거운 결말이었다. 우치 스타디움은 그렇

게 한국 선수들의 눈물로 촉촉해졌다. 눈이 빨개진 약관의 선수들이 공동취재구역(믹스트존)에 등장했다. 질문하기엔 미안한 순간이었다.

이강인에게는 미안함을 느끼지 못했다. 형들은 다들 우는데 그 혼자 웃었기 때문이다. 그는 "정말 좋은 대회였다. 너무 감사하다. 좋은 추억이었다"고 차분히 말했다. 그는 언제나 그랬다. 희喜와 비悲의 간극이 좁은 선수. 평정심을 잘 유지한다는 의미다. 누구보다 우승을 기대하던 선수라 실망이 클 텐데도 결과를 빠르게 인정하는 태도를 가졌다.

우승은 우크라이나의 몫이지만 대회의 주인공은 이강인이었다. 경기 후 시상식에서 장내 아나운서가 "골든 보이, 칸진리!"를 외쳤다. 1999년생이 참가하는 U-20 월드컵에서 두 살 어린 그가 최고의 선수로 인정받는 순간이었다. 필자를 포함해 현장에 있던 기자들은 하나같이 소름이 끼쳐 순간적으로 얼어붙었다. 예상했으나 막상 현실이 되니 오히려 현실감이 떨어졌다. FIFA 주관 대회에서 한국의 골든 보이를 볼 줄이야. 꿈에도 상상하지 못한 대형 사건이었다. 현장에서 만난 폴란드의 38년차 축구기자 다리우츠 쿠로브스키는 이강인을 향해 엄지손가락을 치켜들었다. "이강인의 모습을 본 게 오늘 최대 수확이다. 분명히 유럽 전역에서 유명한 스타가 될 것이다. 성장하는 모습을 잘 지켜보겠다. 우크라이나에는 골든볼을 받을 만한 선수가 없다. 이번 대회 최고의 스타는 이강인이 분명하다."

모두가 흥분하는데 정작 주인공은 들뜨지 않았다. 그저 "내가 받은 골든볼이 아니다. 한 팀이 받은 골든볼이라고 생각한다. 형들 덕이다. 코치분들도 내게 그렇게 잘해줬다. 모두 경기장에서 하나가 돼 열심히 뛰었다. 그래서 내가 이 상을 받은 것"이라고 어른스럽게 말했다. 그렇게 그는 한국 축구의 미래 기둥으로 자리매김했다.

마요르카 이적을 통한 비상

U-20 월드컵을 통해 세계적 유망주로 도약한 뒤에도 발렌시아엔 여전히 그의 자리가 없었다. 2019/20시즌에도 라리가에서 선발로 3경기에 출전하는 데 그쳤다. 교체로도 14경기밖에 나서지 못했다. 라리가 전체 일정의 절반도 소화하지 못하는 백업 자원이었다. 2020/21시즌 상황은 조금 나아졌다. 라리가 15경기를 뛰며 베스트11에 포함되고 교체 선수로도 9경기에 출전해 총 24경기를 소화했다.

스무 살이 된 그는 만족할 수 없었다. 주전으로 뛸 수 있는 팀으로 이적하기를 갈망했다. 검증된 유망주인 그를 향한 관심은 유럽 전역에서 쏟아졌다. 셀타 비고와 헤타페 같은 스페인 라리가 팀뿐 아니라 울버햄프턴 같은 잉글랜드 프리미어리그 팀, AC 밀란과 삼프도리아 같은 이탈리아 세리에A 팀이 영입전에 뛰어들었다. 독일 분데스리가의 RB 라이프치히도 대열에 합류했다.

스페인에서 성장한 그는 라리가 잔류를 선호했다. 마침 마요르카

 이강인과 Z세대

가 적극적으로 나서 발렌시아에 공식 제안을 넣었다. 그때 발렌시아가 큰 실책을 범했다. 이강인의 이적을 놓고 타 구단과 협상하는 과정에서 브라질 출신의 마르코스 안드레를 너무 이른 타이밍에 영입했다. 비유럽 쿼터 3장을 초과 보유한 발렌시아는 누군가를 내보내야 했다. 그 대상이 이강인이 될 것은 자명했다. 협상 과정에서 발렌시아는 철저히 '을'이 될 수밖에 없었다. 결국 발렌시아는 이적료를 한 푼도 받지 못하고 그를 자유계약선수(FA)로 풀어줘야 했다.

정든 발렌시아를 떠나 마요르카로 향한 이강인. 휴양지로 유명한 마요르카는 그에게 '약속의 땅'이었다. 첫 시즌에 그는 30경기에 출전해 어느새 주전급 활약을 하는 선수로 도약했다. 하이라이트는 2022/23시즌이었다. 적응을 마쳤을 때 마요르카의 확실한 에이스가 돼 있었다. 선발로 33경기, 교체로 3경기 총 36경기에 출전하며 풀타임 주전으로 자리 잡았다. 성과도 확실했다. 6골 6도움으로 두 자릿수 공격포인트를 기록하고 맨오브더매치(경기 최우수선수)에도 여섯 차례 선정됐다. 시즌 후에는 올해의 팀 후보에 이름을 올리기도 했다. 강등 후보였던 마요르카도 9위에 자리하며 성공적으로 시즌을 마무리했다.

마요르카에서 뛴 두 시즌은 그의 축구 인생에 엄청난 반전을 가져왔다. 그의 공격적인 재능은 어린 시절부터 잘 알려졌다. 약점은 수비였다. 발렌시아 시절 그는 어설프고 무리한 수비로 레드카드를 받는 등 미숙한 모습을 보였다. 현대 축구는 공격수에게도 수비와 압박을 요구한다. 수비적으로 준비돼 있지 않은 선수는 감독의 외면을 받기 마련이다. U-20 월드컵의 정정용 감독처럼 철저히 이강인을 중심으로 전술을 짜는 지도자를 만나기는 쉽지 않다. 그런 측면에서 이강인은 골든 보이에 등극한 후에도 '반쪽짜리' 선수라는 평가를 받기도 했다.

마요르카에서 그는 수비적인 태도를 배웠다. 멕시코 출신의 하비에르 아기레 감독은 그를 완성된 선수로 성장시켰다. 그는 아기레 감독의 지도 아래 피지컬과 수비 등 여러 면에서 비약적인 발전을 이뤘다. 당시 아기레 감독은 "이강인은 모든 면에서 더 나아졌다. 팀에서 가장 재능 있고 위협적인 선수"라며 제자를 칭찬하기도 했다. 2년 뒤인 2025년 아기레 감독이 멕시코 대표팀 사령탑에 오르고 이강인이 한국 대표팀의 일원이 되어 둘은 재회하는데, 스승은 "그가 마요르카에 처음 왔을 때는 교체 자원이었으나 떠날 때는 2200만 유로의 이적료를 주고 판매한 주전 선수가 됐다. 그는 많은 포지션을 소화할 수 있는 선수다. 공격수와 윙어를 볼 수 있는 좋은 선수"라며 제자의 발전한 모습을 보고 뿌듯해했다. 일각에선 아기레 감독이 이강인을 향해 "치노(중국인)"라고 발언한 것 때문에 부정적인 눈으로 보기도 하나 사실 그는 귀인이다. 그를 만나지 못했다면 지금의 이강인은 없을지도 모른다.

   이강인과 Z세대

카타르에서 날다

2019년 3월 한국 축구대표팀의 파울루 벤투 감독은 이강인을 전격 호출했다. U-20 월드컵에 나가기도 전이었다. 포르투갈 출신의 벤투 감독은 그를 선발해 직접 기량을 확인하고 싶었다. 당시 그의 나이는 만 18세 20일로 축구대표팀 사상 역대 일곱 번째 최연소 발탁이었다. 그 무렵 한국은 볼리비아, 콜롬비아와 A매치 2연전을 앞두고 있었다. 그런데 철저한 '계획주의자'인 벤투 감독은 이강인에게 출전 기회를 주지 않았다. 훈련을 통해 대략적인 수준만을 확인할 뿐 실전에 투입하지 않았다.

6개월 뒤 이강인은 다시 A대표팀에 승선했다. U-20 월드컵을 통해 대형 스타로 도약한 뒤였다. 기대하던 A매치 데뷔전도 그때 치렀다. 그해 9월 5일 조지아와의 경기에 선발 출전했다. 활약상도 인상적이었다. 날카로운 프리킥으로 골대를 때리기도 하고 중앙에서 정확한 패스로 경기를 운영하며 플레이 메이커 역할을 안정적으로 해냈다. 10월과 11월에도 대표팀에 승선했디. 2020년 코로나19 팬데믹으로 인해 11월에서야 A매치가 열리는데 그때도 교체로 멕시코전과 카타르전에 모두 출전했다.

이강인은 빠르게 대표팀의 중심이 될 것 같았다. 기대와 달리 벤투 감독은 호락호락하지 않았다. 그의 수비 가담, 기동력, 템포 등은 여전히 벤투 감독이 원하는 수준에 도달하지 못했다. 같은 포지션의 이재성, 권창훈 등이 더 높은 점수를 받았다.

2021년 3월 일본 요코하마에서 열린 한일전은 이강인의 입지가 좁아지는 결정적인 계기가 됐다. 제로톱으로 출전한 그는 눈에 띄는 활약을 거의 하지 못한 채 후반 시작과 동시에 교체 아웃됐다. 소속 팀에서 측면과 2선에서 주로 뛴 그에게 제로톱은 익숙하지 않은 역할이었다. 그의 입장에선 억울할 법도 했다. 일본 원정을 다녀온 뒤 그는 한동안 대표팀에 승선하지 못했다. 그렇게 무려 1년 6개월이라는 긴 시간이 흘렀다.

끝이 아니었다. 벤투 감독은 마요르카에서의 두 번째 시즌 이강인의 활약을 주목했다. 그리고 월드컵을 앞둔 2022년 9월 코스타리카, 카메룬과의 경기를 앞두고 그를 소집 엔트리에 포함했다. 수비력과 기동력 등이 발전했다고 평가받은 끝에 대표팀에 복귀하게 됐다.

스페인 라리가라는 수준 높은 무대에서 활약하는 '숫돌이'를 향한 기대감은 다시 쏟아졌다. 꼬마 시절부터 시작해 10대, U-20 월드컵, 마요르카 등으로 이어지는 서사는 축구 팬을 흥분시키기에 충분했다. 벤투 감독이 이강인을 팀의 주축으로 쓰기를 바랐다. 기대감은 경기장 공기에 묻어났다. 9월 두 경기에서 벤치에 앉은 그의 얼굴이 화면에 잡힐 때마다 경기장을 가득 채운 관중은 "이강인"을 연호했다. 솔직히 말하면 현장에 있던 필자의 마음도 다르지 않았다. 라리가 무대에서도 경쟁력을 보이는 선수라면 대표팀에서 쓰지 않을 이유가 없지 않나.

정작 벤투 감독은 불만이 많았다. 이강인에게 지나치게 포커스를 맞추는 것을 환영하지 않았다. "귀가 두 개라서 듣지 않을 수 없었다.

　　　　　　　　　　　　　　　이강인과 Z세대

팬들이 말해준 것은 이강인을 좋아하기 때문이라고 생각한다"라며 어디까지나 팬의 요구일 뿐이라고 에둘러 선을 그을 뿐이었다.

9월 일정은 2022년 카타르 월드컵 출전을 앞두고 완전체로 치르는 마지막 A매치였다. 10월에는 국내파로만 훈련하고 11월 대회에 나가는 일정이라 이강인에게 기회는 없을 것처럼 보였다. 한일전 이후 단 한 번도 태극마크를 달고 뛴 적이 없는 그가 월드컵 최종 엔트리에 이름을 올리는 것 자체가 기적에 가까운 일이었다.

11월 12일 서울 광화문 교보생명 컨벤션홀. 벤투 감독은 월드컵에 나설 26명의 이름을 발표했다. 놀랍게도 그 가운데 이강인의 이름이 있었다. 1년 8개월 전 마지막 A매치를 치른 선수가 월드컵 본선으로 향하는 뜻밖의 순간이었다. 필자는 소름이 돋았다. 환영의 의미였다. 벤투 감독은 "이번 시즌 큰 발전을 이뤘다. 기술이 좋은 것이 큰 장점"이라며 그를 선발한 이유를 간략히 설명했다.

필자도 대표팀과 함께 카타르로 향했다. 폴란드에서의 인연은 애정으로 이어졌다. 내심 그가 월드컵 무대에서 '사고'를 치기를 바랐다. 마침 팀의 에이스인 손흥민이 안와골절 부상을 당한 터라 이강인의 공격력이 더욱 필요하다고 판단했다. 카타르에서 만난 그의 표정은 폴란드에서의 그것과 비슷했다. 편안하면서도 자신감에 찬, 그러면서도 일정 수준의 긴장감이 흐르는 얼굴이었다.

2022년 11월 24일 에듀케이션 시티 스타디움에서 열린 우루과이와의 경기에서 이강인은 후반 31분 나상호 대신 교체로 들어가 강렬한 인상을 남겼다. 짧은 시간이지만 정확하고 날카로운 킥으로 공격을 이끌었다. 체력 여유가 있어서인지 수비 측면에서도 부족함이 없었다. 벤투 감독의 축구에 무난히 녹아드는 모습이었다.

백미는 11월 28일 가나전이었다. 이강인은 0-2로 뒤진 후반 12분 권창훈을 대신해 피치를 밟았다. 그의 '마법'이 필요한 시점이었다. 믿음이 담긴 현실적인 기대였다. 단순한 상상이 아니었다. 그는 투입된 지 1분 만에 무에서 유를 창조했다. 왼쪽 측면에서 적극적인 수비로 공을 직접 빼앗은 다음 페널티박스 안으로 진입하는 스트라이커 조규성을 향해 빠르고 예리한 왼발 크로스를 올렸다. 조규성이 정확히 공에 머리를 갖다 대 골망을 흔들었다. 추격의 불씨를 살리는 득점이었다. 이후에도 이강인은 특유의 기민한 드리블과 창조적인 패스로 가나의 수비 라인을 흔들었다. 아쉽게 패하지만, 그가 월드컵 레벨에서도 통함을 확인하는 경기였다.

경기 후 퇴장당한 벤투 감독 대신 기자회견에 자리한 세르지우 코스타 코치는 "이강인이 창의성을 발휘해 공격 속도를 높였다. 교체 카드로 들어간 게 적절했다. 투입됐을 때 팀에 뭔가를 더하는 계기가 됐다. 그는 우리에게 추가해줄 게 많은 선수"라며 만족감을 드러냈다.

이강인은 이어 포르투갈전에 선발 출전해 81분간 뛰며 승리에 힘을 보탰다. 브라질전에선 후반 교체로 들어가 20분 정도를 소화했다. 브라질전을 앞두고 세계적인 수비수 치아구 시우바는 한국의 위협적인 선수로 손흥민과 함께 이강인을 언급했다. 라리가의 작은 클럽에서 뛰는 이강인의 성장세를 느낄 수 있는 대목이었다.

그는 대표팀이 카타르에서 치른 4경기에 모두 출전해 핵심 멤버로 활약했다. 26인 최종 엔트리 진입조차 불투명했던 선수가 막상 월드컵이 열린 뒤엔 벤투호의 핵심으로 자리 잡는 다소 독특한 그림이었다. 벤투 감독은 특유의 고집과 소신을 유지하면서도 가장 결정적인 순간에 이강인의 능력을 뽑아내며 원정 16강 진출이라는 성과를 이뤘다.

결국 이강인 개인의 성장이 이끈 도약이다. 그는 마요르카에서 단점을 채워가는 선수로 발전했다. 피지컬, 체력, 수비력의 한계를 인정하고 반쪽에서 완성형 선수로 나아가려는 노력을 게을리하지 않았기에 가능했다.

무려 PSG의 일원

2023년 여름, 유럽축구 이적시장을 바라보는 국내 축구 팬은 흥분에 휩싸였다. 김민재가 독일 분데스리가의 명문 바이에른 뮌헨으로 이적하는 동시에 이강인이 프랑스의 절대 강자이자 유럽 챔피언을 노리는 파리생제르맹(PSG)으로 이적했기 때문이었다. 마요르카와 카타르 월드컵에서의 활약으로 이강인의 주가는 급등했다. 스물두 살이라는 나이에 한국 시장 개척이라는 배경이 더해지면서 그는 유럽 유수의 빅클럽이 노리는 선수가 됐다.

시즌이 끝난 뒤 그는 맨체스터 시티와 맨체스터 유나이티드, 애스턴 빌라, 뉴캐슬 유나이티드, 울버햄프턴, 아틀레티코 마드리드

등의 관심을 받았다. 그중 가장 적극적으로 나선 팀이 PSG였다. PSG는 레알 마드리드와 바르셀로나, 바이에른 뮌헨, 맨체스터 시티 등과 함께 유럽에서 손꼽히는 메가 클럽이다. 카타르의 오일 머니를 앞세워 세계적인 스타들만 수집하는 팀이다. 데이비드 베컴, 즐라탄 이브라히모비치, 네이마르, 킬리안 음바페 등이 PSG를 거쳤다. 그 정도 규모의 클럽에서 이강인을 영입한다는 소식에 한국의 축구 팬 은 고무될 수밖에 없었다. 과거 맨체스터 유나이티드에서 뛴 박지성 이후로 유럽 챔피언에 도전할 만한 팀에 입단하는 한국인 선수가 동 시에 둘이나 나왔으니, 한국 축구에 경사나 다름없었다. 그 주인공 중 하나가 '숏돌이' 이강인이라는 사실에 필자 역시 들떴다.

2023년 7월 필자는 PSG의 일본 투어를 취재하기 위해 오사카 로 향했다. 당시 이강인은 가벼운 부상을 안고 있어 경기에 출전하 지 않았다. 훈련에서도 완전히 열외로 빠져 동료들의 경기 모습을 지켜보기만 했다. 일본에서 만난 프랑스 언론 '르파리지앵'의 마리 옹 카누 기자는 필자에게 이강인에 관해 묻고 싶다며 명함을 요구 했다. 잠시 대화해보니 이강인에 관해 아예 모르는 것 같았다. 몰라 도 너무 몰라 '현타'가 조금 왔으나 친절히 메일을 통해 이강인을 상 세히 소개했다. 얼마 후 필자가 해준 이야기가 르파리지앵에 기사 화됐다. 경기에 출전하지 않은 탓에 이강인은 공동취재구역 인터뷰 에 응하지 않았다. 일본을 거쳐 부산에 도착한 PSG는 전북 현대와 친선 경기를 벌였다. 이강인은 그 경기에 출전해 국내 팬에게 PSG 유니폼을 입은 모습을 처음 선보였다.

오사카와 부산 경기에서 가장 눈에 띄는 장면은 네이마르와의 관계였다. 네이마르는 투어 내내 이강인과 붙어 다녔다. 벤치에서도 둘이 경기 내내 수다를 떠는 모습을 볼 수 있었다. 당시 네이마르는 세계 최고의 선수 중 하나였다. 리오넬 메시나 크리스티아누 호날두 정도를 제외하면 네이마르만큼 유명한 선수도 거의 없었다. 이강인은 스페인어를 쓰는 까닭에 포르투갈어를 사용하는 네이마르와 무리 없이 대화가 가능하다. 그 덕분에 빠르게 친해졌다. 네이마르는 자신보다 아홉 살 어린 이강인을 동생처럼 챙겼다. 오사카에서 열린 알 나스르와의 경기에 네이마르는 출전하지 않았다. 일본 관중이 그의 이름을 간절히 외쳤지만 끝내 결장했다. 2019년 유벤투스의 방한 투어에서 마주한 호날두의 '노쇼 사건'이 떠올랐다. 일본에서 야유를 받은 네이마르가 부산에서 열린 경기에선 선발로 나섰다. 부상을 입은 지 6개월 만에 치른 실전이었다. 게다가 2골 1도움을 기록하며 차원이 다른 경기력을 선보였다. 그해 이적시장 막바지에 사우디아라비아의 알 힐랄로 떠나는데, 그때도 네이마르는 SNS에 이강인을 언급해 국내에서 이슈가 됐다. 이강인과의 관계로 네이마르가 '국민 호감'에 등극하는 예상 밖 현상이 일어난 셈이다.

PSG 입단은 이강인에게 새로운 도전이었다. 마요르카에선 붙박이 주전으로 뛸 에이스이지만 팀이 PSG라면 얘기는 달라진다. 음바페를 필두로 우스만 뎀벨레, 브래들리 바르콜라, 비티냐, 파비안 루이스 등 세계적인 선수들이 버티는 PSG에서 이강인은 로테이션 멤버 그 이상의 역할을 해내지 못했다. 2023/24시즌 프랑스 리그

1에서 선발로 18경기를 소화하는 데 그쳤다. 더 중요한 유럽축구연맹(UEFA) 챔피언스리그에서 베스트11에 들어간 경기는 단 세 번에 불과했다. 예상한 대로 현실의 벽은 확실히 높았다.

2024/25시즌 상황도 크게 다르지 않았다. 이강인은 전반기 내내 팀의 핵심으로 활약하다가 겨울 이적시장을 기점으로 입지가 크게 좁아졌다. 흐비차 크바라츠헬리아와 데지레 두에 등 포지션 경쟁자 둘이 가세하면서 벤치를 달구는 시간이 늘어났다. PSG가 리그1, 컵대회, 챔피언스리그 모두에서 우승하며 '트레블'을 달성하는 중에도 이강인은 철저히 조연이었다. '월드 클래스'로 가기 위한 도전의 관문에 서 있음을 확인한 두 번째 시즌이었다.

논란의 아시안컵, '인간 이강인'을 생각하다

벤투 감독의 후임으로 부임한 위르겐 클린스만은 전임 사령탑에 비해 체계가 없고 단순했다. 선수의 자율 및 자유를 가장 중요히 여기는 지도자였다. 직접 나서 기강을 잡거나 문화를 만들기보다는 선수들끼리 알아서 팀 분위기를 조성하기를 바랐다.

그 과정에서 문제가 폭발했다. 2024년 1월 카타르에서 개막한 아시안컵이었다. 전성기를 보내는 손흥민과 빅클럽 듀오 이강인과 김민재를 보유한 한국은 강력한 우승 후보였지만, 조별리그에서 말레이시아와 비기는 등 고전 끝에 준결승에서 탈락했다. 대회 내내 답답했던 경기 내용과 이강인에 의존하는 단순한 플레이가 비판받

　　　　　　　　　　　　　　　이강인과 Z세대

았는데, 더 큰 문제는 대회 후 발생했다. 영국 언론을 통해 대회 도중 손흥민과 이강인의 불화가 발생했음이 알려진 것.

모든 화살은 이강인을 향했다. 대표팀 주장이자 대선배인 손흥민과 갈등을 일으켰다는 것 하나만으로 융단폭격을 받았다. 게다가 손흥민은 그 과정에서 손가락 부상을 입었다. 한참 후배인 이강인이 사실상 가해자가 되는 분위기였다. 사실관계는 중요하지 않았다. 언론은 추측성 보도를 쏟아냈다. 두 선수가 싸우는 장면을 직접 본 사람의 증언 없이 상상력을 동원한 기사가 나오기도 했다. 불화와 갈등, 파벌 등 부정적 단어가 주를 이뤘다. 이강인이 유럽에서 활동하는 젊은 선수들의 리더 격을 맡아 팀 내 분열을 일으킨다는 뉴스도 나왔다. 대한축구협회의 갈팡질팡한 해명도 일을 키웠다. 자연스럽게 그는 천하의 나쁜 놈이 돼버렸다.

아시안컵은 긴 레이스였다. 1월 초 소집해 한 달이 넘도록 합숙하는 일정이었다. 모든 조직이 그렇다. 긴 시간 붙어 있으면 몸도 마음도 지쳐 곳곳에서 균열이 갈 수밖에 없다. 26명의 구성원 모두가 원팀이 되어 뭉치면 좋겠지만, 현실적으로 쉽지 않은 일이다. 사실상 방관으로 일관해온 클린스만 감독의 리더십 체제에서는 더욱 상상하기 어려웠다. 그 과정에서 개성이 강하고 팀 내 입지가 확장된 이강인이 부각된 것은 어쩔 수 없는 일인지도 모른다.

사건이 일파만파로 커지자 이강인은 직접 런던으로 건너가 손흥민을 만나 화해했다. "제가 앞장서 형들의 말을 잘 따랐어야 했는데, 축구팬들에게 좋지 못한 모습을 보여드려 죄송스러울 뿐입니다. 실망했을 많은 분께 사과드립니다. 축구팬들이 제게 보내주는 관심과 기대를 잘 알고 있습니다. 앞으로는 형들을 도와 좀 더 좋은 선수, 좀 더 좋은 사람이 되도록 노력하겠습니다"라는 사과문도 남겼다.

당시 사건으로 인해 이강인은 '국민 문제아' 이미지가 생겼다. 필자의 생각은 조금 다르다. 이강인이 잘했다는 것은 아니지만 마냥 일방적인 가해자로 몰아붙이기엔 무리가 있다. 원래 인간관계는 복잡하고 입체적이다. 개인적으로 단순히 가해자와 피해자를 구별할 수 있는 사안은 아니었다고 생각한다. 축구계 사람들은 이강인이 스페인에 진출했다 처음으로 한국에 돌아왔을 때 그를 '외국인'이라 불렀다. 기본적으로 한국어 구사 능력이 떨어지고 정서적으로도 스페인 사람에 가까운 게 사실이었다. 그게 전부는 아니었다. 그는 팀에 녹아드는 선수였다. 자신의 고집을 추구하기보다는 팀의 문화와 정서, 분위기에 맞춰가기 위해 나름대로 노력했다. U-20 월드컵에서의 성공이 그 증거다. 인간 이강인의 이면을 보여주는 인터뷰가 있어 이 책을 통해 소개한다. 2019년 U-20 월드컵 당시 미디어 오피서로 활동하며 이강인과 동고동락한 신정훈 대한축구협회 매니저와의 대화다.

Q. 이강인의 첫인상은 어땠나?

당시 다른 선수들에 비해 도드라지는 첫인상이랄 것은 없었다. 당시 팀의 형들보다 두 살 어린 앳된 선수였고, 축구에 진심이고 팀에서의 성과나 목표를 달성하려고 집중하는 선수 중 한 명이었다.

또래 선수들과 마찬가지로 약간은 수줍음도 있고 조심스러워하는 부분도 있었다. 훈련 또는 경기장에서의 모습은 성인 레벨을 앞둔 유소년 선수보다는 프로선수에 더 가까웠다.

Q. 캐릭터에 관한 주관적 생각은?

어느 선수나 그렇듯이 다소 과장된 부분도 있고 주목받지 못하는 부분도 있다. 나도 U-20 월드컵 준비 및 대회 기간 내내 함께했으나 자세히 알지는 못한다. 당시를 돌이켜보면 본인의 감정을 표현하는 방식이 한국에서 기대되는 전통적인 모습과는 다소 달랐다. 하지만 예의에 어긋나는 언행을 한 적은 없다. 오히려 외국에서 유년 시절을 보냈다는 사실이 보는 사람으로 하여금 색안경을 끼게 한 부분도 더러 있는 것 같다. 확실한 것은 20세 이하 대표팀 선수이고 당시 팀 동료들보다 나이가 어린데도 불구하고 리더십과 확실한 목표가 있는 사람처럼 행동했다는 점이다. 주어지는 환경에 불편이나 불만이 없고 중요하지 않은 것에 대해 크게 에너지를 쏟지 않았다.

여러 에피소드나 뜬소문들을 걷어내고 보면, 당시 그는 축구선수로서의 성공이 가장 중요한 사람 그 이상 그 이하도 아니었다. 좋은 선수가 되기 위해 팀의 목표를 공유하고 주변을 독려했다. 유명세와 부수적인 것에는 크게 관심이 없고 좋은 선수가 되려고 노력하는 어린 선수였다. 다만 그 목표를 이루려는 의지의 모습이 경직되지 않고 아주 유연하고 말랑말랑했다. 좋으면 좋은 대로 안 좋으면 안 좋은 대로 즐기려고 노력하는 것 같았다.

주변을 챙기는 것도 잘했다. 당시 대표팀이 모두 성실하고 융화를 잘하는 선수들로 구성된 것도 한몫했겠으나, 선수들과 어떠한 트러블도 없이 사이좋게 지냈던 것으로 기억한다. 돌아보면 오히려 그다지 대단히 특별한 캐릭터의 소유자도 아닐 수 있겠다는 생각이 든다. 그저 다른 많은 선수처럼 경쟁을 이겨내고 축구를 잘하려고 하는 선수 정도.

Q. 폴란드 대회에서 기억나는 미담이나 에피소드가 있다면?

U-20 월드컵 동안 대표팀이 성공적인 과정을 밟으면서 점점 팬이 많아졌다. 어떻게 알았는지 훈련과 경기가 끝나는 날이면 호텔 앞에 많은 사람이 이미 기다리고 있었다. 대부분은 한국 사람들이었다.

어느 날은 훈련을 마치고 호텔에 도착했는데 어림잡아도 70~80명 되는 이들이 나와 있었다. 다른 선수들을 보러 온 이도 여럿 있었으나 대체로 이강인 선수를 보고 싶어 했다. 사실 대회가 토너먼트 단계로 접어들면 선수들은 신체와 심리 모두 많이 지친다. 일상과 단절된 생활을 이미 수십일 지내온 시점이기 때문이다.

그럼에도 당시 이강인은 그날 찾아온 이들의 사진 촬영과 사인 요청에 일일이 응했다. 사람들 사이에 대기 순서에 대한 사소한 언쟁이 생겼을 때 그는 마치 몇 년간 그런 일을 해온 사람처럼 본인이 이쪽으로 설 테니 안전을 위해 이렇게 줄을 서달라고 부탁했다. 그리고 본인이 훈련 직후라 회복을 위해 앉아서 해도 되겠냐고 양해를 구했다. 그날 사진 촬영과 사인 요청에 거의 2시간이 소요됐다. 씻지도 못하고 느지막이 저녁을 먹었다.

조별리그 첫 경기인 포르투갈전이었던 걸로 기억한다. 당시 포르투갈 대표팀은 이미 유럽에서 두각을 나타내는 선수들도 더러 있었다. 유력한 우승 후보로 거론되는 팀이었다. 그러다 보니 경기를 앞두고 우리 대표팀은 부담이 컸다. 로커룸 분위기는 떨림보다는 중압감이 압도했다. 당시 대회에서 분위기를 타기 전이었으므로 무엇을 상상해야 하는지도 예측하기 어려웠다.

경기 전에 워밍업을 마친 선수들은 각자의 방식대로 아주 조용한 분위기 속에서 준비하고 있었다. 경기장에 입장하기 전 정정용 감독이 팀토크를 하고 당시 주장이던 황태현도 힘을 불어넣었다. 그다음 의외로 이강인이 입을 열었다. "상대도 긴장하고, 상대도 떨고 있다. 상대 중 몇몇과 함께 경기해봐서 아는데 형들이 더 잘한다. 그리고 우리가 더 잘 준비했고, 더 간절하다" 정도의 메시지였던 걸로 기억한다. 실제로 선수들에게 어떤 생각을 심어주었는지는 모르겠지만, 당시 나이와 경력을 고려했을 때 쉽게 공유할 메시지는 아니었다. 당시 이강인이 어떠한 멘탈리티를 갖고 있는 선수였는지 보여주는 사례다.

Q. 이강인이 변한 부분이 있다면?

그 대회 이후 가까운 거리에서 함께한 시간이 적어 무엇이 변했는지 자세히 알지는 못한다. 다만 분명히 여러 방면에서 성숙해진 것 같다. 선수 개인으로서도 그렇고, 대표팀 선수 그리고 한 명의 개인으로서도 그렇다. 6년 전에는 그의 모든 것이 주목받는 위치였지만 이제는 모든 것이 비판의 주제가 되는 위치로 자연스레 바뀌었다. 그 과정에서 외적인 것들을 조심스러워하고 경계하는 사람에서, 좀 더 차분히 이해하고 받아들이려는 사람으로 성장하고 있는 것 같다.

인간 이강인의 면모를 엿볼 수 있는 일화가 또 있다. U-20 월드컵을 마친 뒤에도 그는 은사인 정정용 감독과 꾸준히 연락하며 교류했다. PSG로 이적한 뒤에는 정감독의 가족을 파리로 초청해 경기를 관전할 기회를 제공하기도 했다. 정감독은 "강인이가 아시안컵 사건도 있고 겉으로 보기엔 천방지축 같지만 생각보다 남을 생각하는 마음이 깊은 아이다. 자기 주변 사람을 누구보다 잘 챙기는 스타일"이라고 말했다.

대한축구협회 전속 사진 업체인 FAphotos의 곽동혁 작가도 비슷한 말을 했다. "이강인은 생각보다 다정하고 표현을 잘하는 선수다. 아내 다음으로 메시지에 하트를 많이 보내는 선수다. 의외의 모습이 있다." 곽작가는 2025년 5월 이강인의 도움을 받아 PSG의 마지막 홈경기를 취재했다. 그는 "경기 후에는 이강인이 직접 팀의 허락을 받은 덕에 나도 피치 안으로 들어갔다. 트로피를 들고 이강인과 함께 사진을 찍는 추억까지 남겼다. 정말 특별한 시간이었다"라

　　　　　　　　　　　　　　　　　　　이강인과 Z세대

며 에피소드를 들려줬다. 또 옆에서 지켜본 이강인의 변화를 얘기했다. "2017년 이강인을 처음 만났다. 그때와 비교하면 더욱 적극적으로 문제를 해결하려는 모습이 엿보인다. 책임감이 확실히 커진 모습이다."

홍명보호의 이강인

벤투와 클린스만 감독을 거쳐 이강인은 대표팀에서 처음으로 국내 사령탑인 홍명보 감독을 마주했다. 그를 향한 홍감독의 신뢰는 확실하다. 그는 홍감독이 선임된 초기에 프랑스 현지에서 깊이 있는 대화를 나누며 대표팀의 방향성과 미래를 함께 얘기한 것으로 알려졌다. 그도 20대 중반에 접어들었다. 북중미 월드컵이 열리는 2026년에 스물다섯이 됐다. 선수로서 전성기에 접어드는 시점에 들어간다. 가장 뛰어난 기량을 갖춘 그의 모습을 북중미 월드컵에서 볼 수 있다.

두터운 신임 속에 이강인은 홍명보호의 주축으로 정착했다. 월드컵 2차·3차 예선을 거치며 팀에 없어서는 안 될 에이스로 확실히 뿌리내렸다. 홍감독은 전임 사령탑과 달리 적절한 통제를 가미하면서도 전력 핵심인 유럽파의 자유를 보장하는 리더십으로 팀을 이끌고 있다. 이강인은 여전히 팀에서 후배 라인에 속하나 중견급 선수의 태도와 에너지를 발산하고 있다. 그를 중심으로 뭉친 한국은 이변 없이 본선행 티켓을 손에 넣었다.

홍명보호에서 주목할 그의 특징은 내부 '스피커'를 자처하고 있다는 점이다. 부임 과정의 정당성과 투명성 등 여러 문제로 말미암아 홍감독은 대중으로부터 큰 비판을 받고 있다. 경기장에선 감독을 향한 야유가 쏟아지고 온라인상에선 과도한 비난과 손가락질이 이어진다. 1년이 넘도록 이런 현상은 가라앉지 않고 있다. 팀이 어수선해질 수 있는 환경.

2025년 6월 10일 쿠웨이트와의 3차 예선 경기가 끝난 뒤 이강인은 "이런 얘기를 해도 될지 모르겠지만, (홍명보) 감독님과 대한축구협회를 공격하고 불편하게 생각하는 분들이 있다"라며 소신 발언을 했다. "우리(선수들)도 대한축구협회 소속이고, 감독님은 우리의 보스다. 이렇게 너무 비판만 하면 선수들에게도 타격이 있다." 대표팀 주장이나 선참이 해야 할 말을 그가 대신 한 것이다. 현재 대표팀에서 그의 입지가 어떠한지를 알 수 있다.

그의 호소에도 대중의 반응은 크게 달라지지 않고 있다. 홍감독은 여전히 지지받지 못하고 오히려 감독을 보호하려는 선수들까지 싸잡아 비판의 대상이 되기도 한다. 그 역시 소신 발언의 역효과를 알지만 팀과 감독을 위해 목소리를 내는 데 주저하지 않는다. 9월 A매치 후에도 성숙하게 결과를 받아들이고 더 나은 미래를 다짐했다. 그의 강인한 멘탈리티를 엿볼 수 있다.

손흥민의 끝이 다가온다, 그래서 더욱 중요한 행보

축구대표팀은 곧 분기점에 도달한다. 한국 축구의 아이콘 손흥민이 30대 중반에 접어들었다. 전성기에서 이미 내려왔다. 미국 메이저리그사커의 LAFC로 이적한 선택에서 그 역시 마무리를 준비하고 있음을 가늠할 수 있다.

바통은 이제 이강인에게 향한다. 그는 이제 더 이상 어린 나이가 아니다. 유망주라는 수식어는 버릴 때가 됐다. 손흥민이 떠나면 그가 팀의 리더가 될 가능성이 크다. 실제로 대표팀 사정과 분위기를 잘 아는 관계자는 차기 주장 후보로 그를 거론하기도 한다. 탁월한 실력과 승부욕을 갖추고 대표팀을 향한 애정과 열정, 그 나름의 리더십까지 보유했다는 평가를 받는다. 2026년 북중미 월드컵 혹은 2027년 아시안컵을 기점으로 대표팀도 그를 축으로 재편될 것으로 보인다.

2025년 9월 브라질과의 A매치 평가전은 대표팀의 무게중심이 손흥민에서 이강인으로 기울고 있음을 확인한 일전이었다. 한국이 0-5 대패를 당한 경기에서 모두가 무기력할 때 오직 그만이 브라질 선수들 사이에서 뒤지지 않는 기량을 선보였다. 일대일 대결에서 밀리지 않고 공을 잡을 때마다 위협적인 장면을 연출하는 유일한 선수가 바로 그였다. 북중미 월드컵을 미리 보는 경기였다.

이강인은 2025년 AFC 어워즈에서 올해의 국제선수상을 수상했다. 손흥민이 네 번이나 받았던 상이다. 그가 손흥민의 계보를 잇고 있음을 뚜렷이 알 수 있다.

그의 행보는 그래서 더욱 중요하다. 유럽 무대에서, 그리고 대표 팀에서 더욱 확실히 자신의 역량을 증명해야 하는 시기에 접어들었다. 당장 PSG에선 생존 싸움을 벌여야 한다. 화려한 스타 군단 속에서 그는 냉정하게 말하면 주전이 아니다. 비중이 떨어지는 경기에 선발로 나서는 경우가 많고, 중요한 경기엔 결장하거나 교체로 들어가는 패턴을 반복한다. 그가 언제까지 PSG에서 뛸지는 알 수 없다. 그는 로테이션 멤버에 만족하는 유형이 아니다. 실제로 2025년 여름 이적시장에서 여러 구단의 관심 속에 그도 이적을 검토한 것으로 알려졌다. PSG는 이강인 수준의 백업 멤버를 구할 수 없다고 판단해 이적을 막았지만, 언제까지 벤치에 만족할 수는 없다.

북중미 월드컵에서 어떤 활약을 펼칠지도 관심이 쏠린다. 카타르 월드컵에서 그는 사실상 긴급히 투입된 소방수였다. 이번엔 다르다. 그는 홍명보호의 확실한 키플레이어로 2년간 활약하다 월드컵에 돌입하게 된다. 자신이 중심이 된 팀에서 더욱 강력한 재능을 뿜내는 그의 특성을 생각하면 북중미에서의 도약이 기대된다.

플레이어 이강인의 SWOT

Strength (강점)

기본기가 세계적인 수준이다. 선수의 레벨을 파악하는 가장 쉬운 방법은 첫 번째 터치를 보는 것이다. 그의 퍼스트 터치는 언제나 안정적이고 그다음을 생각한다. 미리 동작을 염두에 두고 움직인다는 뜻이다. 왼발 킥의 정확도는 타의 추종을 불허한다. 정확할 뿐 아니라 예리하고 창조적이다. 결국 '브레인'의 우수함을 언급할 수밖에 없다. 그는 무에서 유를 창조하는 스타일이다. 다비드 실바와 케빈 더브라위너, 안드레스 이니에스타처럼 동료를 이용하는 플레이에 능숙하다. 멀티플레이어라는 점도 그의 활용 가치를 높이는 요인이다. 그는 좌우 윙포워드와 공격형 미드필더, 중앙 미드필더까지 두루 소화한다. PSG에선 제로톱으로 뛰기도 한다. 포지션 이해 능력이 뛰어나 어떤 위치에서도 자신의 역할을 수행하는 축구 지능을 보유하고 있다. PSG가 그를 쉽게 놓지 못하는 이유 중 하나다.

Weakness (약점)

어린 시절 그의 미래를 두고 회의적으로 전망하던 국내 축구 관계자들이 있었다. 그들이 공통으로 꼽는 약점은 스피드였다. 공격수로 쓰기엔 너무 느리다는 지적이었다. 실제로 그는 빠른 선수가 아니다. 공수 템포가 빨라진 현대 축구에서 그런 약점은 두드러질 우려가 있다. 많이 개선되긴 했으나 활동량이나 수비 가담 능력도 상대적으로 떨어지는 게 사실이다. 오프더볼 움직임 역시 더 나아져야 할 요소다.

가장 큰 장점은 유럽 환경에 거리낌이 없다는 사실이다. 어린 시절 스페인으로 건너간 탓에 그는 사실상 유러피언의 마인드로 살아간다. 발렌시아 유소년 시절 받았을 수많은 차별과 편견에 따른 어려움을 스스로 극복한 이력도 높이 살 만하다. 마요르카에서 빠르게 적응하고 PSG로 이적한 뒤에도 별다른 부침 없이 안착했다. 적응력 하나는 대단한 수준이다. 스페인어를 원어민처럼 구사하는 것도 플러스 요인이다. 주요 리그엔 스페인어와 포르투갈어를 쓰는 선수가 워낙 많아 그는 무리 없이 팀에 녹아들 수 있다.

가장 경계해야 할 요소는 정체停滯라는 변수다. 그는 워낙 어린 시절부터 스포트라이트를 받고 20대 초반 빅클럽에 입성하며 많은 것을 성취했다. 2024/25시즌엔 PSG에서 트레블을 달성했다. 현재 대표팀에서 그의 입지를 위협할 선수는 없다고 해도 과언이 아니다. 긴장감을 늦추지 않고 발전을 위해 채찍질을 하는 게 중요하다. 한국 축구는 그에게 기대하는 게 더 많다. 아직 해야 할 일이 남아 있다. 앞으로 이삼 년은 더 성장하리라고 기대한다는 것을 그 스스로 알아야 한다.

오현규

오현규

버티고 뛰다 보니 왔다,
오현규의 시간

멕시코전 무릎 세리머니

2025년 9월 10일 미국 내슈빌의 지오디스파크에서 열린 한국 대표팀과 멕시코의 평가전. 1-1로 맞선 후반 30분, 이강인이 중원에서 침투 패스를 찔러줬다. 전방으로 뛰어 들어가며 공을 받은 오현규가 페널티에어리어 내 오른쪽 45도 부근에서 툭툭 치고 나이가며 슈팅 기회를 엿봤다. 그가 때린 낮고 빠른 대각선 슛은 상대 수비수의 다리 사이를 지나 반대쪽 골포스트를 맞고 골문 안으로 빨려 들어갔다. 그 특유의 화끈하고 다이내믹한 '시그니처 득점'이었다.

짜릿한 역전골을 터뜨린 그는 대뜸 왼쪽 다리의 스타킹을 무릎 아래로 내리더니 유니폼 하의 한쪽을 걷어 올린 다음 손으로 왼 무릎을 가리켰다. 이어 손을 귀 옆에 갖다 대는 제스처를 하고 중계 카메라를 향해 의아하다는 표정을 지으며 어깨를 으쓱했다. 마치 "보고 있나? 내 무릎은 전혀 문제가 없는데, 어쩌라고?” 말하는 듯했다. 불과 열흘 전 그의 과거 왼 무릎 십자인대 부상 이력을 문제 삼아 영입을 철회한 독일 프로축구 슈투트가르트를 향해 날린 항의 표시처럼 보였다.

벨기에 프로축구 KRC 헹크 소속인 그는 그해 8월 슈투트가르트로부터 공식 영입 제의를 받았다. 독일 분데스리가 여름 이적시장 마감 직전에 촉박하게 진행된 작업이었다. 슈투트가르트는 주전 공격수 닉 볼테마데를 뉴캐슬(잉글랜드)에 매각한 터라 대체 공격수가 시급했다. 그런 중에 2024/25시즌 헹크에서 주로 교체 출전하는데도 12골이나 터뜨린 그를 대체자로 낙점했다.

슈투트가르트는 헹크 측에 이적료 2800만 유로(467억 원)를 제시했다. 467억 원은 역대 한국 선수 이적료 중 3위에 해당하는 큰 금액이다. 역대 1위는 김민재가 2023년 나폴리(이탈리아)에서 바이에른 뮌헨으로 옮길 당시의 이적료 5천만 유로(834억 원), 역대 2위는 손흥민이 2015년 레버쿠젠(독일)에서 토트넘으로 향할 당시의 3천만 유로(488억 원)다. 오현규가 2023년 1월 수원 삼성에서 셀틱(스코틀랜드)으로 떠날 당시 이적료가 3백만 유로(50억 원)였으니 최근 2년 반 사이 그의 시장가치가 열 배 가까이 뛴 셈이다.

헹크도 구단 역사상 최고 이적료에 해당하는 거액을 뿌리치기 힘들었다. 두 구단이 그의 이적에 원칙적으로 합의하면서 협상은 급물살을 탔다. 슈투트가르트의 요청에 따라 그는 주말 벨기에 리그 경기도 뛰지 않고 홈팬들에게 작별 인사까지 했다. 그날 밤 독일

　　　　　　　　　　　　　　　　　　　이강인과 Z세대

로 넘어간 뒤 9월 1일 슈투트가르트에 도착해 메디컬 테스트까지 진행했다. 계약 마무리를 위해 한국 대표팀 소집에도 하루 늦게 도착하기로 했다.

그런데 상황이 급변했다. 두 구단의 협상이 몇 시간 동안 이어지다 교착 상태에 빠져 좀처럼 합의에 이르지 못했다. 이적시장 폐장을 1시간 앞두고 이적은 최종 결렬됐다. 467억 원짜리 이적은 끝내 성사되지 않은 채 이적시장 문이 굳게 닫혔다. 모든 당사자(오현규, 헹크, 슈투트가르트)에게 불행한 결말로 끝나고 말았다.

충격적인 이적 무산

오현규가 독일에까지 건너갔으나 협상이 결렬된 이유로 크게 두 가지가 거론됐다. '고등학교 시절 무릎 부상 이력'과 '이적료 이견'이었다.

팔은 안으로 굽는다고 독일에선 슈투트가르트 편을 들고 벨기에에선 헹크와 오현규 편을 들었다. '빌트' 등 독일 매체들은 그가 메디컬 테스트에서 슈투트가르트의 의문을 완전히 해소하지 못해 합의에 실패했다고 보도하며 8년 전 학창 시절의 십자인대 부상 이력을 걸고넘어졌다. 반면 벨기에 언론들은 슈투트가르트가 그의 부상 이력을 핑계 삼아 이적료를 낮추는 과정에서 협상이 결렬됐다고 분석했다. 슈투트가르트가 이적료를 2천만 유로(336억 원)로 깎아달라며 계약 조건 변경을 원하고 헹크가 기존 2800만 유로를 고수한 끝에 양측이 격차를 좁히지 못했다는 것.

슈투트가르트는 무릎 부상 전력을 내세워 '임대 후 이적'도 제시한 것으로 알려졌다. 마치 중고 거래 플랫폼인 '당근마켓'에서 '네고(가격 흥정)'하듯이 하는 모습은 독일 명문 팀에 걸맞지 않다. 오현규가 고교 1학년 때 십자인대 부상을 당한 적이 있으나 그의 주력은 느려지지 않았다. 그는 2025년 6월 필자와의 인터뷰에서 "가끔 그런 생각을 한다. '다쳤는데도 이 정도인데, 안 다쳤으면 더 빠르지 않았을까'"라고 말했다.

그때 이후 단 한 번도 같은 부위를 다친 적이 없고 2019년 프로에 데뷔한 뒤엔 거의 별다른 부상이 없었다. 2023년 셀틱에, 2024년 헹크에 입단할 때도 메디컬 테스트를 문제 없이 통과하고 스코틀랜드와 벨기에에서 뛰는 동안 무릎에 이상이 생긴 적이 없다. 2025/26시즌 그를 '넘버 1 주전 스트라이커'로 낙점한 헹크 입장에선 몸값을 낮춰 보낼 이유가 없었다. 이미 공격수 톨루 아로코다레를 이적료 2700만 유로(450억 원)에 울버햄프턴으로 보낸 뒤라 재정적 여유도 있었다. 결국 이적을 눈앞에 뒀던 그는 헹크로 돌아가게 됐다.

벨기에 매체 HBVL은 "오현규의 이적 무산은 돈 때문이었을까, 무릎 때문이었을까. 정통한 관계자는 첫 번째 이유(이적료)에 더 무게를 두고 있다"고 보도했다. 벨기에의 한 베테랑 의사는 "이적시장 마감일엔 시간이 부족한 사정상 메디컬 테스트 결과가 장비와 환경에 따라 크게 달라진다. 결국 구단이 원하는 명분을 찾을 수도 있는

　　　　　　　　　　　　　　　　이강인과 Z세대

것"이라고 꼬집었다. 최고 수준의 선수들은 대부분 크고 작은 흉터를 갖고 있다. 샅샅이 뒤지면 뭔가 발견되는데 말 그대로 '문제 삼으면 문제가 되는 상황'이었다. 갑자기 8년 전 의료 기록을 다시 꺼내 선수가 의학적으로 문제 있는 것처럼 낙인을 찍으니, 유럽 내에서도 이해할 수 없는 행동이라는 지적이 나왔다.

필자가 취재한 바로는 오현규 이적 사가의 본질은 '메디컬 테스트'가 아니라 '구단 간 합의 불발'이다. 그가 9월 1일 오전 슈투트가르트에서 메디컬 테스트를 받은 뒤 양 구단은 이적시장 마감 직전까지 협상을 이어갔다. 만약 메디컬 테스트에서 탈락했다면 더는 협상이 필요 없을 텐데 양측이 협상을 이어갔다고 하니 앞뒤가 맞지 않는다. 두 팀이 협상을 벌이다 이견을 좁히지 못했을 뿐이지 신체검사와는 무관하다.

"인생이 좋은 일만 있으면 재미없잖아요"

유럽 빅리그에 진출하는 꿈을 뒤로하고 그는 한국 대표팀에 합류하기 위해 미국으로 향했다. 그해 9월 미국에서 연달아 열리는 평가전, 미국전과 멕시코전을 준비해야 했다. 뉴욕에 도착한 그는 9월 5일 대표팀 훈련을 앞두고 취재진 앞에 섰다.

"인생이 항상 좋은 일만 있으면 너무 재미없잖아요. 이렇게 좌절도 하고 실패도 맛보고 해야 더 강해지고 더 단단해지는 시간이라고 생각해요."

이적 불발로 억장이 무너지고 누군가를 원망할 법도 한데 2001년 생 스물네 살 청년은 의연했다. 그는 기죽기는커녕 두 눈을 반짝거리며 "슈투트가르트에서 (미국으로) 넘어올 때 다 털고 회복하고 왔다"고 했다. 이적 불발에 대해선 "당사자 간 합의가 원만히 이뤄지지 않았다"고, 이적 불발 사유로 거론된 무릎 부상 이력에 대해선 "난 고등학교 이후로 단 한 번도 무릎이 아파 쉰 적이 없다. 프로에서도 활약해 셀틱과 헹크에도 다 갔다"고 말했다.

"다 지난 일이다. 이런 일이 있다고 해서 내가 좌절하고 슬픔에 빠지는 건 프로페셔널하지 않다고 생각한다. 대한민국 국민들뿐 아니라 유럽이나 전 세계에서 나를 이제 좀 본다고 생각한다. 그 팀(슈투트가르트)에 대해 어떤 감정을 갖기보다는 나 스스로 독기를 품고 강해져 시장에서 증명하겠다. 내가 어느 팀이나 원할 정도로 좋은 선수가 된다면 아무 문제가 없을 것이다."

또 이렇게 씩씩하게 말했다. "축구선수가 어디서 말하겠나. 맨날 밖에서 얘기해봐야 (소용없다). 경기장에서 퍼포먼스와 골로 가치를 증명할 뿐이다. 축구 인생에서 다치기도 하고 항상 어려운 순간이 있었다. 안 좋은 일이 있으면 또 좋은 일도 온다. 이런 사이클 반복이 날 강하게 만들고 꿈에 좀 더 가까이 가게 하는 것 같다."

그는 깎이고 깨질수록 더욱 세지고 강해지는 돌덩이 같았다.

9월 7일 미국과의 평가전에선 후반 18분 교체 투입돼 실력을 뽐내기엔 시간이 부족했다. 다시 축구화 끈을 조인 뒤 9월 10일 멕시코전에 최전방 스트라이커로 선발 출전했다. 전반 20분 이강인이 공간 침투 패스로 찔러준 공을 받아 40미터나 드리블해 골키퍼 앞에서 일대일 찬스를 맞았다. 비록 왼발 슛이 골문을 벗어났으나 그때 빠른 발로 오프사이드 트랩을 뚫고 단숨에 침투하는 스피드가 돋보였다. 0-1로 뒤진 후반 20분, 김문환(대전)이 크로스를 올리고 오현규가 공중볼 경합 과정에서 백헤딩으로 떨군 공을 손흥민이 강력한 왼발 발리슛으로 마무리했다. 이때의 동점골로 오현규는 어시스트를 기록됐다.

홍명보 감독은 몇 차례 득점 기회를 날린 그를 교체하지 않고 경기장에 남겨뒀다. 그는 네 번째 슈팅 만에 역전골을 터뜨려 믿음에 보답했다. "독기를 품고 강해지겠다"는 약속을 지킨 속 시원한 한 방이었다. 십자인대가 없어도 골을 넣을 수 있음을 몸소 증명했다.

19년 만의 멕시코전 승리를 눈앞에 두고 있던 한국은 종료 직전 동점골을 허용해 2-2로 비겼다. 그래도 멕시코를 패배 직전까지 몰고 간 득점을 포함해 1골 1도움을 올리며 그날 무승부를 이끈 선수가 오현규였다. 축구 통계 매체 '풋몹'은 그에게 평점 8.4점을 부여하고 맨오브더매치로 선정했다. A매치 20경기 만에 5호골. 그렇게 월드컵 본선을 9개월 앞두고 '후반 조커'를 넘어 '주전 스트라이커'로 활약할 가능성을 보였다.

홍명보 감독은 "오현규가 아무래도 (이적이 무산된) 실망이 큰 상태에서 팀에 합류해 회복하기 쉽지 않았을 텐데, 본인이 아주 성숙하게 이겨내고 득점도 했다. 이적은 불발됐으나 그의 좋은 상태를 정확히 보여줬다"고 칭찬했다.

오현규는 경기 후 공동취재구역에서 "지난 (2022년 카타르) 월드컵에서 비록 뛰지는 못했으나 (예비선수로 동행해) 누구보다 가까이서 지켜보며 그 무대가 얼마나 소중한지 절감했다. 그런 경험을 했기 때문에 누구보다도 간절히 하루하루를 살았던 것 같다. 그 덕분에 이렇게 골을 넣을 수 있었던 것 같다"고 돌아봤다. 무릎을 가리키는 세리머니를 한 이유에 대해선 "특정 팀을 저격하려는 의도는 아니고 내 무릎이 다른 선수 못지않게 건강하다는 것을 보여주고 싶어 그런 것"이라고 설명했다. 또 멕시코전을 마친 뒤 자신의 소셜미디어에 이렇게 썼다.

"많은 분의 진심 어린 응원과 걱정 속에서 미국에서 치른 두 경기를 통해 다시 한 번 내가 얼마나 축구를 사랑하는지 깨닫는 시간이었다. 축구를 정말 사랑하기에, 내가 겪은 일들은 실패가 아니라 과정이라 생각한다. 나는 언제나 그랬듯 다시 부딪치고 도전할 것이다."

'부러진 것처럼 한 발로 뛰어도, 난 나의 길을 갈 테니까'

그러고 보면 가수 가호가 부른 '시작'이라는 노래의 가사는 오현규가 처한 상황에 딱 들어맞는다.

'부러진 것처럼 한 발로 뛰어도, 난 나의 길을 갈 테니까. 지금 나를 위한 약속, 멈추지 않겠다고. 또 하나를 앞지르면, 곧 너의 뒤를 따라잡겠지. 원하는 대로, 다 가질 거야. 그게 바로 내 꿈일 테니까.

변한 건 없어. 버티고 버텨. 내 꿈은 더 단단해질 테니. 다시 시작해.'

대표팀 일정을 마친 그는 다시 헹크 합류를 위해 벨기에로 돌아갔다. 슈투트가르트와 협상하기 위해 홈팬 및 동료들과 작별 인사까지 마쳤다가 다시 헹크와의 동행을 이어가게 됐다. 복귀하고 3경기 연속으로 침묵한 그는 9월 26일 스코틀랜드 글래스고에서 열린 2025/26시즌 유럽축구연맹 유로파리그에 참가해 첫 경기인 레인저스전에 나섰다.

전반 18분 완벽한 크로스로 넘어온 공을 골문 위로 날려버리고 전반 추가시간에 주어진 페널티킥에 키커로 나섰다가 그마저 골키퍼에 막혔다. 전반 종료 휘슬이 울린 뒤 그는 고개를 푹 숙인 채 로커룸으로 향하던 중 경기장 터널에 털썩 주저앉았다. 슈투트가르트 이적이 불발된 뒤 그는 겉으로 내색하지 않았으나 멘탈적으로 힘든 시기를 겪고 있었다. 정신적 압박을 견디며 경기하는 건 만만찮다. 슈투트가르트 이적을 추진하느라 짐을 내팽개치고 떠난 벨기에 집에 돌아왔을 때도 '현타(현실 자각의 시간)'가 왔었다.

그러다 후반 10분 페널티킥 실축을 만회하는 골을 터뜨렸다. 동료의 스루패스를 받아 상대 뒷공간을 파고든 뒤 왼발 슛으로 골망을 흔들었다. 1-0 승리를 이끈 결승골이었다. 벨기에 매체는 "오현규의 케첩 뚜껑은 오랫동안 꽉 막혀 있었고 그 열망은 간절하다 못해 지나칠 정도였다"고 묘사했다.

그날 그는 이렇게 속내를 털어놓았다. "전반전은 너무 힘들었다. 뭐라고 말해야 할까. 그래도 결국 득점하리라는 확신이 있었다. 페널티킥을 내가 차야 하나 망설였냐고? 아니다. 자신을 믿어야 한다. 그게 내 역할이고, 난 공격수이니까. 골을 넣고 난 뒤 그동안 억누른 감정들이 한꺼번에 터져 나왔다. 감정이 북받쳐 지금도 울 것 같다. 슈투트가르트에서 겪은 일도 마음속 어딘가에 남아 있는 것 같다."

골을 넣은 다음 유니폼 상의를 벗고 포효한 것 때문에 경고를 피할 수 없었다. 그래도 경고 한 장쯤은 감수할 만했다. "게다가 난 셀틱 출신 아닌가. (스코틀랜드 라이벌인) 레인저스를 상대로 골을 넣는 건 정말 특별한 경험이다. 감독이 옐로카드 받은 것을 두고 벌금을 내야 한다고 했나? 벌금은 얼마든지 내겠다. 1천 유로든, 2천 유로든, 4천 유로든 상관없다."

사흘 뒤 9월 28일엔 '95분 극장골'을 터뜨려 역전승을 이끌었다. 2025/26시즌 벨기에 주필러리그 신트트라위던과의 원정 경기에서 1-1로 맞선 후반 추가시간 5분, 문전에 있던 그는 넘어지며 팀 동료의 크로스에 오른발을 쭉 뻗어 갖다 대 득점으로 연결했다.

곧바로 대표팀 경기를 위해 한국에 들어온 그는 10월 10일 서울 월드컵경기장에서 열린 브라질과의 평가전에서 후반 18분 교체 투입됐다. 0-4로 뒤진 상황에서 들어가 할 수 있는 일은 많지 않았다. 다시 이틀 뒤 대표팀 훈련을 앞두고 그는 이렇게 말했다. "레알 마드리드와 아스널 같은 팀에서 뛰는 (브라질) 선수들과 부딪쳐보는 건 정말 영광스러운 일이다. 우러러보는 게 아니다. (계속 강팀과) 경기하다 보면 해볼 만한 때가 올 것이고 월드컵에서 만났을 땐 우리가 더 나은 모습을 보이지 않을까 생각한다."

   이강인과 Z세대

10월 14일 파라과이와의 평가전에선 후반 시작과 함께 교체로 들어갔다. 끊임없이 수비 뒷공간을 파고들며 상대의 수비 라인을 교란했다. 후반 30분 드디어 자신의 몸값이 왜 450억 원에 달하는지 증명했다. 이강인이 중원에서 상대 선수 한 명을 벗겨낸 것을 본 오현규가 스프린트를 시작했다. 이에 상대 최종 수비가 오프사이드 트랩으로 대응할 때 오현규가 다시 돌아 수비 뒷공간으로 뛰어 들어간 다음 골키퍼까지 제치고 마무리했다.

그날 2-0 승리를 이끈 쐐기골이었다. 그 골은 한 달 전 멕시코와의 평가전에서 두 선수가 빚어낸 합작골을 연상케 했다. 그렇게 '2001년생 콤비' 이강인과 오현규 조합은 홍명보 팀의 새 득점 루트로 떠올랐다. 이강인이 수비 뒷공간으로 스루패스를 찔러주면 최전방 공격수 오현규가 폭발적인 스피드로 들어가 마무리하는 방식이다. 홍감독도 "오현규는 선발 출전해도 충분히 자기 역할을 할 수 있는 선수다. 득점을 만든 오현규과 이강인 등은 우리가 공을 들이는 중요한 공격 라인"이라고 했다.

경기 후 오현규는 공동취재구역에서 "눈을 마주치지 않아도 강인이가 볼을 잡는 순간 확신이 있다. 내가 움직이면 거기로 (공이) 온다. 강인이의 패스는 항상 너무 좋게 내게 와서 고맙다"고 했다. 이강인도 "현규가 너무 좋은 움직임을 해준다. 월드컵에서도 브라질이나 파라과이처럼 강한 상대를 만날 텐데, 서로 도우며 잘해야 한다는 생각"이라고 화답했다.

그날 그는 득점한 뒤 등 뒤에서 화살을 뽑아 날리는 듯한 세리머

니를 했다. 그는 "지인들과 고민해본 세리머니 백 개 중 하나"라고
했다. 어디를 노리고 화살을 쐈느냐는 질문에는 "모르겠다"며 웃어
넘겼다. 그는 그렇게 최근 A매치 6경기에서 4골을 넣어 물오른 골
감각을 선보이며 주전 스트라이커 자리를 굳혔다. 2025년 6월 이라
크전과 쿠웨이트전, 8월 멕시코전에 연이어 득점포를 가동하고 있
다. 그래도 여전히 "대표팀 옷을 처음 입을 때부터 최고가 되자는
마음으로 시작했다. 아직 갈 길이 멀기에 최고가 되겠다는 마음으
로 앞으로 나아가보겠다"며 각오를 다졌다.

특히 브라질전과 파라과이전에서 원톱 공격수로 나선 손흥민이
최전방에 고립돼 2경기 연속으로 슈팅과 기회창출 모두 0회에 그칠
때 그의 존재는 빛을 발했다. 주민규(대전)와 오세훈(시미즈), 이호
재(포항) 등이 점점 태극마크와 멀어지는 만큼 그는 최전방 공격수
경쟁에서 몇 발자국 더 앞서고 있다.

득점에 실패한 뒤 벤치를 '쾅쾅'

파라과이전을 마치고 벨기에 소속 팀으로 돌아온 그는 2025년
10월 19일 주필러리그 세르클러 브뤼허와의 원정 경기에서 1골
1도움을 올려 2-2 무승부를 이끌었다. 전반 13분 그가 낮게 깔아 차
중앙으로 보낸 크로스를 팀 동료가 마무리했다. 후반 12분 크로스
를 밀어 넣어 골망을 흔들었을 땐 파라과이전에서 선보인 화살 쏘
기 세리머니를 재현했다.

당시 자신의 SNS에 화살 세리머니 사진과 함께 '우리의 길만 믿고 간다. 그 외의 모든 건 그냥 잡음일 뿐'이라는 의미심장한 문구도 남겼다. 볼테마데를 뉴캐슬로 보내고 에르메딘 데미로비치마저 부상으로 잃은 슈투트가르트의 제바스티안 회네스 감독은 "오현규 이적이 성사되지 않은 상황에서 우리는 위험을 감수했다. 이제 상황이 훨씬 어려워졌다"고 두고두고 아쉬움을 토로했다.

닷새 뒤 유로파리그에서 맞붙은 레알 베티스(스페인)와의 홈경기 후반 35분. 후방에서 롱패스가 넘어온 것을 보고 수비 뒷공간과 상대 센터백 사이를 파고든 그는 회심의 오른발 땅볼 슛을 날렸다. 그러나 골대를 때리고 말면서 그는 무릎을 꿇고 얼굴을 감싸 쥐었다. 3분 뒤 교체 아웃된 그는 손으로 벤치를 부술 듯 '쾅쾅' 강하게 내리치며 분을 참지 못했다. 팀 동료나 상대 팀에 대한 원망이 아니라 득점 기회를 놓친 자신을 향한 아쉬움이었다. 그의 지독한 승부욕을 이제는 동료들도, 팬들도 잘 안다. 이런 간절함은 공격수가 가져야 할 필수 요소 중 하나다.

레알 베티스전이 끝나고 그는 이탈리아 기자와의 인터뷰에서 "내 꿈은 언젠가 (유럽) 빅클럽에 가는 것이다. 지금은 헹크에 집중하고 있다. 골 찬스를 놓친 게 너무 아쉽다"고 했다. 또 한국 축구대표팀이 2002년에 이어 24년 만에 월드컵 4강에 갈 수 있느냐는 질문엔 "우리의 꿈이다. (아시아) 예선을 잘 통과한 뒤 열심히 준비하고 있다. 우리는 브라질과의 평가전에서 성장할 계기를 보고 파라과이전에선 좋은 모습을 보였다. 우리는 준비됐다"고 말했다.

심기일전한 그는 다시 득점포를 재가동했다. 11월 2일 주필러리그 베스테를로와의 경기에서 결승골을 터뜨려 1-0 승리를 이끌고, 닷새 뒤 열린 유로파리그 브라가(포르투갈)와의 원정 경기에선 0-1로 뒤지던 중 후반 14분 팀 동료의 컷백을 이어받아 왼발 슛으로 골문 상단에 꽂음으로써 4-3 대역전승을 거두는 발판을 마련했다.

브라가전이 끝난 뒤 헹크 선수들은 로커룸에서 광란의 댄스파티를 벌였다. 그도 상의 유니폼을 벗은 채 스피커를 한 손에 들고 신나게 춤을 췄다. 경기 후 핑크 감독은 "오현규는 매 경기 자신을 증명하고 있다. 팀의 공격 전환 과정에서 가장 믿음직한 선수"라고 극찬했다.

통계 매체 '풋몹'에 따르면 해당 경기 종료 기준으로 그는 유로파리그 경기에서 '기대 득점(xG·expected goals)' 3.8로 제르단 샤키리(바젤, 2.9)를 따돌리고 전체 1위를 기록했다. 기대 득점은 특정 슈팅이 골로 연결될 확률로 슈팅 위치, 골문까지의 거리, 슈팅 각도, 패스 유형 등 데이터를 분석해 뽑은 수치다.

11월 10일 주필러리그 헨트전에서도 전반 24분 선제골을 터뜨렸다. 동료 크로스를 잡아놓고 때린 슛이 상대에게 맞고 굴절돼 골망으로 빨려 들어갔다. 열흘 사이에 3경기 연속골. 절정의 골 감각을 뽐냈다. 벨기에 신문 '헛 라츠터 니우스'는 "오현규의 파괴력은 점점 완성형에 가까워지고 있다. 최근 3경기에서 3골을 터뜨려 팀의 공격 흐름을 선도하고 있다"고 평가했다.

　　　　　　　　　　　　　　　　　　　　　　　　이강인과 Z세대

발끝은 여전히 뜨거웠다. 11월 28일 유로파리그 바젤과의 경기에서 전반 14분, 슈팅 각도가 좁은 상황에서 대포알 같은 왼발 슛이 골키퍼 머리 위로 날아가 골대 위쪽에 꽂혔다.

중간중간 쉼표도 있었다. 12월 12일 헹크가 유로파리그 미트윌란과의 경기에서 조규성에게 결승골을 내줘 0-1로 진 날, 오현규도 미트윌란의 수비수 이한범에게 막혔다. 12월 15일엔 그를 그동안 중용해온 헹크의 토르스텐 핑크 감독이 경질됐다. 들쭉날쭉한 경기력에 리그 7위에 그친 성적 부진이 이유였다.

12월 15일 오현규는 베스테를로와의 리그 경기에서 0-1로 뒤진 후반 추가시간, 낮은 크로스가 상대 수비수에 맞고 튀어 오른 것을 오른발로 밀어 넣어 극적인 동점골을 터뜨렸다. 리그 6호골이자 시즌 10호골. 그렇게 2025/26시즌 헹크 주전 공격수로 도약한 그는 전반기에 25경기에 출전해 10골(3도움)을 터뜨림으로써 지난 시즌 12골에 이어 유럽 무대에서 2시즌 연속으로 두 자릿수 득점을 기록했다. 리그에서 6골, 유로파리그 본선에서 3골, 유로파리그 예선에서 1골을 넣었다. 특히 유럽 클럽 대항전인 유로파리그에서 레인저스와 브라가, 바젤 등을 상대로 총 3골을 뽑아내 대회에서 득점 부문 공동 3위에 올랐다.

수원의 강등을 막아낸 헤딩골

그가 어떤 선수인지 상징적으로 보여준 경기가 있다. 수원 삼성 소속으로 2022년 10월 29일 수원월드컵경기장에서 치른 FC안양과의 K리그1 승강 플레이오프 2차전이다. 1-1로 맞선 연장 15분, 그는 자신이 머리로 받아낸 공을 재차 헤딩 득점으로 연결했다. 종료 3초 전에 터진 극장골이자 팀의 강등을 막아낸 골이다. 끝까지 포기하지 않는 집념과 처절한 움직임 그 자체였다.

K리그1 4회 우승에 빛나다가 2부 리그로 강등될 위기에 몰린 수원 삼성을 구해낸 그가 방송 인터뷰에 나섰다. 빅버드(수원월드컵경기장)에 수원 삼성 팬들이 부르는 응원가 "오오오오~ 사랑한다~ 나의 사랑~ 나의 수원"이 울려 퍼지는 가운데, 그는 "올해가 정말 길었다"라는 말을 꺼내놓고 더는 잇지 못한 채 그동안의 부담감이 파도처럼 쓸려 내려가는지 눈물을 왈칵 쏟았다.

"찬스가 한 번은 오리라고 믿고 기다렸는데 마지막에 하나 욱여넣을 수 있어 다행이다. 수원 삼성을 위해서라도, 끝까지 지지한 팬들을 위해서라도, 감독님을 위해서라도 내가 꼭 (골을) 넣고 싶었다. 의문을 품은 팬들에게 수원 삼성 엠블럼을 달 자격이 있음을 보여주려고 노력했다. 아직 내 모든 걸 보여줬다고 생각하지는 않고 더 좋은 모습으로 괴물이 되겠다."

수원 삼성 시절 별명이 '아기 괴물'이었던 그는 그해 한 달여 전인 9월 4일 FC서울과의 슈퍼매치에서도 2골을 넣어 3-1 승리를 이끌었다. 그날 선제골을 넣은 뒤 FC서울 팬들 앞에서 '팔굽혀펴기 세리머니'를 했는데, 앞선 4월의 슈퍼매치에서 FC서울의 나상호가 골을 넣은 뒤 펼친 '푸시업 동작'을 따라 한 것이다. 그는 "나도 힘이 남아돈다는 걸 보여주고 싶었다"고 패기 넘치는 소감을 밝혔다. 받은 건 그대로 되갚는 오현규다.

2022년 8월 3일 대구FC와의 경기에서 보여준 장면도 두고두고 회자된다. 수비 과정에서 그는 넘어지면서 머리를 공에 들이밀었다. 상대에게 걷어차일 수도 있는 상황인데도 개의치 않고 머리부터 갖다 댔다.

그는 어릴 적부터 집념이 대단했다. 수원 삼성 선배인 조원희는 이렇게 돌아봤다. "내가 수원 삼성에서 뛸 때 현규가 (구단 유스팀) 매탄고에 다니고 있었다. 현규를 어릴 때부터 봤다. 그 친구의 장점은 자기 관리가 미쳤다는 거다. 훈련 1시간 전에 일찍 나와 준비하는 그런 자세들이다. 주위에서 모두 '그냥 애는 될 수밖에 없다'고 했다. 형들이 보면 (앞으로 잘될 것 같은) 싹수가 보인다."

초등학생 때부터 엄청난 골폭풍을 몰아친 그는 수원 삼성의 유스팀인 매탄중과 매탄고, 연령별 대표팀에서도 월반을 거듭했다. 2019년 고교 3학년 때 준프로 계약을 맺고 수원 삼성에서 뛰기 시작했다. 고교 3학년 학생이 프로 무대에서 윙어도 아니고 최전방 스트라이커로, 그것도 주전으로 나서는 경우는 거의 없다. 이듬해 수원 삼성과 프로 계약을 체결했다.

그러다 2020년 코로나19 확산세가 커져 K리그 개막이 그해 5월로 연기될 때 그는 수원 삼성을 집처럼 여겼으나 당시 변화가 필요하다고 느꼈다. 앞서 군팀 상무에 입단한 수원 선배 전진우가 "어릴 때 빨리 군대에 다녀오는 게 좋다"고 추천했다. 언젠가 유럽에서 뛰고 싶은 큰 꿈도 있었다. 그렇게 2020년 열아홉 살 나이에 김천 상무에 입단해 일찌감치 병역 의무를 마쳤다.

수원 삼성으로 돌아와서는 2022시즌 K리그1 36경기에 나서 팀 내 최다인 13골(3도움)을 터뜨렸다. 그는 친정팀인 수원 삼성에 대한 애정이 남다르다. 지금도 "난 수원 삼성에서 성장했고, 그곳에서 고통과 아픔, 희로애락을 다 경험했다. 지금 어떤 시련이나 고통이 와도 그때에 비하면 그만한 레벨의 어려움이 아닌 것 같다. 수원 삼성에서 보낸 시간은 정말 큰 도움이 된 감사한 시기"라는 말을 자주 한다. 유럽으로 이적한 뒤에도 그는 수원 삼성의 경기를 챙겨보며 1부 승격을 응원한다.

유럽에서 새 출발

2022년 겨울 그를 향한 유럽의 관심은 뜨거웠다.

'단독: 스코틀랜드 셀틱, 수원 오현규에게 '이적료 27억 원' 공식 오퍼.' 2022년 12월 30일 필자는 "스코틀랜드 셀틱FC가 오현규를 데려오기 위해 수원 삼성에 완전 영입 제의를 했다"고 단독 보도했다. 그리고 셀틱이 공식 오퍼 레터를 보내오고 이적료 2백만 유로(26억 9500만 원)를 제시했다고 전했다. 당시 스코틀랜드 언론들은 '셀틱이 K리그1 전북 현대의 공격수 조규성을 노린다'는 내용의 보

   이강인과 Z세대

도를 쏟아냈으나 셀틱은 오현규에게 관심이 더 컸다.

보도 당일 서울에서 필자와 만난 그는 "보도된 내용은 사실이다. 유럽에서 오퍼가 오는 게 흔치 않은데 셀틱이라는 명문 구단에서 좋은 제안을 줬다. 어릴 적부터 꿈꿔온 일이라 하루빨리 도전하고 싶은 마음이다. 구단에 가고 싶다고 이적 요청을 한 뒤 입장을 기다리고 있다"며 유럽행에 강한 열망을 내비쳤다.

수원 삼성 구단이 핵심 공격수인 그가 팀에 남아주기를 바라는 중에 셀틱은 이적료를 계속 상향 조정해 3백만 유로(50억 원)까지 높였다. 결국 수원 삼성도 이적에 동의했다. 그는 글래스고로 이동해 메디컬 테스트를 받은 뒤 2023년 1월 셀틱과 5년 계약을 체결했다. 연봉은 기존에 수원 삼성에서 받던 금액보다 열 배 가까이 인상됐다. 셀틱은 스코틀랜드 프리미어십(1부 리그) 통산 최다 우승팀(2023년 기준 52회)이다. 그를 데려간 사령탑은 엔지 포스테코글루 감독으로 나중에 2023/24시즌과 2024/25시즌 토트넘에서 손흥민을 지도하기도 했다.

사실 공격수가 유럽 프로축구 시즌 도중에 이적해 연착륙하기는 쉽지 않다. 그런데도 그는 빠르게 적응해 2022/23시즌 21경기에 나서 7골을 터뜨렸다. 총 600분간 뛰며 7골을 기록했으니 85분당 한 골씩 넣은 셈이다. 셀틱 팬들은 그를 '코리안 루니'라 불렀는데 저돌적인 잉글랜드 공격수였던 웨인 루니에 빗댄 표현이다.

그렇게 이적하고 반년 만에 '도메스틱 트레블(국내 3관왕)'을 달성했다. 스코틀랜드 리그와 FA컵, 리그컵 모두에서 우승을 휩쓸고 우승 세리머니를 할 때는 정중앙에 서 동료들과 기쁨을 나눴다. 2023년 6월 인천국제공항에서 만난 그는 "첫술에 배부를 순 없다. 스코틀랜드 리그의 수비가 생각보다 무척 강해 내가 더 강해지는 방법을 찾아야 했다"고 했다.

2023/24시즌엔 중반까지 셀틱에서 경기 후반 조커로 투입돼 5골을 터뜨리는 좋은 활약을 펼쳤다. 그러나 브렌던 로저스 감독 밑에서 선발 출전은 11경기에 그쳤다. 주전 경쟁에서 어려움을 겪게 되자 그는 2024년 7월 벨기에 헹크로 이적했다. 이적료는 450만 파운드(76억 원)가량으로 알려졌다. 스카우팅 시스템으로 유명한 헹크는 그의 잠재력을 높이 평가했다. 그는 필자에게 당시 상황을 이렇게 설명했다.

"셀틱에서 12골을 넣었으나 (그 후) 반년간 거의 출전하지 못했다. 셀틱이 키가 크고 강력한 스트라이커를 데려온 뒤 나로선 해결책을 찾아야 했다. 셀틱을 정말로 사랑하기에 처음에는 아쉬웠지만 헹크에서 연락이 왔을 때 주저하지 않았다. 잉글랜드 챔피언십행 등 몇 가지 옵션이 있었는데 케빈 더브라위너, 티보 쿠르투아, 레안드로 트로사르 등 그 클럽을 거친 선수들의 면면이 인상적이었다. (벨기에 헨트 출신) 홍현석과 대화를 나눈 뒤 선택을 확정했다. 날 발전시키는 데 완벽한 클럽이다."

그의 말처럼 더브라위너(나폴리)와 트로사르(아스널), 쿠르투아(레알 마드리드), 크리스티안 벤테케(DC 유나이티드) 등이 헹크를 거쳐 빅클럽으로 간 대표적 선수다. 또 헹크의 토르스텐 핑크 감독은

   이강인과 Z세대

손흥민의 함부르크 시절 은사다. 오현규는 필자와의 인터뷰에서 "헹크로 가기 전에 홍민이형에게 물어봤다. 나보다 축구를 잘 알고 먼저 이 길을 걸어온 대선배이기에 어느 팀이 더 좋고 나은 선택인지 물었다. 홍민이형이 '핑크는 좋은 감독이고 널 좋아할 거다. 헹크는 좋은 팀이니 가면 좋다'고 조언했다"고 전했다.

2024/25시즌 그는 헹크에서 주로 교체로 나서는데도 12골이나 터뜨렸다. 리그 기준 610분에 9골, 즉 68분당 1골로 벨기에 주필러 리그에서 '출전 시간 대비 골 전환율'로 치면 1위다. 현지 언론도 "유럽에서 가장 치명적이고 위험한 슈퍼 조커", "슈퍼 조커 OH(오)"라고 찬사를 보냈다. 그는 "득점이 하나둘 늘어날 때마다 팀 동료들이 '또 넣었네', '또 넣을 줄 알았다'고 했다. 무하이드 사디크(스페인 출신 수비수)도 '지금까지 너 같은 스트라이커를 본 적이 없다'고 했다"고 전했다.

그의 트레이드마크는 손목시계를 손가락으로 가리키는 골 세리머니다. "시간을 봐라, 이런 시간에도 이렇게 구애받지 않고 또 해냈다'는 의미다. 부모님은 '새로 산 시계를 자랑하는 세리머니냐?'고 물으셨다."

그의 축구에는 '간절함'이 있다

2023년 한국 대표팀의 지휘봉을 잡은 위르겐 클린스만 감독은 오현규를 엔트리에 넣었다. 그해 3월 28일 서울월드컵경기장에서 열린 우루과이와의 평가전 후반 39분. 이강인의 크로스를 받은 오현규가 강력한 오른발 터닝슛으로 골망을 흔들었다. 비디오 판독(VAR) 끝에 오프사이드로 판정돼 득점이 취소되지만 강력한 인상을 심어주기에 충분했다. 손흥민의 파트너로 최전방에서 등지고 공을 받는 플레이를 잘하는 선수가 적합한데, 오현규가 그 가능성을 보였다. 4월 스코틀랜드를 찾아 셀틱과 킬마녹의 대결을 관전한 클린스만 감독은 그의 굶주린 모습을 지켜보고 갔다.

성적 부진으로 클린스만 감독이 경질된 뒤 홍명보 감독이 대표팀 사령탑으로 선임됐을 때도 그는 중용됐다. 2026년 북중미 월드컵을 앞둔 2024~2025년 그는 대표팀의 특급 공격수로 자리매김했다. 월드컵 아시아 3차 예선에 걸쳐 4골을 터뜨리는데 살펴보면 하나같이 결정적인 골이었다. 1차전 팔레스타인과의 홈경기에서 비긴 뒤 2차전 요르단과의 원정 경기에서 그는 A매치 데뷔골을 터뜨렸다. 4차전 이라크와의 홈경기에선 팀에 2-1 리드를 선사하는 골을 넣고, 9차전 이라크와의 원정 경기에선 쐐기골을 넣었다.

특히 이라크 원정에선 전진우와 골을 합작한 뒤 '축구화 닦기' 세리머니를 재연했다. 2022년 수원 삼성에서 둘이 함께 뛸 때 선보인 세리머니다. 그는 소셜미디어에 전진우와 함께 대표팀 유니폼을 입고 찍은 사진을 올리며 '진우형, 우리 꿈이었지'라고 적었다. "수원 삼성과 상무 시절을 진우형과 오래오래 함께 보내는 동안 힘든 시간이 더 많았던 것 같다. 진짜 남자 대 남자로 애기도 많이 하고 서로 위로가 많이 됐다. 2022년 당시 진우형이랑 가끔 웃으며 '언젠가 한번은 (대표팀에) 갈 수 있지 않겠냐. 우리라고 왜 못 가?'라고 얘기를 나눴다. 월드컵 본선에서 진우형이 어시스트하고 내가 골을 넣는 상상만으로도 가슴이 벅차다."

그렇게 교체 선수로 나와 3골을 넣은 오현규는 마침내 10차전 쿠웨이트와의 홈경기에서 선발 출전해 후반 9분 오른발 터닝슛으로 골망을 흔들었다. 아시아 3차 예선을 통틀어 31분마다 유효슈팅을 기록한 것은 90분 이상 출전한 선수 중 가장 높은 빈도다. 슈팅을 주저하지 않아 시원시원하다는 평가를 받는 그는 이렇게 말했다. "그냥 본능인 것 같다. 어느 각도든, 왼발이든 오른발이든 다 자신 있다. 어릴 적부터 슈팅 임팩트를 단련해 자신 있다. 앞으로 남은 축구 인생에서 태극마크를 달고 좀 더 멋진 골을 많이 넣고 싶다."

2025년 6월 23일 필자와 만난 그는 서울 방배동 S&C피지컬센터에서 체력 훈련을 하고 있었다. 월드컵 예선을 마치고 출국하기까지 2주 정도 남은 짧은 휴식기를 새 시즌을 대비하는 개인 훈련 일정으로 꽉 채웠다. 출국하기 전날인 6월 25일에도 그라운드 훈련이 예약돼 있었다. 그는 "지난 시즌에 좋았던 몸 컨디션을 떨어뜨리고 싶지 않아서다. 새 시즌을 어서 빨리 시작하고 싶은 설레는 마음"이라고 설명했다.

헹크의 핑크 감독은 2025/26시즌 그를 주전 공격수로 기용하겠다고 선언했다. '스텝업'을 꿈꾸는 그는 "팀의 주축으로서 모든 대회에 다 나가 뛰고 싶다. 20골이 많다 할 수 있지만 개인적으로는 성에 차지 않을 듯하다. 지난 시즌 많은 시간을 뛰지 않고도 12골을 넣었으니 새 시즌에 풀타임으로 뛴다면 그 두 배는 넣어야 한다"고 말했다. 그가 말한 두 배는 24골에 달하지만 목소리에 자신감이 묻어났다.

벨기에 매체 HLN은 마치 그의 다리에 화약이 장착된 것 같다며 그와의 인터뷰를 소개했다. 일찌감치 병역 의무를 마친 그는 "힘들었다. (당시) 난 겨우 열여덟 살이었다. 친구들과 재미있게 놀고 싶은 나이였다. 유럽에서 뛰는 게 큰 꿈이라 병역을 일찍 마쳐 다행"이라고 했다. 군대에서 무엇을 했느냐는 질문엔 "우리는 매일 아침 6시 30분 일어나 곧바로 밖으로 나가 군가를 부르며 구보했다. 아침 식사를 먹고 나면 군사훈련이 시작된다. 난 좋은 명사수라는 말을 들었다. 오후엔 군팀에서 축구 훈련을 했다. 원칙적으로 한국의 모든 남성은 병역의 의무가 있다. 심지어 케이팝 스타들도 마찬가지"라고 했다.

그는 루틴이 있다. 카림 벤제마처럼 오른손에 붕대를 감고 뛰는데, 상무 시절 다친 손목에 테이핑하고 뛰어 경기력이 좋아진 경험을 한 뒤 지금까지 이어가고 있다. 또 경기나 훈련을 앞두고 맨발로 그라운드를 도는데 이는 잔디 상태까지 몸소 느끼기 위해서다.

27번째 예비선수에서 주전 공격수로

2018년부터 한국 대표팀을 맡아온 파울루 벤투 감독은 상무 시절 오현규의 폭발적인 득점력과 저돌적인 움직임을 눈여겨보다가,

2022년 11월 22일 아이슬란드와의 평가전에 그를 처음 발탁해 투입했다. 이후 A매치 1경기 출전에 불과한 그를 2022년 카타르 월드컵에 데려갔다.

다만 '27번째 예비선수'였다. 카타르 월드컵 최종 엔트리는 26명만 등록하고 등번호도 1번부터 26번까지 달 수 있다. 그는 최종 명단에 들지는 못하고, 안와골절 부상에서 회복하고 있던 손흥민이 혹시 못 뛸 경우에 대비해 예비로 동행했다. 대표팀 단체 사진을 촬영할 때도 중간에 자리를 비켜줘야 했다. 선수들 가운데 유일하게 등번호를 받지 못한 그는 번호가 적히지 않은 유니폼 앞쪽을 매만졌다.

손흥민이 안면 보호 마스크를 쓰고 출전하게 되면서 거꾸로 그는 월드컵 출전이 좌절됐다. 하지만 그는 한국에 돌아가지 않고 대표팀과 함께 일정을 소화하기로 했다. 벤투 감독과 대한축구협회는 그가 월드컵 무대를 지켜보고 함께 훈련한다면 향후 큰 도움이 될 거라고 내다봤다. 한국이 1승 1무 1패를 거두며 16강 역사를 쓰고 귀국길에 오를 때 주장 손흥민은 그를 콕 집어 중요한 역할을 했다며 고마움을 표시했다. 그는 '깍두기'처럼 훈련 파트너로 나서 형들의 훈련을 도왔는데 흰색 운동화가 잔디 때문에 초록색으로 물들고 허벅지 근육 경련이 올라올 정도로 열심이었다. 그는 귀국한 뒤 이렇게 돌아봤다.

"물론 원팀이지만 (등번호도 없다 보니) 좀 다른 느낌이 들기도 했다. 그래도 형들이 정말 잘 챙겨주고 나도 형들을 보고 경험한 게 큰 자산이 됐다. 대표팀 형들과 함께한 것만으로도 감지덕지했는데 세계적인 선수들을 볼 수 있어 정말 좋았다. 특히 관중석에서 봐서 더 잘 보였다. 크리스티아누 호날두 선수를 가까이서 실물로 보니 신기했다. 16강 상대였던 브라질(1-4 패)은 출중했다. '내가 열 번 죽었다 깨어나도 비빌 수 있을까? 어떻게 저렇게 하지?' 하는 생각마저 들었다."

포르투갈과의 조별리그 3차전에서 승리한 뒤 손흥민에게 달려가 휴대폰으로 우루과이 대 가나 경기의 소식을 실시간으로 알렸던 그는 16강 진출의 의미를 되새긴다. "만약 북중미 월드컵에 나가게 된다면 이젠 다른 팀의 결과에 상관없이 위로 올라가고 싶다. 등번호를 받고 큰 무대에서 뛰게 된다면 정말정말 행복할 것 같다. 내가 잘해야 할 것 같다. 지금 대표팀에서 등번호 9번을 달고 뛴다고 해서 끝나는 게 아니다. 누구나 꿈꾸는 자리인데 계속 유지하려면 더욱더 잘하는 길밖에 없다"고 했다. 또 월드컵에 출전하는 국가대표 스트라이커의 의미를 "어릴 적 책상에서 등번호 '나인'(공격수 상징)을 그렸던 한 소년의 꿈"이라고 표현했다. 카타르 월드컵은 그에게 동기부여가 크게 되고 '중꺾마(중요한 것은 꺾이지 않는 마음)' 정신을 깨우친 장이었다.

그는 부상만 없다면 북중미 월드컵에 출전할 것이 확실시된다. 2024년 '홍명보호 2기'가 출범한 이래로 A매치 13경기에 출전해 총 6골을 터뜨렸다(2025년 기준). 손흥민과 함께 최다 득점자다.

홍명보호 최전방 원톱 공격수 경쟁은 뜨겁다. 미국 메이저리그

사커 LAFC에서 뛰는 손흥민은 여전히 건재하고 조규성도 무릎 수술의 후유증을 딛고 1년 8개월 만에 돌아왔다. 여기에 오현규까지 가세해 3파전이다. 손흥민이 경험이 풍부하고 조규성이 제공권이 좋다면, 오현규는 저돌적인 뒷공간 침투와 폭발적인 슈팅이 최대 무기다. 그는 하루에 슈팅 연습을 40개 가까이 한다. 과거에는 이리저리 뛰어다녔으나 최근엔 홍감독의 조언에 따라 좀 더 현명한 움직임을 가져가고 있다.

2002 황선홍처럼 월드컵 득점 꿈꿔

2025년 12월 25일 FIFA와의 인터뷰에서 오현규는 북중미 월드컵에 출전하고 싶은 꿈을 밝혔다. 한국은 개최국인 멕시코, 남아프리카공화국, 유럽 플레이오프 D 승자 등과 함께 A조에 속해 조별리그 3경기 모두 멕시코에서만 치르게 됐다.

그는 "선수로서 한 곳에서 경기를 계속 치르는 게 이동 거리나 피로도 면에서 유리하다고 생각한다. 더 좋은 퍼포먼스를 낼 수 있지 않을까 싶어 긍정적으로 생각한다"고 했다. 그러면서도 "홈 이점이 있는 멕시코가 가장 까다로울 것 같다. (2025년) 9월에 맞섰을 때 일대일 싸움을 겪어보니 굉장히 거칠었다. 선수들의 플레이와 몸싸움, 태도, 스타일에서 '날것'의 느낌을 강하게 받았다"고 했다. 2025년 9월 미국 내슈빌에서 열린 멕시코와의 평가전에서 골을 터뜨렸던 그는 "당시 멕시코 팬들이 정말 많아 (저들은) 홈이나 다름없는 분위기였다. 원정 팀이 골을 넣으면 경기장이 조용해지지 않나. 스트라이커 입장에서 그런 순간은 또 다른 동기부여"라고 했다. 그는 멕시코전 득점 영상을 수천 번, 수만 번은 돌려봤다고 한다.

카타르 월드컵에 예비 엔트리로 동행해 포르투갈과의 조별리그 3차전, 이른바 '알라얀의 기적'을 지켜본 그는 "아직도 너무 생생하다. 직접 뛰지 않았지만 내 인생을 통틀어 손가락에 꼽을 정도로 특별한 순간이었다. 그런 순간을 한 번 더 재현하는 게 꿈"이라고 했다.

그는 '대한민국만의 축구'를 강조했다. "(월드컵) 아시아 예선 땐 공격적인 포백을 준비했지만 좀 더 강한 팀을 만날 땐 파이브 백을 준비했다. 대한민국만이 자랑할 수 있는 축구를 잘 준비한다면 포메이션이 무엇이든, 어디에서 뛰든 좋은 시너지가 날 것이다. 2002년은 우리 국민 모두가 힘든 시기를 겪다가 크게 기뻐했던 순간이었다. 그런 기쁨을 한 번 더 재현하고 싶다."

그는 또 "대한민국은 어려운 시기를 겪을 때마다 하나가 되면서 강해지는 나라라고 생각한다. 이번 2026년 월드컵도 모두가 한마음 한뜻으로 나아간다면 국민들이 기대하는 꿈을 이룰 수 있지 않을까 싶다. 나 역시 그 꿈을 이루기 위해 100퍼센트를 넘어 120퍼센트까지 모든 것을 쏟아부을 것을 맹세한다"고 했다.

그는 유튜브 채널 '스탐'과의 인터뷰에서도 "(이)강인, (양)민혁, (배)준호랑 (조 추첨에 관해) 얘기해봤다. 강인이는 차라리 잘됐다고 말하더라. 위치적인 부분이 정말 중요한데, 우리가 이동 거리와 시간이 다른 국가에 비해 좋다고 했다. 그래서 차라리 더욱 몰입하고 회복에 집중할 수 있는 기회가 될 수 있어 좋다고 생각한다"고 말했다. 또 "꿈은 크게 꿔야 하고, 그 꿈의 크기대로 살아간다. 이왕 목표를 잡으려면 우승을 과녁 삼아 준비해야 하지 않겠나. 똑같은 사람들끼리 축구를 하는 거다. 제대로 한판 붙어 이긴다는 마인드로 임하겠다"고 했다.

경기 남양주 출신으로 어린 시절 집이 어려웠던 그는 필자에게 "초등학교 4, 5학년 무렵 어머니가 하신 말씀이 기억난다. '일반 학교에 들어가 돈을 내고 축구한다면 서포터할 형편이 못 된다'며 미안해하셨다. 프로 산하팀(매탄중·매탄고)에 가면 회비를 안 내도 될 것 같아 그런 마음으로 부모님을 생각하며 열심히 했다"고 했다. 그는 최근 부모님에게 집도 사드리며 은혜를 갚았다.

카타르 월드컵 당시 등번호조차 없던 그는 지금은 대표팀 주전 스트라이커로 발돋움했다. 경쟁 선수들과의 주전 경쟁에서 우위를 점하며 골 결정력에서만큼은 따라올 선수가 없음을 증명했다. 이적 무산의 아픔도 잊은 지 오래다. 북중미 월드컵을 앞두고 그는 이렇게 말했다.

"여섯 살 때인데 어렴풋이 기억나는 장면이 있어요. 집 서랍장에 2002년 월드컵 대표팀의 경기 스페셜이 담긴 CD가 있었습니다. 황선홍 감독님이 당시 폴란드전에서 골을 넣는 장면을 다시 보려고, 리모컨을 어떻게 사용하는 줄도 모를 때인데, 어떻게든 되감기 버튼을 눌렀어요. 그렇게 꿈을 키웠습니다. 나도 황감독님처럼 월드컵에 가 골을 한번 넣고 싶습니다.”

플레이어 오현규의 SWOT

`Strength`

공격수는 결국 골을 넣어야 한다. 기술적으로 뛰어나도 결국 슈팅을 때려야 골을 넣을 수 있는데, 그는 어떻게든 슈팅을 가져가 마무리한다. 팬들이 리턴 패스를 내주는 대신 뭐라도 하려는 그의 플레이 스타일에 열광하는 이유다. 그렇다고 프로 레벨에선 ‘슈팅을 때려야지’ 마음먹는다고 다 때릴 수 있는 게 아니다. 페널티박스에서 때리려면 슈팅 각을 만들어야 하고 몸을 열어야 한다. 20, 30미터에서 중거리 슛을 넣으려면 슈팅력도 뒷받침돼야 한다. 그의 강점은 자신감이 넘치고 슈팅을 많이 가져간다는 것이다. 또 슈팅 임팩트가 좋고 골도 잘 넣는다. 웬만한 득점은 다 다이내믹하다. 물론 강약 조절도 잘하고, 순간적으로 스텝을 바꾸며 공을 건드린다. 힘 있는 저돌적 돌파와 빠른 스피드, 민첩함뿐 아니라 상대를 등지는 몸싸움도 돋보인다. 카운터 어택 상황이 나오거나 수비 뒷공간이 생길 때 날카롭게 침투한다. 스웨덴 출신으로 프리미어리그 아스널에서 활약하고 있는 빅토르 요케레스의 경기를 보고 있으면, 자연스럽게 그가 떠오른다.

결정적인 찬스를 놓칠 때도 있다. 열정이 넘치는 만큼 문전에서 좀 더 침착하고 단호할 필요가 있다. 섬세함과 정교함도 더해야 한다.

국가대표는 노력만으로는 안 된다는 말이 있다. 타고난 게 있어야 한다. 그는 피지컬이 타고났다. 가까이서 보면 피지컬(키 185센티미터, 체중 87킬로그램)이 정말 좋고 체구가 단단하다. 어릴 때 별명이 '아기 괴물'이었다. 벨기에에선 피지컬 코치와 스태프가 그를 지치지 않는 기계 같다며 '머신'이라고 부른다. 게다가 워낙 노력을 많이 한다. 무척 성실하다. 공격수로서 배짱과 당돌함이 있는데 무엇보다도 마인드가 좋다. 그는 "크리스티아누 호날두는 내가 축구를 시작할 마음을 먹게 해준, 동경하는 선수다. 어릴 때 TV에서 맨체스터 유나이티드 소속이던 그가 중거리 슛으로 밋진 골을 넣는 모습을 봤다. 많은 나이에도 몸 관리가 뛰어나다는 것도 배울 점이다. 흐트러질 때마다 그를 생각하면 동기부여가 된다"고 말했다. 2001년생인 그는 일찌감치 병역 의무도 해결했다. 빅클럽 이적은 시간문제다. 2025년 12월 기준, 축구 통계 전문 매체 '트랜스퍼마르크트'에 따르면 그의 몸값은 7백만 유로(119억 원)다. 한국 대표팀 선수 가운데 전체 5위다. 셀틱을 떠날 당시 가치가 76억 원이었으니 급증해 100억 원을 돌파했다. 한국 선수 중 그보다 시장가치가

높은 이는 김민재와 이강인(이상 2500만 유로), 손흥민(1800만 유로),
황희찬(1천만 유로)뿐이다.

2025년 8월 독일 프로축구 슈투트가르트로 이적을 추진하는 과
정에서 과거 무릎 십자인대 부상 이력이 걸림돌이 됐다. 슈투트가
르트 이적 불발을 전화위복으로 삼아야 한다. 최근 유럽 무대에서
보란 듯이 득점을 쌓고 있다.

배준호

Gen-Z Soccer Player

한국 축구의 새로운
'판타지 스타' 배준호

2023년 8월 28일 인천국제공항에서 영국 출국을 앞둔 배준호를 만났다. 스무 살 약관의 어린 축구선수. 떨릴 법도 한데 원래 감정 기복이 크지 않은 그의 표정은 늘 그렇듯 심드렁했다. "잘 잤다"라며 희미한 미소를 보일 뿐이었다. "설레는데 걱정보다 기대가 더 크다." 필자는 내심 '설레지도 않는 표정인데'라고 생각했으나 무심해 보이는 그 특유의 캐릭터에 미소 지었다.

그의 행선지는 스토크 시티. 1863년 창단해 유구한 역사를 자랑하는 잉글랜드 클럽이다. 프리미어리그의 단골로 영국 전설의 골키퍼 고든 뱅크스와 시대를 풍미한 장신 스트라이커 피터 크라우치를 배출한 팀이기도 하다. 2부 리그이긴 해도 그의 유럽 진출은 놀라운 소식이었다.

그에게도 축구 인생의 큰 전기가 될 만한 이적이었다. K리그에 입성한 지 1년 반 만에 이룬 초고속 승진이었다. 그런데도 그는 "굳이 올여름이 아니어도 좋은 기회는 나중에도 올 것으로 생각해 차분하게 기다렸다"라며 "2부 리그여도 항상 꿈꿔온 무대에 가게 됐다. 늘 유럽에서 뛰는 상상을 하며 축구했다. 꿈이 이뤄지는 것 같지만 이제 시작이라고 생각한다. 지금부터가 중요하다. 아직은 내게 유럽파라는 타이틀은 과분하다. 겸손히 할 일을 하겠다. 들뜨지 않고 평정심을 유지하며 잘 적응해야 한다"고 차분히 소감을 밝혔다.

고교 무대에 등장한 '슈퍼 탤런트'

2019년 천안중을 졸업한 그는 천안제일고에 입학해 고교 생활을 시작했다. 당시만 해도 그는 공을 '좀 차는' 선수 정도로만 알려졌지 2003년생 중 최고라거나 랭킹 1위가 될 만한 재능이라는 평가는 드물었다. 그저 조금 지켜봐야 할 수많은 선수 중 하나에 불과했다. 말하자면 'one of them'.

평범해 보이던 그에 대한 평가는 2학기를 지나며 급격히 달라졌다. 입학한 뒤 폭발적으로 성장하더니 빠르게 천안제일고의 주전 자리를 꿰찼다. 연말 가장 중요한 대회인 왕중왕전에서 맹활약하며 팀의 준우승을 이끌었다. 중고교 레벨에서는 한 학년 차이가 프로 무대보다 훨씬 크게 다가온다. 신체 조건과 기본기, 전술 이해도 등에서 차이가 나기 때문에 1학년이 수많은 2, 3학년을 제치고 주전으로 뛰는 모습은 상상하기 어렵다. 저학년 대회가 따로 있는 것도 실력이 부족한 1학년 선수들이 뛸 무대가 따로 필요하기 때문이다. 게다가 왕중왕전은 여러 유소년 스카우트와 프로 산하 유스에서 지켜보는 무대다. 그런 큰 대회에서의 활약으로 그는 일약 초특급 유망주로 발돋움했다.

그해 천안제일고가 추계 고교연맹전에서 일어난 승부 조작 논란에 휘말림에 따라 그는 평택에 위치한 진위고로 전학하고 평택 진위FC 창단 멤버로 합류했다. 2학년엔 이미 고교 무대에선 적수가 없는 수준으로 도약했다. 진위FC는 그런 그를 앞세워 전국 대회를 휩쓸었다. 자연스럽게 프로 구단에서 달려들기 시작했다. 명문 유스팀을 보유한 수도권의 한 기업 구단은 적극적으로 접근해 전학을 추진하기도 했다. 프로행까지 보장하겠다는 조건을 내세울 정도로 적극적이었다. 하지만 그는 무리해 전학하지 않고 익숙한 팀에서 발전하는 쪽을 원했다. 호흡이 좋은 동료들과 뛰며 고등학교를 마무리해도 프로행에는 충분히 성공할 수 있다는 자신감도 있었다. 그렇게 착실하고 확실하게 고교 무대에서 실력을 쌓았다.

2021년 가을. 당시 K리그1 제주SK를 이끌던 남기일 감독이 2003년생, 그러니까 당시 고교 3학년 한 선수에 관해 얘기한 적이 있다. "진위인가, 어디 평택 쪽 클럽에 선수가 하나 있는데 진짜 괜찮다고 소문이 났다. K리그에서 여러 팀이 관심을 보인다는데 우리도 한번 확인해보려고 한다"라는 말이었다. 나중에 알고 보니 그 선수가 바로 배준호였다. 그 무렵 진위FC는 제주SK, 대구FC 등과 연습경기를 치렀다. 두 구단의 목적은 그의 기량을 확인하는 것. 오직

한 선수만을 위한 연습경기가 열렸다. 그 정도로 그는 뜨거운 선수였다. 결과적으로 좋은 평가를 받아 팀을 골라 갈 수 있는 상황에 놓였다.

남감독은 "여건이 되면 우리가 데려오려고 한다. 정말 재능이 남다르다. 선수 쪽에서도 긍정적이라 계약하게 될 것 같다"며 욕심을 냈다. 제주 구단에서도 그를 영입하려고 움직였다.

그때 새로 등장한 팀이 대전 하나시티즌이었다. 기업 구단으로 전환한 뒤 유망주 물색에 나선 당시 허정무 이사장이 그의 떡잎을 제대로 알아봤다. 원래 선수 보는 안목이 탁월하기로 유명한 허이사장이 보기에도 배준호는 '진짜'였다. 결국 대전이 진위FC 선수 5명을 추가로 영입하는 파격적인 조건을 앞세워 그를 잡는 데 성공했다.

고등학생 배준호와 에이전트 계약을 맺은 루트원 스포츠의 임세진 대표는 "고교 3학년 때는 이미 프로 산하 유스의 웬만한 선수들보다 훨씬 좋은 평가를 받았다. K리그에 데뷔도 하기 전인데, 프로에 들어가면 금세 존재감을 드러내 유럽까지 갈 선수로 분류됐다. 의심하는 사람은 거의 없었다. 사실상 이미 유럽까지 생각하고 대전 하나시티즌에 입단했다. 대전에서도 공식 제안이 올 경우 준호의 유럽 진출을 적극적으로 돕겠다는 강한 의지를 보였다. 당시 조건이 워낙 압도적이라 대전으로 향할 수밖에 없었다"고 설명했다.

사실 그때만 해도 필자는 그를 크게 주목하지 않았다. 기자 일을 십수 년 하다 보면 수많은 10대·20대 유망주를 만나게 된다. 언론

　　　　　　　　　　　　　　　　　　　　이강인과 Z세대

매체에서 화려하게 포장하고 띄우는 유망주 가운데 실제로 성인 무대에 진출해 두각을 드러내거나 기대한 만큼 성장하는 비율은 얼마나 될까. 모르긴 몰라도, 잘 쳐줘야 10퍼센트 정도? 필자는 아직 프로 무대에 정착하지 못한 유망주에게 큰 관심을 두지 않는 편이다. 설레발로 끝날 가능성이 높기 때문이다. 특히 고등학생이라면 더욱 그렇다. 10대 선수의 미래는 그 누구도 알 수 없다. 전국의 수많은 고교 랭킹 1위 선수들이 소리 소문 없이 사라진다. 그게 바로 치열한 현실이다. 앞으로 지켜봐야 할 선수라는 생각은 하지만 무조건 잘되리라고는 생각하지 않았다. 그 대신 냉정하고 객관적인 시선으로 관찰해야 할 선수로 여겼다.

충격의 개막전과 성장

배준호는 대전 하나시티즌에 입단한 뒤 빠르게 K리그2 데뷔전을 치렀다. 당시 대전을 이끌던 이민성 감독은 동계훈련을 통해 그의 기량과 잠재력을 확인했다. 재능은 뚜렷하나 프로의 템포와 압박 강도를 버티기는 힘들 수 있다는 진단이 나왔다. 피지컬도 아직 완성되지 않아 버티기 어려울 것이라 봤다. 비관적인 예상 속에서도 이감독은 2022년 2월 27일 개막전인 광주FC와의 경기에서 그를 베스트11에 포함시키며 현주소를 제대로 파악하는 게 중요하다고 판단했다. 일단 부딪쳐봐야 선수 스스로 한계를 느끼고 과제를 발견해 개선하려고 노력하리라는 계산이자 바람이 깔려 있었다. 그 덕분에 그는 대전의 새 시즌 개막전에 베스트11으로 들어갔다. 열여덟 살의 어린 신인.

떨리는 데뷔전은 겨우 21분 만에 끝났다. 지난 시즌 K리그1 강등팀인 광주FC의 스피드를 따라가지 못했다. 경기 결과 또한 중요하기에 이감독은 빠르게 그를 벤치로 불러들였다. "어느 정도 예상은 했다. 그래도 일단 해보고 선수도 현실을 파악하는 게 중요하다고 봤다. 그래서 일단 선발 투입했는데, 아직은 안 된다고 평가했다. 시간이 해결할 문제라고 봤다. 최소 1년은 필요하다고 생각했다." 이감독은 당시 상황을 이렇게 돌아봤다. 훗날 배준호도 프로 데뷔전을 떠올리며 "내가 들어가 뭘 했는지 하나도 생각나지 않는다. 정신을 못 차리고 헤매기만 했다. 부끄러울 정도로 못했다"고 돌아봤다. 고교 초특급 유망주라는 수식어를 달고 살던 그의 입장에선 당황스럽고, 더 나아가 충격적인 데뷔전이었으리라.

그 후 그는 두 달이 넘도록 K리그2 경기에 나서지 못했다. 그 대신 2군팀이 출전하는 K4리그로 무대를 옮겨 성인 레벨에 적응하는 시간을 보냈다. K4리그도 고등학교와 비교하면 수준이 높다. 프로 경험이 많은 선수들이 뛰는 팀도 있어 그에게는 성장하는 시간으로 작용했다. 뛰어난 재능을 갖춘 선수답게 그는 빠르게 성인 템포에 적응했다. 2군 경기를 통해 그의 성장을 확인한 이감독은 그해 5월 9일 다시 한 번 그를 호출해 K리그2 김포FC전에 내세웠다. 이번엔 전반전을 모두 소화하며 출전 시간을 늘렸다. 데뷔전보다는 나았으나 기대한 수준은 아니었다. 결국 그는 다시 2군으로 향해 2개월의 시간을 하부 리그에서 보내야 했다.

그해 7월 18일 서울 이랜드와의 경기에서 그는 다시 선발 출전할 기회를 잡았다. 그 경기에서 마침내 프로 데뷔골을 터뜨리며 가능성을 증명했다. 특유의 감정 기복 없는 캐릭터답게 데뷔골에도 크게 동요하지 않았다. "볼을 잘 차는 선수들이 많아 훈련하는 동안 많이 배우고 있다. 꾸준함을 유지해야 한다. 특히 수비적인 부분, 체력이 중요한 것 같다. 체력적으로 준비돼야 공수에 걸쳐 할 수 있다"라며 성장을 강조했다.

시즌 후반기로 접어들 때 그는 K4 무대가 좁은 선수로 발전해 있었다. 마침내 프로에 어울리는 선수가 됐다. 그해 10월부터는 1군 엔트리에서 빠지지 않고 대전 하나시티즌의 승강 플레이오프 무대에서도 맹활약하며 팀의 1부 리그 승격까지 이끌었다. 말 그대로 '초스피드' 성장이었다. 이민성 감독은 이렇게 회상했다. "생각보다 성장세가 빨랐다. 2023시즌은 돼야 준호를 적극적으로 쓸 수 있다고 봤는데 여름이 지나고 나니 K4에선 더 이상 배울 게 없는 선수가 돼 있더라. 그래서 1군에 고정했다. 막바지엔 거의 팀의 에이스로 활약했다. 우리가 승격하는 데 가장 결정적인 역할을 한 선수가 준호였다. 그렇게 성장 속도가 빠른 선수는 현역, 지도자 생활을 통틀어 처음 봤다."

"지금까지 축구인으로서 수많은 재능 있는 선수를 봤다. 준호는 전혀 보지 못한 유형의 천재 스타일이었다. 대부분은 킥이 좋거나 무척 빠르거나 드리블이 뛰어난데, 준호는 단 한두 번의 터치로 압박에서 벗어나는 능력이 탁월했다. 수비수를 놓고 돌아서는 동작이 그렇게 부드러운 선수는 본 기억이 없다. 현대 축구에서는 탈압박이 화두다. 수비 라인이 촘촘하고 전술도 고도화되기 때문에 압박에서 벗어나는 게 중요한데 준호는 그걸 아주 쉽게 해내는 선수로 보였다. 프로 무대에 적응하니 고등학교 시절의 플레이가 고스란히 나왔다."

FIFA U-20 월드컵

2022년 20세 이하(U-20) 대표팀의 사령탑에 오른 김은중 감독은 당시 해당 연령대 랭킹 1위로 불리던 배준호를 팀의 주축으로 분류했다. 둘이 처음 만난 건 그해 1월. 경주에서 소집한 U-20 대표팀에서 그는 가장 주목할 선수였다. 4월 베트남, 6월 포르투갈 대회를 거치는 동안 그는 팀의 확실한 에이스로 자리 잡았다.

김감독은 본격적으로 그의 능력을 극대화할 방법을 찾기 시작했다. 대전 하나시티즌에선 공격형 미드필더로 뛰며 거의 중앙에 자리하던 그를 김은중호는 처음으로 왼쪽 윙포워드로 기용했다. 포르투갈 대회 당시 그는 김감독을 찾아가 "저는 중앙에서만 뛰어봐서 측면은 너무 어렵다"고 솔직한 생각을 털어놓기도 했다. 김감독은 "측면에 서면 할 수 있는 게 더 많고 너도 편할 것"이라며 설득에 나섰다. 배준호가 편하게 경기에 임할 수 있게 고교 시절부터 호흡을 맞춘 사이드백 배서준을 배치해 시너지 효과를 노리는 포석도 됐

　　　　　　　　　　　　　　이강인과 Z세대

다. 그만큼 그를 측면에 두고 싶었다는 의미로 해석할 수 있다.

실제로 배준호는 그해 9월 아시아축구연맹 U-20 아시안컵 예선, 그리고 이듬해 3월 열린 본선에서 측면 공격수로 맹활약했다. 사실 열아홉 살인 그가 폭발적인 성장을 이룬 배경에는 U-20 대표팀이 있다. 연령대 대표팀에서 꾸준히 국제 경기를 소화하고 김감독의 지도 아래 다양한 역할을 경험한 덕에 그는 프로 레벨에 어울리는 선수로 도약했다. 김감독은 "준호는 보기엔 차분하고 조용하지만 승부욕이 엄청난 선수다. 대표팀 소집을 하면 분위기 환기 차원에서 레크리에이션을 하는데 준호는 거기서도 지지 않으려고 이를 악물고 한다. 그래서 늘 1등은 준호의 몫이었다. 그런 부단한 노력 덕분에 준호가 빠르게 성장했다고 본다"고 말했다.

2023년 K리그1으로 승격한 대전 하나시티즌에서 그는 중요한 역할을 담당했다. 화려하지 않아도 특유의 안정적이고 영리한 플레이로 공격 작업의 시발점이 됐다. 1부 리그의 힘과 속도로 인해 고전하기도 하지만 스무 살이 되지 않은 어린 선수임을 고려하면 합격점을 받기엔 충분했다. 김은중 감독도 잠재력이 무궁무진한 제자의 성장세를 보며 흐뭇한 미소를 지었다.

2023년 U-20 월드컵은 5월 아르헨티나에서 열렸다. 대회를 앞두고 그는 '제2의 이강인'이 되겠다고 다짐했다. 직전 대회인 2019년 폴란드에서 이강인은 팀을 결승전에 올려놨다. 비슷한 포지션을 소화하고 마찬가지로 '천재' 유형인 그는 "이강인 선수처럼 할 수 있을지는 잘 모르겠지만 내가 해야 할 역할이 있다고 생각한다. 공격적인 부분에선 적극적으로 임해 최선을 다할 생각이다. 더 적극적으로 해야 한다고 생각한다. 욕심도 있다. 월드컵에선 더욱 공격적이고 과감한 플레이를 할 것이다. 슛도 많이 때리겠다"며 의지를 불태웠다.

대회를 앞두고 비보가 찾아왔다. 그가 K리그1 경기를 소화하다 내전근 부상을 당한 것. 팀의 주축이자 에이스인 그의 부상은 김은중에 엄청난 마이너스 요인이었다. 김은중 감독은 첫 경기인 프랑스전을 앞두고 고민에 빠졌다. 무리하게 출전을 강행할지, 아니면 선수에게 회복 시간을 좀 더 줘야 할지 결정해야 했다. 그의 선택은 후자였다. 프랑스라는 강력한 팀을 상대로 배준호 없이 싸운 U-20 대표팀이 예상을 깨고 2-1로 승리했다. 핵심 선수를 아끼고도 승점 3을 챙겼으니 두 마리 토끼를 잡은 셈이었다. 프랑스전을 건너뛴 배준호는 2차전 온두라스전, 3차전 감비아전에 출전하며 컨디션을 끌어올렸다. 한국은 1승 2무로 조 2위를 달성해 16강에 진출했다.

그리고 이어진 에콰도르와의 16강전. 그 경기는 배준호 축구 인생의 전환점이 됐다. 1-0으로 앞선 전반 19분. 그의 이름 석 자를 전 세계에 알리는 시간이었다. 아크서클 정면에서 대기하던 그는 오른쪽 측면에서 올라온 땅볼 패스를 받았다. 원터치로 뒤로 기민하게 돌아 수비수를 가볍게 따돌린 뒤 한 번의 페인트 동작으로 다시 수비수를 제친 다음, 골키퍼의 타이밍까지 빼앗은 뒤 여유롭게 오른발 슛으로 골망을 흔들었다. 완벽히 개인 능력으로 만든 골이었다. 이민성 감독이 언급한, 탈압박의 수준이 다르다는 말을 증명하

　　　　　　　　　　　　　　　　　이강인과 Z세대

는 장면이기도 했다. 김은중 감독은 "벤치에서 그 모습을 보는데 전율이 끼쳤다. 오랜 기간 선수와 지도자 생활을 해오며 그 정도로 멋진 골을 본 적이 없다. 준호의 캐릭터를 그대로 보여주는 골이었다"고 돌아봤다. FIFA에서도 그의 골을 집중 조명하며 앞으로 주목해야 할 신성으로 소개하기도 했다. 한국의 '판타지 스타'라는 수식어가 붙은 경기였다.

그 득점 하나로 그의 주가는 급격히 상승했다. 유럽의 주요 스카우트들이 주목하는 U-20 월드컵 토너먼트 무대에서 그 정도로 강렬한 장면을, 오로지 개인 역량으로 연출하는 선수는 보기 드물다. 마침 한국은 에콰도르전에서 승리한 뒤 8강에서 나이지리아까지 잡아 4강에 진출했다. 그의 '쇼케이스' 무대가 충분히 마련된 셈이다.

생각보다 빨리 잡힌 유럽 진출

월드컵 이후 때마침 유럽의 여름 이적시장이 열리면서 본격적으로 그의 거취가 화두로 떠올랐다. 당시 그에게 관심을 보인 팀으로 아스널과 맨체스터 시티 등 잉글랜드 프리미어리그의 강호들이 거론돼 화제가 됐다. K리그의 특급 유망주가 스무 살 나이에 빅리그로 향할 수 있다는 기대감에 축구팬도 들뜨는 분위기였다.

실제로 배준호 영입을 추진한 팀은 총 세 곳. 가장 유명한 클럽은 스페인의 강호 아틀레티코 마드리드였다. 마드리드를 같은 연고지로 둔 레알 마드리드의 지역 라이벌이자 라리가에서 꾸준히 선두권에 오르는 명문 구단이다. 아틀레티코 마드리드는 원래 이강인에게 꾸준히 관심을 보여온 클럽이다. 하지만 인연이 닿지 않다가 이번에 배준호가 레이더에 걸렸다. 그해 2023년 7월 아틀레티코 마드리드는 한국에서 '팀K리그(K리그 올스타)'와 쿠팡플레이 시리즈로 맞대결을 벌이는데 당시 그가 선발되어 스페인의 화려한 라인업을 상대로 뛰어난 기량을 선보였다. 경기 후 아틀레티코 마드리드의 디에고 시메오네 감독은 "이름으로 말하면 틀릴 것 같아 번호로 말하겠다. 특히 33번 선수의 라인 플레이가 인상적이었다"라며 흥미로운 선수로 그를 꼽았다. 현장에서 직접 관찰한 만큼 영입을 위한 확신이 있었던 것으로 보인다.

문제는 계약 조건이었다. 일단 2군 계약을 체결한 뒤 성장 상황에 따라 1군으로 올리겠다는 청사진을 제시했다. 배준호 측은 당장은 용의 꼬리보다 뱀의 머리가 되는 게 중요하다고 판단했다. 리그나 팀 수준이 조금 떨어져도 주전급으로 뛸 수 있는 곳에 가야 유럽 무대에서 제대로 발전할 수 있다는 계산이었다. 당시 협상을 진행한 임세진 대표는 "좋은 팀은 선택의 기준이 아니었다. 일단 뛸 수 있는 곳, 직접 퍼포먼스를 보여 성장하고 증명하며 관심을 받을 수 있는 팀이 우선이었다. 아틀레티코 마드리드는 포장이 좋은 팀이지만 막상 준호가 활약할 공간은 부족할 것이라고 봤다"라는 비하인드 스토리를 들려줬다.

그런 조건을 충족하는 또 다른 팀은 이탈리아 세리에A의 토리노

FC였다. 토리노는 배준호 영입에 적극적으로 움직여 구체적 조건을 확인하는 등 영입 의사를 타진했다. 문제는 토리노의 재정 상황. 핵심 선수 한 명을 매각해야 그를 영입할 공간이 생기는 그림이었는데, 당시 여름엔 그 작업이 원활히 진행되지 않았다. 결국 토리노와의 계약도 성사되지 않았다.

협상을 진행하는 과정에서 꾸준한 출전 기회를 약속하며 어필한 팀이 바로 스토크 시티였다. 스토크 시티는 2017/2018시즌 잉글랜드 프리미어리그에서 강등된 뒤 2부 리그를 벗어나지 못하는 어려운 상황이었다. 과거 '남자의 팀'이라 불리며 거칠고 선 굵은 축구를 구사해온 스토크 시티는 기술이 좋고 섬세한 플레이를 갖춘 그를 승격의 키로 여기며 적극적으로 러브콜을 보냈다. 챔피언십으로 향하면 프리미어리그로 승격할 가능성이 있고 그렇지 않다 해도 이적을 통해 입성할 여지가 있어 결국 그는 스토크 시티의 손을 잡았다. 계약 조건은 200만 유로 수준에 셀온(추후 이적할 때 이적료 일부를 받는 조건) 옵션도 추가됐다. 스토크 시티 구단의 규모를 생각하면 나름 크게 베팅했다고 볼 만하다. 영입을 주도한 당시 테크니컬 디렉터 리키 마틴은 "배준호는 지난 20세 이하 월드컵에서 우리 스카우트 팀의 눈을 사로잡은 재능 있는 선수"라며 "우리는 배준호의 잠재력을 보며 흥분했는데, 그는 지속 발전해 우리 팀에 힘이 되는 선수가 될 것"이라며 기대감을 드러냈다. 그렇게 그는 K리그에 입성한 지 1년 반 만에 유럽 진출의 꿈을 이뤄냈다.

약관의 동양인이 스토크의 '킹'이 되다

2023년 8월, 여름 이적은 그에게 이상적인 시점이었다. K리그 1과 U-20 월드컵에서 꾸준히 경기에 나서 컨디션과 체력, 경기 감각 등이 모두 올라온 상태였다. 스토크 시티의 프리시즌에 합류해 빠르게 팀에 녹아들었다. 영어 공부에도 매진하며 감독과 스태프, 선수 등과의 소통에 힘썼다.

적응 기간도 짧았다. 시즌 초반인 5라운드 프레스턴 노스 엔드와의 경기에서 역사적인 유럽 무대 데뷔전을 치렀다. 이후 주로 교체로 출전하며 팀에 녹아드는 데 주력했다. 그의 경기력은 늘 좋은 평가를 받았다. 문제는 스토크 시티의 상황이었다. 팀이 워낙 부진해 경기력이 올라오지 않았다. 그는 기술적인 선수인 데 반해 동료 대부분은 투박하고 거친 편이었다. 도저히 홀로 돌파구를 찾을 수 없었다. 공을 쉽게 받지 못하고 공을 잡아도 줄 곳이 없어 방황하는 패턴이 반복됐다. 결국 그를 좋게 보고 데려왔던 알렉스 닐 감독이 그 해 12월 경질되는 초유의 사태에 직면했다. 그에게는 악재가 될 수 있는 사건이었다. 원래 사령탑이 바뀌면 입지가 확실하지 않은 선수는 출전 시간이 줄어들 수 있다.

기우였다. 새로 온 스티븐 슈마허 감독은 그의 재능을 제대로 알아보고 주전으로 활용했다. 그를 전술의 핵심으로 분류한 다음 그를 중심으로 공격을 전개했다. 자신을 중심으로 팀이 돌아가면서 그는 춤을 추기 시작했다. 마침내 34라운드 카디프 시티와의 경기에서 유럽 데뷔골을 터뜨렸다. 조금 늦었으나 깊은 인상을 남겼다.

  이강인과 Z세대

루이스 베이커의 프리킥이 골대에 맞고 나온 것을 그가 달려들어 마무리함으로써 꿈에 그리던 득점에 성공했다. 뒤늦은 데뷔골에 동료 모두가 달려와 자기 일처럼 기뻐했다. 스토크 시티의 동료들이 그를 얼마나 아끼고 인정하는지 알 수 있는 장면이었다.

2024년 4~5월에는 카타르에서 아시아축구연맹 23세 이하(U-23) 아시안컵이 열렸다. 파리 올림픽 본선 출전권이 걸린 중요한 대회였다. 당시 팀을 이끌던 황선홍 감독이 당연히 배준호 차출을 스토크 시티에 요청했으나 무산됐다. 스토크 시티 역시 강등 위기에 놓여 있어 잔류 목표를 위해 그가 필요했다. 도저히 보낼 수 없는 환경이었다. 어느 정도로 그를 중요한 선수로 여기는지 알 수 있는 대목이다. 실제로 데뷔 1년차에 그는 개인 응원가를 획득했다. 팬의 마음까지 사로잡은 것. 그를 위한 응원가엔 "측면에서 달리는 배준호, 시티를 노래하게 한다. 그는 우리의 한국의 왕(Bae Jun-ho Aha! Running down the wing, aha! Make the city sing, aha! He's our South Korean king!)"이라는 내용의 가사가 담겨 있다. 유럽의 팬은 냉정하고 잔인하다. 과거 박지성이 네덜란드에 진출했을 때 홈팬의 야유를 받은 사례가 축구팬에게 잘 알려져 있다. 못하면 누구보다 빠르게 박하게 대우하는데 그는 그 보수적인 잉글랜드, 그것도 거칠기로 유명한 스토크 시티 팬을 단번에 얻었다. 그 정도로 데뷔 시즌 존재감이 강렬했다.

U-23 아시안컵 합류가 불발된 뒤 그는 맹활약을 펼쳐 팀의 잔류를 이끌어냈다. 공격포인트가 많은 것은 아니었지만 공격의 핵심

구실을 하며 결과적으로 스토크 시티를 구하는 데 성공했다. 최종 개인 기록은 38경기 출전, 2골 5도움. 시즌을 마친 뒤 그는 스토크 시티의 2023/24시즌 '이번 시즌의 선수'에 선정됐다. 한국으로 따지면 '올해의 선수' 개념이다. 스토크 시티에서 가장 우수한, 최고의 경기력을 선보였다는 의미다. 약관의 나이, 그것도 동양인 한국 선수가 팀 최고의 에이스로 인정받는 순간이었다.

첫 시즌을 마친 뒤 2024년 5월 귀국한 그는 필자와 만난 자리에서 "내가 생각한 것보다 적응을 잘했다. 훈련장에서부터 늘 좋았다. 적응한 뒤로는 내가 통하겠다는 생각이 들었다. 응원가를 처음 들었을 때는 정말 놀랐다. 소름이 돋더라. 경기 내외적으로 내가 팀의 핵심이 됐음을 느꼈다. 싫지 않았다. 경기를 할수록 내 장점이 드러나는 것 같았다"라며 데뷔 시즌을 돌아봤다. 그러면서 "프리미어리그도 현장에서 봤다. 수준 차가 있더라. 프리미어리그를 향한 마음이 더욱 커졌다. 레스터 시티의 승격을 보며 정말 부러웠다. 직접 싸워본 팀이 다음 시즌에는 프리미어리그에서 뛴다고 하니까 더욱 자극되고 와닿았다. 우리도 충분히 할 수 있는 일"이라며 1부 리그 진출을 다짐했다.

또 다른 목표도 생겼다. 바로 한국 A대표팀 합류. "대표팀(에 들어가고 싶은) 욕심이 없다면 거짓말이다. 기대가 너무 크면 실망할까 봐 태연히 있으려고 하는데 솔직히 기대하고 있다. 축구를 시작한 이래 대표팀에 가는 것을 꿈꿔왔다. 연령대 대표팀을 해봤으나 많은 관중 앞에서 응원을 받으며 뛰어본 적이 없다. 대표팀에 가 그런 뜨거운 열기를 느껴보고 싶다"라는 각오였다.

태극마크의 꿈과 과도기

그가 A대표팀에 관해 얘기하고 딱 열흘이 된 날. 대표팀 임시 사령탑이던 김도훈 감독이 거짓말처럼 그를 전격 발탁했다. 당시 대표팀은 위르겐 클린스만 전 감독을 경질한 뒤 혼란에 빠져 있었다. 김도훈 감독 체제로 2026년 북중미 월드컵 아시아 지역 2차 예선을 치러야 하는 상황이었다. 중요한 시점에 그는 처음으로 태극마크를 달게 됐다.

처음으로 대표팀에 합류한 그의 모습은 평소답지 않게 들뜬 것 같았다. 손흥민과 이강인, 이재성, 황인범 등 화려한 선수들과 함께한다는 상상이 현실이 됐으니 그럴 만했다. 그는 "선배들과 같이 운동하는 것만으로 좋고 감사하다. 홍민이형은 정말 연예인을 보는 기분이다. 긴장을 안 하는 스타일인데 나도 모르게 긴장되고 떨리더라"라고 말했다. 어느 때보다 얼굴에 긴장감이 엿보였다.

떨리는 마음으로 준비한 싱가포르와의 원정 경기. 때는 2024년 6월 6일이었다. 그는 후반 25분 이재성과 교체되어 A매치 데뷔전에 나섰다. 스물한 살 청년에게는 역사적인 무대였다. 그가 대표팀에서 존재감을 알리는 데는 오랜 시간이 걸리지 않았다. 피치를 밟은 지 단 9분 만에 골을 터뜨렸다. 페널티박스 오른쪽 측면에서 박승욱이 올린 땅볼 크로스를 받아 원터치 오른발 슛으로 연결해 6-0을 만들었다. 득점 장면 외에도 무난히 팀에 녹아들며 어우러지는 플레이를 구사했다. 꿈에 그리던, 쟁쟁한 대표선수들과의 호흡은 기대 이상이었다. 최고의 데뷔전이었다.

대표팀 사령탑이 홍명보 감독으로 바뀐 뒤에도 그는 꾸준히 A대표팀에 승선했다. 월드컵 3차 예선 6경기에 출전하고, 쿠웨이트와의 경기에선 골도 넣으며 대표팀에서의 입지를 넓혀갔다. 그렇게 월드컵 출전의 꿈에 가까이 가는 것처럼 보였다. 손흥민은 그를 향해 "축구적으로 재능, 가능성이 많은 친구다. 후배의 경기를 보며 내가 다 뿌듯함을 느꼈다"고 칭찬했다. 이재성은 "같은 나이의 나와 비교하면 준호는 이미 나를 뛰어넘었다고 본다"고 말했다.

순항하던 그의 대표팀 항해. 2025년 10월부터 돌연 기류가 달라졌다. 그해 9월 미국 원정에 동행했던 그는 홍명보 감독으로부터 좋은 평가를 받지 못했다. 미국, 멕시코와의 2연전에 모두 출전했으나 전과 달리 인상적인 활약이 없었고 오히려 수비 가담과 팀 전체의 유기적 움직임 등에서 낙제점을 받았다. 그런 다음 10월 평가전엔 엔트리에 이름을 올리지 못했다. 마침 같은 포지션의 경쟁자이자 챔피언십에서 함께 뛰는 엄지성(스완지 시티)이 파라과이를 상대로 득점해 앞서나갔다.

11월 A매치를 앞두고도 엄지성은 발탁되나 그는 다시 한 번 외면받았다. 설상가상으로 2006년생 유망주인 양민혁(코벤트리 시티)까지 대표팀에 합류하면서 그의 입지는 점점 좁아지는 분위기로 흘러갔다. 그러다 연이어 부상자가 발생하면서 극적으로 추가 엔트리

　　　　　　　　　　　　　　　　이강인과 Z세대

에 이름을 올리게 됐다. 그렇게 볼리비아와의 평가전에 교체 출전하나 이번에도 이렇다 할 활약은 없었다. 이어진 가나전에선 출전 기회를 얻지 못했다. 대표팀에서 아예 멀어진 것은 아니지만 월드컵 엔트리에 진입한다고 장담하기 어려운 상황으로 흘러가는 것은 분명해 보인다.

이를 지켜본 김은중 감독은 "준호가 스토크 시티 두 번째 시즌부터 조금씩 과도기에 들어간 것 같다. 개인적으로 (2025년) 9월 A매치를 보고 걱정이 되긴 했다. 실제로 홍명보 감독님도 나와 같은 생각을 한 것으로 보인다. 하지만 준호는 더 성장할 수 있는 선수다. 더 적극적으로 해야 하고 에너지도 올려야 한다"고 조언했다.

배준호가 정체된 느낌을 받는 이유가 있다. 더 큰 무대로 옮기지 못했기 때문이다. 2024/25시즌이 끝난 뒤 그는 이적을 추진했다. 더 큰 무대, 수준 높은 곳에서 뛰고 싶다는 욕심이 컸다. 이적 가능성도 충분했다. 2년 전 그랬던 것처럼 많은 팀의 관심을 받았다. 프랑스와 네덜란드, 독일 등 여러 구단에서 그를 영입하려고 스토크 시티에 이적료를 문의했다. 스토크 시티는 1천만 유로라는 거액을 요구했다. 그의 잠재력과 당장의 실력을 고려하면 그 정도는 받아야 한다는 계산이었다. 그러나 스물두 살의 선수에게 그 정도의 돈을 투입할 팀은 유럽에서도 많지 않다. 결국 이적시장이 닫힐 때까지 공식 제안을 넣는 팀이 나오지 않으면서 그는 2025/26시즌도 스토크 시티에서 뛰어야 하는 상황에 놓였다.

2025년 6월 U-23 대표팀 훈련에서 필자와 만난 그는 더 큰 무대로 이적하기를 간절히 원하는 모습이었다. "나를 원하는 팀으로 가고 싶다"라며 2년 전의 스토크 시티처럼 자신을 적극적으로 쓸 팀이 나오기를 바랐지만, 그 목표는 그가 원하던 시점에 이뤄지지 않았다. 실망감이 컸을 게 분명하다. 하지만 이는 어떤 선수에게든 닥칠 수 있는 흔한 일이다.

적극성과 공격포인트

그의 가장 큰 과제는 공격포인트를 쌓는 능력을 개선하는 일이다. 김은중 감독은 "준호는 공을 빼앗기지 않는다. 그게 정말 큰 장점이다. 앞으로 나가 기회를 만들거나 여의찮을 땐 뒤로 돌려 다시 시작하는 플레이를 할 수 있다"고 칭찬하면서도, "다만 공격포인트는 더 욕심을 내야 한다. 준호는 공격수다. 골이나 어시스트를 많이 기록해야 가치를 인정받을 수 있다. 결국 실적을 내야 가치를 인정받고 더 좋은 팀에도 갈 수 있다고 본다. U-20 대표팀 시절 내내 강조했던 부분인데 워낙 이타적인 본능이 있어서 그런지 동료를 활용하는 것을 첫 번째 옵션으로 두는 것 같다"라며 아쉬움을 드러냈다.

그가 2025년 여름 더 큰 팀으로 이동하지 못한 가장 큰 이유도 여기에 있다. 스토크 시티가 제시한 이적료라면 선수가 어느 정도 공격포인트 생산 능력이 있어야 하는데 2024/25시즌의 그는 챔피언십에서 3골 5도움을 기록하는 데 그쳤다. 숫자만 보면 지극히 평범한 수준이다. 임세진 대표는 "스토크 시티는 배준호의 잠재력을 알고 쓰임새에 따라 정말 좋은 선수라는 것을 안다. 하지만 그를 영입하려는 팀은 실제로 나온 실적도 신경 쓸 수밖에 없다. 그 공격포인트를 보고 그 정도의 이적료를 지출할 팀을 찾는 게 쉽지 않았다"고 설명했다.

여러 포지션에서 기복 없는 경기력을 끌어내는 것도 중요하다. 2025/26시즌 그는 마크 로빈스 감독 체제에서 공격형 미드필더를 소화하고 있다. 몇 년간 측면에서 뛰다가 모처럼 고교와 대전 하나 시티즌 시절의 포지션으로 돌아가 중앙에서 팀에 영향력을 행사하고 있다. 이강인의 경우 PSG에서 좌우 윙포워드로 들어가거나 미드필드 전 지역을 커버할 때가 있다. 심지어 최전방에 자리해 제로톱을 소화하기도 한다. 그렇게 어떤 자리에 들어가도 제 몫을 하는 이강인을 PSG는 최고의 백업 자원으로 여긴다. 배준호도 두 포지션을 소화한다면 앞으로 주가가 더 상승할 수 있다. 어차피 포지션이야 감독의 성향이나 스타일, 지향점에 따라 달라지기 마련이다. 두 포지션을 모두 완벽에 가깝게 소화한다면, 스토크 시티는 물론이고 다른 팀으로 이적한 뒤에도 입지를 넓히는 데 큰 도움이 될 것이다.

이민성 감독의 경우 "나는 준호를 중앙에 놓는 게 맞다고 본다. 최대한 경기에 많이 관여할 수 있는 포지션이다. 과감함이 부족하다는 평가도 있지만, 그래도 공을 소유할 때 안정적이고 무에서 유를 창조하기도 한다"라며 김은중 감독과는 다른 활용 방식을 언급하기도 했다. 같은 한국 지도자여도 이렇게 생각에 차이가 있다. 앞으로 어떤 지도자를 만날지 알 수 없는 만큼 자리에 구애받지 않고 제 몫을 하는 역량을 갖춰야 한다.

2025년 10~11월 상황만 놓고 보면 비관적이긴 하지만 월드컵을 앞두고 어떤 일이 벌어질지 모른다. 부상자가 나올 수도 있고, 그가 리그에서 뛰어난 퍼포먼스를 보여 홍명보 감독의 마음을 다시 잡을 여지도 있다. 결국 기회는 스스로 만들어 잡는 것이다. 북중미에 가려면 지금까지 했던 것 이상의 경기력을 선보여야 한다. 이 사실을 잘 아는 그도 11월 볼리비아전에서는 공을 잡을 때마다 스스로 해결하기 위해 적극적으로 움직였다. 미세하지만 태도의 변화가 엿보였다. 당장의 월드컵을 놓치면 다시 4년을 기다려야 한다. 월드컵 참가라는 기회는 쉽게 오는 게 아니다. 지금 당장 이룰지, 2030년까지 바라봐야 할지는 그의 손에 달렸다. 그의 앞에 놓인 최대 과제다.

플레이어 배준호의 SWOT

Strength

가장 큰 강점은 현대 축구에서 필수 요소로 꼽히는 탈압박 능력이 탁월하다는 점이다. 상대의 강한 압박과 대인 마크 등이 다가올 때 그는 영리한 퍼스트 터치와 유려한 움직임으로 수비에서 벗어난다. 시쳇말로 '보법이 다른' 부드러움으로 수비의 움직임을 역이용하는 재주가 있다. 워낙 예측 불허라 분석하기 어려운 유형이다. 여기에 동료를 이용하는 영리한 플레이도 일품이다. 무리한 플레이는 지양하기 때문에 공을 빼앗겨 팀을 위기에 빠뜨리는 경우도 적다. 가치를 알아보고 활용법을 극대화할 지도자를 만나면 더 빛날 수 있는 유형이다. 색깔이 맞는 팀에 갈 경우 가치가 더 올라갈 수 있다.

앞서 서술한 장점이 오히려 약점으로 지적받기도 한다. 공격수는 때로는 과감하게 무에서 유를 창조하는 적극성도 필요하다. 지나치게 이타적인 플레이에 집중하면 정작 자신의 가치를 끌어올리는 데 방해될 수 있다. 공격포인트를 더 올리기 위한 노력이 필요하다. 여기에 수비 능력도 보완할 필요가 있다. 현대 축구에서는 공격수도 함께 수비하기 때문에 개인, 팀으로서 수비하는 방법도 더 익혀야 한다. 대표팀에서 약점으로 드러난 부분도 여기에 있다. 측면에서 뛰든, 중앙에서 뛰든 동료들과 협력해 상대 공격을 방어하는 기술을 알아야 '반쪽짜리' 선수에서 벗어날 수 있다.

유럽 무대에 완벽히 적응하고 있다는 점을 주목해야 한다. 챔피언십은 몸싸움이 심하고 피지컬을 강조하는 무대인데 그는 확실한 경쟁력을 갖췄다. 꾸준한 웨이트트레이닝을 통해 확연히 강해진 몸

상태를 만들었다. 적응을 넘어 발전하는 단계를 밟고 있다. 꾸준히 활약하다 보면 결국 프리미어리그 구단의 러브콜을 받을 가능성이 크다. 프리미어리그가 아니더라도 꾸준히 관심을 보인 프랑스, 네덜란드, 독일 등으로 이적할 여지도 있다. 만약 월드컵에 가 활약한다면 기회는 더 늘어날 것으로 보인다.

그의 미래를 결정할 최대 관건은 2026년 아이치·나고야 아시안게임이다. 그 대회에서 금메달을 획득해 병역 혜택을 받는다면 그는 유럽에서 날개를 달고 새로운 도전을 이어갈 수 있다. 만에 하나 그때 아시안게임을 통해 병역 혜택을 받지 못한다면 2028년 로스앤젤레스 하계올림픽까지 기다려야 한다. 올림픽 메달은 더 어렵고 당장 이룬 성과는 아니라서 이적하는 과정에서 그의 발목을 잡을 가능성이 크다. 아시안게임 금메달에 올인해야 하는 이유다. 대전하나시티즌 시절 은사인 이민성 감독과 운명 공동체인 셈이다.

카스트로프

Gen-Z Soccer Player

독일 국가대표를 뿌리친
카스트로프

하늘에서 뚝 떨어진 복덩이

2025년 9월 10일 멕시코와의 대표팀 평가전이 열린 미국 내슈빌의 지오디스파크. 경기장에 애국가가 흘러나왔다. 이한범, 배준호와 나란히 서 어깨동무를 한 옌스 카스트로프가 "하느님이 보우하사~ 우리나라 만세~"라고 애국가를 또박또박 따라 불렀다. 한국 대표팀의 붉은색 유니폼을 입고 선발 출전한 그는 경기 후 "애국가는 집에서 배웠는데 애국가가 나오는 순간 정말 자랑스러웠다"고 했다. "어머니가 내 모습을 보고 소리 지르며 우셨다는 말을 형제들에게 전해 들었다. 가족들 모두 감정이 벅찬 순간이었다." 그해 8월 그는 한국 남자축구 사상 최초의 해외 태생 혼혈선수로 A대표팀에 발탁됐다.

필자가 그를 취재하기 시작한 건 그해 3월이었다. A대표팀이 그의 발탁을 고려하고 있다는 소식을 듣고 한국 매니지먼트 담당자가 누구인지 알아봤다. 필자가 2012년 독일 쾰른에서 만난 적 있는 에이전트, 마쿠스 한 미노스포츠 대표였다. 그를 통해 뒤셀도르프에서 지내는 선수의 어머니 안수연 씨와 전화 통화를 할 수 있었다. 또 안씨가 한국에 잠깐 들어왔을 때도 인천국제공항에서 만났다.

"옌스를 양육하며 기회 있을 때마다 '네 뿌리는 한국이니 한국인 정체성을 가져야 한다'고 강조했어요. 옌스도 자신을 한국 사람이라고 생각해요."

어머니와의 인터뷰를 통해 확인한 카스트로프의 태극마크를 향한 의지와 열정은 기대했던 것 이상으로 뜨거웠다. 1966년 전남 나주에서 태어나 자란 안씨는 서울대에서 조경학을 전공했다. 서른 살이던 1996년 독일 하노버대로 유학을 떠났다가 변호사로 활동 중이던 독일인 남편을 만나 결혼했다. 이후 뒤셀도르프에 거주하며 삼 형제를 낳았는데 그중 2003년생인 카스트로프가 둘째다. 안씨는 2000년대 빗물 관리 및 놀이 시설물 등과 관련한 독일의 친환경 사업 노하우를 한국에 들여왔다. 조국에 작은 도움이나마 됐으면 하는 바람이었다고 했다.

어릴 적부터 축구 재능을 보인 카스트로프는 뒤셀도르프와 쾰른의 유스팀에서 뛰었다. 안씨는 "옌스가 유치원 시절 형들과 축구할 때 노란색 나이키 운동화를 신고 골을 많이 넣어 '노란 신발'로 유명했다. 동네 친구들이 옌스를 따라 노란 운동화를 사는 게 유행일 정도였다"고 전했다. 네 살 어린 동생 레니도 도르트문트와 뉘른베르크의 유스팀에서 뛰었다. 안씨는 "보통 이민자들은 결혼하면 국적과 성을 남편을 따라 바꾸는데, 난 이름을 고수하며 완전 한국 사람으로 살았다. 독일에서 사는 동안 차별도 많이 당했다"고 했다.

카스트로프는 축구도 잘하고 의사 표현도 확실한 아이였다. 슈퍼마켓이나 길거리에서 어머니가 인종차별을 당하는 걸 목격했지만, 친척들이 한국인 특유의 '정', '희생', '배려'로 대하는 걸 보기도 했다. 그렇게 자라면서 독일보다는 한국으로 마음이 향했다. 쾰른 프로팀에 올라온 다음엔 2022/23시즌 분데스리가2(2부) 뉘른베르크로 임대됐다가 완전 이적했다. 16세부터 21세까지 독일 연령별 대표팀에도 꾸준히 뽑혔다.

그런 그를 한국 축구도 오래전 2022년 9월부터 주목했다. 대한축구협회 소속이던 독일 출신의 미하엘 뮐러(전 기술발전위원장)가 어머니 안씨를 찾아가 그가 한국 국가대표로 뛸 마음이 있는지 확인했다. 2023년부터 한국 대표팀을 지휘한 위르겐 클린스만 감독과 안드레아스 쾨프케 골키퍼 코치도 그를 주시했다. 특히 뉘른베르크 출신인 쾨프케 코치가 그를 직접 체크하고 모친도 만났다. 뉘른베르크 구단도 쾨프케 코치에게 그의 잠재 능력을 극찬했다. 2024년 클린스만 감독은 그를 뽑을 계획이었고 그도 대표팀에 불러주면 흔쾌히 갈 생각이었다. 그러나 그해 2월 클린스만이 성적 부진으로 경질되면서 그만 없던 일이 됐다.

그런 가운데 그는 독일에서 성장을 거듭했다. 뉘른베르크 소속으로 2022/23시즌부터 3시즌에 걸쳐 29경기, 27경기, 25경기에 나서 주전으로 활약했다. '월드컵 역대 최다골(16골) 보유자'인 미로슬라프 클로제 뉘른베르크 감독은 "둘이 파티하자"고 말할 정도로 제자를 총애했다. 그런 중에 그는 자말 무시알라(바이에른 뮌헨)와 리로이 자네(갈라타사라이) 등이 속한 에이전시 '11WINS'와 계약할 만큼 독일에서 재능과 가능성을 인정받았다.

2024년 겨울 이적시장에서 독일 분데스리가의 베르더 브레멘과 아우크스부르크, 마인츠는 물론 위르겐 클롭이 레드불 풋볼그룹의 글로벌 축구 총괄로 있는 잘츠부르크(오스트리아)도 그에게 관심을 보였다. 2025년 2월 그는 여러 구단의 관심을 뒤로하고 보루시아 묀헨글라트바흐로 이적했다. 추정 이적료는 450만 유로(76억 원)이고 계약 기간은 2029년까지 4년이다. 묀헨글라트바흐는 독일 분데스리가를 다섯 차례나 제패하고 UEFA(유럽축구연맹)컵 우승도 두 번 차지한 명문 팀이다. 그는 2024/25시즌까지는 뉘른베르크에서 뛰다가 2025년 여름 묀헨글라트바흐로 합류하기로 했다.

그러나 그해 3월 홍명보 한국 대표팀 감독은 북중미 월드컵 아시아 3차 예선을 위한 소집 명단에 그를 뽑지 않았다. 앞서 1월 한국 대표팀 코치진이 뉘른베르크와 샬케의 경기를 지켜보는데, 그 경기에서 그는 중앙 미드필더가 아니라 윙어로 나서 어시스트를 기록했다. 당시 대표팀 코치진은 그가 대표팀에서 뛸 수준이라는 확신을 갖지 못했다.

홍감독은 "대표팀 코치가 독일에서 경기도 보고 선수 어머니와도 짧은 얘기를 나눴다. 경기력 측면만 생각하기엔 풀어야 할 복잡한 일들이 너무 많다. 좀 더 장기적으로 보겠다"고 했다. 홍감독이 말한 '복잡한 일'은 국적과 병역 문제를 뜻한다. 한국인 어머니를 두고 독일에서 태어난 '선천적 복수국적자'에겐 여권이나 병역 의무 등 해결할 행정 절차가 복잡했다.

게다가 카스트로프는 2025년 4월 19일 파더보른과의 경기에서 무릎을 다쳤다. 그러면서 2025년 상반기에 한국 대표팀에 발탁되는 일은 물 건너갔다. 무릎 외측 인대 부분이 파열됐으나 다행히 부상 정도가 크지 않아 수술은 피했다. 평소 하체 운동으로 키운 다리 근육이 인대를 보호한 덕분이었다.

대한축구협회 소속으로 변경

카스트로프를 어릴 적부터 지켜본 마쿠스 한 대표의 이야기다.

"난 쾰른에서 태어나 40년 넘게 독일에서 살았다. 내 홈팀인 쾰른의 유스팀에 한국인 피가 흐르는 선수가 뛰고 있었다. 현지 에이전시에서 연락이 왔는데 당시 열여섯 살이던 옌스와 계약하고 싶은데 도움이 필요하다고 했다. 그때 어머니 안수연 씨와 처음 닿은 인연이 지금까지 쭉 이어지고 있다. 난 한국 사람이지만 해외에서 비슷한 환경에서 자란 옌스의 마음을 누구보다 잘 안다. 그는 빠른 공수 전환을 가르치는 독일에서 축구 조기교육을 받았다. 2018년 쾰른 17세 이하 팀에 속할 때 당시 10번 자리(공격형 미드필더)의 플로리안 비르츠(리버풀) 뒤에서 보디가드처럼 뛰었다. 옌스가 다 막아주니 공이 바로 뒤 수비 쪽으로 가지 않았다. 그는 '진공청소기' 김남일, '싸움닭' 젠나로 가투소(이탈리아), 아르투로 비달(칠레) 등과 같은 유형이다. 투쟁적이고 다부지며 전투적으로 치고받는 파이터다. 한국 대표팀에서 가장 취약한 포지션으로 꼽히는 6번(수비형 미드필더)은 물론 8번(중앙 미드필더), 윙백까지 뛸 수 있다. 대한축구협회에 그와 같은 스타일의 선수가 한국 대표팀에 들어가면 큰 도움이 될 것이라며 여러 차례 추천했다. 독일축구협회가 데려가면 나중에 후회하리라고 강조했다. 다행히 뮐러 위원장이 그를 한국 국가대표로 발탁하는 일에 적극 나서고 클린스만이 감독을 맡으면서 탄력을 받았다."

마쿠스 한 대표는 자신이 주선해 카스트로프와 홍명보 감독이 2025년 5월 16일 서울에서 만나게 된 비하인드 스토리도 전했다.

"앞서 홍감독님에게 옌스 개인의 움직임이 담긴 '테크니컬 캠' 영상을 보내드렸다. 마침 옌스가 재활 기간에 한국 여행을 온 김에 홍감독을 꼭 한 번 만나보고 싶어 해 만남이 성사됐다. 홍감독은 '내가 직접 확인하지 않고 널 뽑는 건 무책임할 수 있다. 대한축구협회가 여러 복잡한 문제를 도와줄 수 있으나 최종 결정은 너 스스로 신중히 해야 한다'고 조언했다. 중국 국가대표팀이 돈으로 브라질 선수들을 귀화시키는 경우와 달리, 옌스는 귀화가 아니어서 한국 국적만 회복하면 됐다. 독일에서 태어난 선천적 복수국적자로 한국 여권은 신청만 하면 금방 나오는 상태였다."

한국의 일부 언론들은 카스트로프가 귀화 선수라고 잘못 보도했

 이강인과 Z세대

다. 필자가 확인한 바에 따르면 그는 태어났을 때부터 한국인이 될 권리가 있고 그동안 출생신고만 안 했을 뿐이었다.

한국 국내에서도 아들이 대표팀에 필요하다는 여론이 형성되는 것을 본 어머니 안씨는 2025년 2월 독일 영사관을 방문해 아들의 출생신고를 마치고 석 달 뒤인 5월 한국 여권을 발급받았다. 그리고 8월 12일 카스트로프는 소속을 독일축구협회(DFB)에서 대한축구협회(KFA)로 바꾸는 절차를 완료했다. 그렇게 한국 국가대표로 뛰겠다는 확실한 의지를 드러내며 태극마크를 달 준비를 마쳤다.

재활을 거쳐 무릎 부상을 털어낸 그는 그해 7월 묀헨글라트바흐의 프리시즌에 합류해 뛰었다. 동아시안컵을 마친 홍명보 감독도 주앙 아로소(포르투갈) 코치를 독일로 보내 묀헨글라트바흐의 경기를 체크하게 했다.

그해 8월 25일 그가 묀헨글라트바흐 소속으로 함부르크를 상대로 독일 분데스리가 데뷔전을 치른 날, 마침 홍감독이 그가 들어간 대표팀 명단을 발표했다. 지난 1948년 런던 올림픽을 통해 국제 무대에 데뷔한 한국 축구가 외국에서 태어난 혼혈선수를 A대표팀에 뽑은 건 77년 역사를 통틀어 처음이다. 내셔널리즘이 가장 강한 종목으로 여겨져온 남자축구가 그를 전격 발탁한 건 상징적인 사건이었다.

홍감독은 발탁 배경을 이렇게 설명했다. "카스트로프는 이미 독일 분데스리가를 경험하며 꾸준히 성장을 거듭해왔다. 한국 대표팀에 합류하려는 강한 의지와 책임감을 보여준 점을 높이 평가한다.

(대한축구협회와) 독일축구협회 간 협의가 있고 본인 스스로 행정 처리한 부분도 있다. 뽑는 데 전혀 문제가 없었다. 그의 열정이 장점이 돼 (팀에) 새로운 활력을 불어넣으리라고 믿는다."

또 이렇게 덧붙였다. "경기력 측면만 보고 선발했다. 주앙 아로소 코치가 경기도 직접 참관했다. 황인범(페예노르트)과 김진규(전북), 박용우(알아인) 등 기존 3선 중앙 미드필더와는 다른 유형이다. 무척 거친 파이터 성향으로 대표팀에 크게 플러스가 될 수 있다."

독일은 마지막까지 붙잡았다

대표팀 명단을 발표한 당일 필자만이 유일하게 카스트로프와의 단독 인터뷰를 내보냈다. 가족사와 출생신고, 한국 여권 발급 과정, 병역 관련 상황 등을 최초로 상세히 알렸다.

독일축구협회는 독일 21세 이하(U-21) 대표팀 등 그동안 연령별 국가대표에 꾸준히 발탁돼온 그의 마음을 돌리기 위해 마지막까지 설득했다는 후문이다. 해당 협회는 그의 매니지먼트와 대한축구협회에 연락해 "카스트로프는 독일 A대표팀의 스카우팅 롱리스트(잠재적 후보)에 포함됐다. 그럼에도 한국행을 결정한다면 그의 앞날을 응원하겠다"는 입장을 전해 왔다.

카스트로프 측은 "독일축구협회 측한테 2년쯤 뒤 (독일 A대표팀 소속으로) EM(유럽축구선수권) 예선에 뛸 수도 있다는 이야기를 들었다. 아직 스물두 살에 불과한 카스트로프는 20대 후반까지 독일

A대표팀에 스카우트될 기회를 기다릴 수도 있었다. 훨씬 더 수준 높은 축구를 할 기회를 팽개치고 본격적인 커리어가 시작되기도 전에 한국행을 결정한 것"이라고 전했다.

훗날 독일 대표팀에서 요주아 키미히와 레온 고레츠카의 후계자가 될 가능성이 있는데도 그가 한국행을 선택한 것을 두고 '스포르트1' 등 독일 언론들도 "독일의 희망이 한국으로 갔다"며 아쉬워했다. 향후 독일 대표팀에 뽑히지 않을 때 차선책으로 한국을 택하는 게 아니라 일찌감치 한국행을 결심했다는 점에서 그의 진심을 엿볼 수 있다. 지금까지 한국을 열 번 넘게 찾은 그는 서울 홍대 거리를 좋아하고 불고기 같은 한국 음식도 사랑한다.

독일축구협회는 그동안 메수트 외질과 엠레 잔, 일카이 귄도간, 루카스 포돌스키, 미로슬라프 클로제 등 튀르키예계·폴란드계 선수들을 데려오려고 각국 축구협회와 경쟁한 바 있다. 카스트로프가 한국 문화와 언어에 적응하는 데 어려움을 겪으리라고 걱정하는 이들도 있으나 이미 축구계에서 세계화는 대세다.

그는 "난 언제나 뿌리와 정체성을 중요하게 생각해왔다. 내게 국가대표 선택은 단순히 명예나 조건이 걸린 문제가 아니다. '내 마음이 어디에 속해 있는가'의 문제"라고 했다. 그러면서 필자에게 독일어로 이런 말을 남겼다. "In mir fliesst 50% koreanisches und 50% deutsches Blut, aber mein Herz ist koreanisch(내 몸엔 독일인과 한국인의 피가 반반씩 흐르지만 내 심장은 한국인입니다)."

제2의 진공청소기

2025년 8월 27일 대한축구협회는 소셜미디어에 카스트로프가 보내온 인스타그램 DM(다이렉트 메시지)을 공개했다. 협회가 대표팀 명단이 발표된 직후 "처음 발탁된 소감이 어떤가?"라고 물었을 때 그는 영어로 "나와 가족에게도 꿈이 이뤄진 순간이자 자랑스러운 시간이다. 대한민국을 대표하는 만큼 열정과 헌신, 존중의 마음으로 최선을 다하겠다"고 가슴 벅찬 소감을 밝혔다. 또 한글로 '감사합니다'라고 적고 태극기와 하트 이모티콘도 남겼다. 자신의 인스타그램에 태극기와 독일 국기를 나란히 달아두던 그는 이후 태극기만 남겨뒀다가 혹시 모를 오해를 살까 봐 두 나라 국기를 모두 지웠다.

그해 9월 미국 원정 평가전 2연전을 앞둔 한국 대표팀에서 가장 주목받은 선수는 역시 그였다. 장대일과 강수일처럼 국내에서 나고 자란 혼혈 대표선수는 이전에도 있었으나 외국에서 나고 자란 경우는 그가 처음이다.

주목하는 이유는 또 있었다. 한국에선 보기 드문 플레이 스타일을 가진 선수다. 필자가 확보한 소속 팀 묀헨글라트바흐의 측정 자료에 따르면 그의 순간최고속도는 시속 35.4킬로미터다. 스퍼트가 좋기로 이름난 손흥민(35.13킬로미터)보다도 빠르다.

또 하나. 그는 현 대표팀에서 가장 취약한 포지션으로 꼽히는 3선 미드필더뿐 아니라 수비형 미드필더와 중앙 미드필더, 윙백과 윙어까지 뛸 수 있다.

키 178센티미터, 체중 76킬로그램의 신체 조건을 가진 그는 매우 전투적인 스타일이다. 홍명보 대표팀 감독은 2002년 한일 월드컵 4강 신화 당시 함께 뛴 김남일을 떠올리며 그가 '제2의 진공청소기' 역할을 해줄 것으로 기대했다. 홍감독은 2025년 6월부터 대표팀에서 스리백(3-4-2-1 포메이션)을 실험했다. 월드컵 본선에선 강팀을 만나게 되므로 수비를 더 두껍게 하려는 구상이다. 중앙 수비수 3명을 기본으로 두되 수비할 때 양쪽 윙백이 내려와 파이브백을 만드는 전술로, 사비 알론소 감독 시절의 레버쿠젠 등이 사용했다. 카스트로프는 포메이션의 3선(숫자 '4'에 해당하는 라인) 네 자리 중 왼쪽 윙백을 뺀 세 자리를 소화할 수 있다.

9월 미국 원정 평가전 2연전에 '중원 사령관' 황인범이 부상으로 빠진 가운데, 카스트로프가 공격 성향이 강한 백승호와 김진규를 뒤에서 받치거나 수비적인 박진섭과 박용우 옆에서 공격적으로 뛸 가능성이 높았다.

그는 독일에서 미국으로 이동해 한국 대표팀에 처음 합류했다. 그리고 9월 3일 미국 뉴욕의 아이칸 스타디움에서 연합뉴스를 비롯한 취재진과 스탠딩 인터뷰를 가졌다. 첫인사는 한국어였다. "안녕하세요. 저는 옌스입니다. 전 스물두 살입니다." 이어 영어로 "한국어를 하기 위해 최선을 다하고 있다"며 웃었다.

'어머니의 나라' 한국을 택한 경위에 대해선 이렇게 말했다.

"독일은 단지 기량이 훌륭한 선수들이 뛰는 팀이지만, 한국 대표팀은 나라를 위해 마음과 열정을 다해 뛰는 팀이다. 어머니는 '네 인생을 좌우할 결정이니 마음이 시키는 대로 하라'고 하셨는데, 내 마음이 한국을 선택하라고 말했다. 나 스스로 결정했다. (독일인) 아버지는 처음에 충격을 좀 받으셨으나 지금은 가족 모두 자랑스러워하고 있다."

북중미 월드컵을 1년도 남겨두지 않은 시점에 열리는 9월 7일 미국전과 9월 10일 멕시코전에서 그는 감독에게 눈도장을 받길 원했다. 대표팀 훈련에선 한국 코치진에게 깍듯이 목례했다. 훈련 도중 그의 재빠른 몸놀림을 두고 "표범 같다"는 말도 나왔다. 훈련은 한국말로 진행됐다. 의사소통 우려에 대해 그는 "어느 정도 알아듣는 (한국말) 단어가 있고, 반복되는 단어들은 체크하고 있다"고 말했다. 어머니가 기자들과 인터뷰할 때 옆에서 듣는 그는 어느 정도 한국어를 알아듣는 수준이다. 과외도 받으며 한국어를 배우기 위해 노력하고 있다.

영어와 독일어가 유창한 손흥민, 현재 독일에서 뛰고 있는 이재성·김민재 등과는 소통에 아무런 문제가 없다. 손흥민 팬으로 알려진 그는 "만나고 싶은 선수가 있긴 하지만 특정 선수와 대화하기보다 팀의 일원으로 잘 지내고 싶다"고 말했다. 연령대가 비슷해 단짝이 된 미국 세인트루이스의 정상빈은 "카스트로프와 영어로 대화를 주고받았다"고 하고 이태석(빈)은 "카스트로프가 빨리 적응하면 좋은 시너지를 낼 수 있을 것"이라고 말했다.

특히 함부르크와 레버쿠젠에서 활약했던 손흥민이 그의 빠른 적응을 돕기 위해 두 팔을 걷어붙였다. 과거 독일에서 뛰었던 백승호·

이동경에게 "옌스 좀 챙겨. 독일어 할 줄 알잖아"라고 하고, 독일 홀슈타인 킬을 거쳐 마인츠에서 뛰고 있는 이재성이 카스트로프에게 독일어로 말을 걸며 "독일어를 공부한 보람이 느껴진다"고 할 때는 "아, 이재성! 카메라 있다고 또 독일어 하는 척, 아이, 진짜"라고 농담하며 화기애애한 분위기를 이끌었다.

그동안 한국에 없던 유형

2025년 9월 7일 미국 뉴저지주 해리슨의 스포츠일러스트레이티드 스타디움에서 열린 미국 대표팀과의 평가전. 교체 명단에 포함된 카스트로프는 마침내 한국 축구 A매치 데뷔전을 치렀다. 후반 18분 김진규 대신 투입된 그는 외국 태생 혼혈선수 최초로 한국 남자축구 성인 대표로 경기에 나선 선수가 됐다. 영국 아버지를 둔 장대일은 최초로 축구 국가대표로 뽑힌 혼혈선수이나 한국에서 태어났고, 주한 미군 아버지를 둔 강수일은 국가대표에 뽑히나 A매치에 출전하지는 못했다.

비교적 성공적인 데뷔전이었다. 2-0으로 앞서 팀이 수비적으로 나선 상황에서도 그는 볼터치가 상당히 많았다. 중원에서 적극적으로 상대 공격을 끊어냈다. 홍감독이 기대한 파이터 기질도 보여줬다. 자기 팀 페널티박스부터 상대 팀 페널티박스까지 뛰는 '박스 투 박스 미드필더'로 공수를 섭렵하며 후반 추가시간까지 30여 분을 소화해 승리에 기여했다. 인터셉트는 6회나 하고, 패스는 17회 시도

하고 15회 성공해 패스성공률 88퍼센트를 기록했다. 가로채기 2회, 걷어내기와 태클, 헤더 클리어 등도 각각 1회씩 기록했다.

팀의 에너지 레벨을 끌어올린 그를 향해 팬들과 전문가들은 '그동안 한국에 없던 유형', '신형 진공청소기'라고 호평했다. 한준희 해설위원은 "전후방과 측면을 가리지 않는 움직임이 좋았다. 공을 소유하지 않았을 때의 오프더볼 움직임과 역동성은 대표팀에 필요했던 부분이다. 유럽 경험이 풍부한 선수답게 대표팀과 동료들에게 녹아드는 적응력도 빨랐다"고 분석했다.

홍감독 역시 "카스트로프가 첫 경기인데도 자기 나름대로 준비를 잘한 모습이 경기장에서 보였다. 앞으로도 팀에 도움이 되리라고 생각한다"고 칭찬했다. 이재성도 "대표팀의 새로운 활력이 되는 것 같다. (혼혈선수 합류가) 처음 있는 일인데 좋은 선례가 되면 좋겠다. 그가 한국을 사랑하는 만큼 동료들도 많이 돕고 있다"고 기대를 밝혔다.

독일 언론들도 그의 한국 국가대표 데뷔전을 조명했다. '키커'는 "카스트로프는 어머니의 나라에서 압도적으로 긍정적인 평가를 받았다. 한국과 함께 월드컵 꿈을 실현하는 데 한 걸음 더 다가갔다. 카스트로프에게 미국은 꿈의 행선지다. 그는 내년(2026년) 월드컵이 열리는 미국에 한국 대표팀과 다시 오기를 간절히 바라고 있다. (9월 10일) 멕시코와의 평가전은 일종의 '월드컵 합류 추천서'가 될 수 있다"고 보도했다.

소속 팀인 묀헨글라트바흐의 롤란트 피르쿠스 단장은 '키커'를 통해 "(한국행은) 카스트로프 스스로 내린 결정이다. 그는 한국 뿌리를 갖고 있고 이미 여러 차례 한국을 방문했다. 월드컵 무대에서 뛸 기회가 있다면 반드시 도전하고 싶어 했다"고 전했다.

독일 매체 '빌트'도 "카스트로프가 한국 대표팀 데뷔전을 치렀다. 월드컵을 향한 그의 꿈은 살아 있다"며 "독일과 달리 한국은 이미 북중미 월드컵 본선 진출을 확정했다. 독일 연령별 대표로 26경기에 출전했던 그는 이제 독일축구협회에서 볼 수 없다"고 전했다. 독일 국영방송인 '도이체 벨레(DW)'에 이어 '빌트'도 카스트로프가 필자와의 단독 인터뷰에서 말한 "난 언제나 뿌리와 정체성을 중요하게 생각해왔다. 내게 국가대표 선택은 단순히 명예나 조건이 걸린 문제가 아니다. '내 마음이 어디에 속해 있는가'의 문제"라는 멘트를 인용해 보도했다.

사흘 뒤에 열린 멕시코전에선 선발로 나섰다. 한국 국가대표로선 첫 선발이었다. 그는 박용우와 호흡을 맞춰 전반전 45분만 뛰었다. 투쟁적이고 거친 플레이도 마다하지 않고 적극적인 움직임을 보였다. 다만 미국전 선발로 출전한 백승호, 김진규 조합과 멕시코전 선발로 호흡을 맞춘 카스트로프, 박용우 조합은 특징과 경기력에서 차이를 보였으므로, 앞으로 홍감독은 황인범이 돌아온 뒤 최적의 주전 조합을 찾아야 했다.

카스트로프는 멕시코전이 끝난 뒤 "경기 중 실수가 좀 있었는데 수정해나가야 한다"며 "목표는 감독님의 선택을 받아 대표팀에서 다시 뛰는 것이다. (다음 달) 브라질이라는 강팀을 상대로 한국에서 다시 뛰게 된다면 기분이 남다르고 기쁠 것 같다"고 했다.

"카스트로프는 군대 가야"

한국 축구에 카스트로프를 빼앗겨 배가 아팠을까. 독일 언론은 그의 병역 문제를 걸고넘어졌다. '빌트'의 더크 크륌펠만 기자는 2025년 9월 23일 "묀헨글라트바흐의 스타 카스트로프가 갑자기 병역 문제에 직면하게 됐다"며 "독일 23세 이하 대표팀에서 4경기에 나선 그는 대한축구협회로 소속을 변경하고 한국 대표팀에서 뛰어 병역 문제를 맞닥뜨리게 됐다"고 보도했다. 이어 "독일과 달리 한국은 엄격한 징병제가 시행되고 있다. 모든 건강한 남성은 18개월에서 21개월 동안 의무적으로 군 복무를 해야 한다. 스포츠 스타나 유명인도 예외는 거의 없으며, 심지어 손흥민조차 2018년 아시안게임 금메달로 병역 특례를 얻어 가까스로 면제될 수 있었다"고 주장했다.

그러나 잘못된 보도였다. 일단 한국의 병역법 규정을 제대로 인지하지 못했다. 예로 든, 한국인 부모를 두고 한국에서 태어난 손흥민과 한국인 어머니와 독일인 아버지를 두고 뒤셀도르프에서 태어난 카스트로프와는 케이스가 다르다. 한국 여권을 취득한 카스트로프는 병역법 규정에 따라 37세 이전에 1년에 6개월 이상 한국에 체류하거나 60일 이상 경제활동을 할 경우 군에 소집될 수 있다. 하지만 선천적 복수국적자는 해외에 거주하면 37세 이후 자동으로 전시

                                                      이강인과 Z세대

근로역으로 전환되기 때문에 사실상 병역의 의무가 없다. 뮌헨글라트바흐에서 뛰는 데 아무런 문제가 없다.

그보다 의미 있는 건 그가 무거운 병역 의무를 인지하고도 9천 킬로미터나 떨어진 독일에서 자기 발로 걸어와 한국 대표팀을 택했다는 점이다. '어머니의 나라'에서 뛰겠다며 한국에 출생신고를 하고 한국 여권도 발급받았다.

그는 2025년 8월 필자와의 인터뷰에서 "한국 대표팀은 단순히 여권 문제가 걸린 곳이 아니라 내가 진정으로 소속감을 느낄 수 있는 곳이다. 군 문제 역시 잘 알고 있는데 중요한 것은 내가 한국 대표팀을 위해 모든 힘을 다해 뛰고 싶다는 의지다. 대한축구협회, 매니지먼트와 계속 소통하고 있다"고 했다. 올림픽에서 동메달 이상을, 아시안게임에서 금메달을 따면 병역 혜택도 받을 수 있는 상황에서 그의 입장은 뚜렷하다. 병역은 부차적이고 감수할 수 있는 문제이며 축구를 최우선으로 여긴다는 것. 그는 어려서부터 어머니에게 "조국이 위협을 받으면 총을 들고 전선에 나가겠다"고 말해왔다고 한다.

앞서 '빌트'의 크륌펠만 기자는 그해 9월 10일에도 "카스트로프는 월드컵 꿈 대신 뮌헨글라트바흐 주전 자리를 잃게 될 수도 있다. A매치 기간 동안 헤라르도 세오아네 감독에게 어필할 기회를 놓쳤다"라는 악담에 가까운 기사를 썼다. 그러나 '빌트'의 예상과 달리 9월 16일 세오아네 감독이 성적 부진으로 경질되고 뮌헨글라트바흐 23세 이하 팀을 이끌던 오이겐 폴란스키가 임시 지휘봉을 잡았다. 주전 자리를 잃을 것이라는 전망도 틀렸다. 카스트로프는 9월 22일 레버쿠젠과의 분데스리가 경기에 보란 듯이 선발 출전했다.

이어 그는 9월 28일 프랑크푸르트와의 경기에도 2경기 연속으로 선발 출전해 독일 분데스리가 1부 데뷔골을 터뜨렸다. 후반 27분 팀 동료가 올려준 크로스를 노마크 상황에서 머리로 방향을 바꿔 골망을 흔들었다. 분데스리가 1부에서 4경기 출전 만에 터뜨린 데뷔골이다. 그날 묀헨글라트바흐는 4-6으로 졌지만, 통계 전문 매채 '풋몹'은 리커버리 6회, 볼경합 성공 8회를 기록한 그에게 팀 내 최고 평점인 8.2점을 줬다.

'빌트'는 영국의 타블로이드지인 '더선'처럼 자극적인 기사를 내보기로 유명하다. '빌트'는 2024/25시즌 아킬레스건 통증을 참고 뛴 바이에른 묀헨의 수비수 김민재에게도 혹평을 쏟아낸 적이 있다.

함부르크에서 뛰던 10대 시절 상상치도 못할 인종차별을 겪은 손흥민은 '인생 경기'로 2018년 러시아 월드컵 독일전을 꼽으며 "언젠가는 꼭 갚아줘야겠다는 생각을 진짜 많이 했다. 독일 사람들이 우는 모습을 봤지만, 내가 좋아하는 걸로 복수할 수 있었다"고 말해 유럽에서도 큰 반향을 일으켰다. 당시 한국 대표팀의 손흥민은 FIFA 랭킹 1위인 독일과 맞붙은 경기에서 50미터를 주파한 끝에 쐐기골을 터뜨려 제대로 설욕한 바 있다.

'꼰대 문화' 논란

소속 팀에서 꾸준히 활약한 카스트로프는 2025년 10월 한국에서 열리는 브라질, 파라과이와의 평가전을 앞두고 다시 한 번 대표팀 명단에 이름을 올렸다. 9월 평가전에 처음 발탁돼 합격점을 받은 그는 소속 팀에서 분데스리가 데뷔골을 터뜨려 가치를 드러낸 상태였다. 게다가 홍명보 감독이 중용했던 수비형 미드필더 박용우가 십자인대 파열이라는 큰 부상을 입어 사실상 월드컵 출전이 무산되면서 그를 향한 주목도는 더욱 커졌다.

그런데 대표팀 소집을 앞두고 뜬금없이 한국 축구의 '꼰대 문화' 논란이 터졌다. 그가 10월 6일 '키커'와의 인터뷰에서 독일과 다른 한국 대표팀 선수들의 다소 엄격한 위계질서를 이야기한 게 발단이었다.

"한국에서는 모두 예의 바르고 서로 허리를 숙여 인사한다. 나이에 따른 위계질서가 뚜렷하고 어른을 향한 존경심이 있다. 예컨대 젊은 선수는 엘리베이터를 가장 나중에 탄다. 식사 후 과일을 갖다주기도 한다. 식사를 마칠 때까지 아무도 식탁에서 일어나지 않는다."

해당 인터뷰가 알려진 뒤 한국 축구팬들 사이에서 '대표팀 내 꼰대 문화가 여전한 것 아니냐'는 논란이 일었다. 2002년 한일 월드컵 당시 거스 히딩크 감독은 선후배 사이에 눈치를 보는 위계질서를 없애기 위해 그라운드에선 존댓말 대신 반말을 쓰게 했다.

카스트로프는 그해 10월 7일 고양종합운동장에서 열린 대표팀 훈련을 앞두고 "한국 대표팀의 문화를 비판할 의도는 전혀 없었다. 나이에 상관없이 서로 식사를 같이하며 돕는 문화를 이야기하고 싶었다"며 전혀 그런 의도가 아니었다고 해명했다. 국가대표 출신인 이천수도 유튜브를 통해 "카스트로프 얘기를 들어보면 그런 뜻이 아니었다. '꼰대 문화'를 지적한 게 아니라 '이런 문화도 있구나' 하며 신기해한 거다. 나쁜 의도는 전혀 아니었다고 본다"며 그를 감쌌다.

그는 나흘 뒤 열릴 예정이던 브라질과의 평가전에 집중했다. 지난 9월 국가대표 데뷔전을 미국에서 치른 뒤 한국에선 처음 나서는 경기였다. 그는 "지난해 12월 방한했을 땐 나를 알아보는 팬이 별로 없었는데 이번엔 공항에서 많은 팬이 환대해 행복했다"고 했다.

10월 10일 서울월드컵경기장에서 열린 브라질과의 평가전. 중앙 미드필더 자리에 황인범과 백승호가 먼저 나선 가운데 한국은 전반에만 두 골을 내줬다. 홍감독은 후반 시작과 함께 황인범을 빼고 카스트로프를 투입했다. 한글날을 기념해 한글로 '옌스'라고 쓰인 유니폼을 입고 나선 그에게 팬들의 갈채가 쏟아졌다.

그러나 후반 초반 김민재와 백승호가 잇따라 실수하며 두 골을 더 내줘 0-4가 됐다. 주 포지션인 수비형 미드필더로 나서 속된 말로 미친개처럼 뛰어다닌 카스트로프는 후반 18분 김진규가 들어올 때 2선 왼쪽 공격형 미드필더로 자리를 옮겼다. 잇따른 실점에 위축된 한국 선수들과 달리 그는 기죽지 않고 전진 지향적 플레이를 펼쳐 답답한 경기에 활력을 불어넣었다.

　　　　　　　　　　　　　　　　이강인과 Z세대

0-5로 패배한 뒤 그는 공동취재구역에서 "소속 팀에서 (왼쪽 윙어나 미드필더로) 뛴 적이 있어서 문제는 없었다. 코치진도 내가 다양한 포지션을 소화할 수 있음을 알고 있다. 어떻게든 팀에 도움이 되는 건 기쁜 일"이라고 말했다. 그러면서도 "좀 더 영리하게 플레이했어야 했다. 브라질은 워낙 훌륭한 선수들이 많다. 그래도 0-1, 0-2로 질 수는 있어도 0-5로 져서는 안 된다"고 쓴소리를 했다.

이영표 해설위원은 브라질전에서 가장 잘한 한국 선수로 그를 꼽으며 "경기 중 브라질 선수 셋이 에워싸는데도 그걸 돌파하려고 시도했다. 한국 선수 중 누가 그런 플레이를 시도할 수 있나. 지금은 카스트로프 같은 시도가 매우 귀중한 시점"이라고 평가했다.

카스트로프는 브라질전이 끝난 뒤 자신의 SNS에 한국어로 "서울에서 처음으로 대표팀 유니폼을 입고 뛴 날. 결과는 아쉬워도 팬들의 응원은 정말 잊을 수 없다. 이 순간을 평생 기억하겠다"고 적었다.

강렬한 임팩트는 '아직'

그는 나흘 뒤 열린 파라과이와의 평가전에서 교체 명단에 포함되지만 끝내 부름을 받지 못했다. 이천수는 9월 A매치가 끝난 뒤 유튜브를 통해 "난 (혼혈선수) 장대일 형이랑도 해보고 강수일하고도 해봤다. (카스트로프는) 약간 분데스리가라는 포장지도 있다. 경기를 봤을 때 단체적인 면에서 별 내용은 없었다. 물론 대한민국을 선택한 친구이니 응원하고 지켜줘야 한다"며 응원하는 한편으로 냉정한 평가를 내렸다. 그의 말대로 카스트로프가 아직 국가대표로서 대단한 임팩트를 보여준 건 아니다.

그해 11월 평가전에도 발탁됐다. 11월 14일 볼리비아전에선 후반 막판에 교체 출전해 5분밖에 뛰지 못하나 18일 가나전에서 A대표팀 소속으로 두 번째 선발 기회를 잡았다. 그러나 가나전에서 권혁규(낭트)와 함께 중앙 미드필더로 나선 그는 기대에 부응하지 못했다. 전진 패스는 수비에 막히고 롱패스도 부정확해 패스성공률이 55퍼센트에 그쳤다. 볼 소유도 10회나 잃어버렸다. 3선에서 경기 흐름이 끊기는 상황이 반복되자 결국 그는 전반 45분만 뛰고 교체 아웃됐다. 1-0 승리로 경기를 마친 홍명보 대표팀 감독은 "옌스와 권혁규 미드필더진이 전반전에 잘 (운영)되지 않았다. 후반전 (미드필더진) 서민우와 김진규가 첫 조합인데 잘 맞았고 거기서 경기 운영 차이가 나왔다"고 지적했다.

경기 후 만난 카스트로프의 표정엔 아쉬움이 가득했다. "최고의 모습은 아니었다. (내) 경기력이 만족스럽지 않다. 소속 팀에서 퇴장당한 뒤 한 달 동안 경기를 못 뛴 바람에 리듬을 잃어버린 것 같다. 소속 팀에선 다른 포지션(2선 공격수나 윙백)에서 뛰는데 대표팀에선 미드필더로 뛰었다. 이런 이유들이 문제가 됐을 것으로 본다."

"감독은 항상 경기를 지배하고 승리하는 걸 목표로 삼고 선수가 최고의 활약을 하길 바란다. 후반에 중원을 바꾼 건 감독님의 결정이었다. 팀이 (1-0으로) 승리했으니 감독님의 결정이 옳았다고 본

   이강인과 Z세대

다. 내 할 일은 다음에 잘하는 것이다. (월드컵행 가능성은) 감독님에게 물어봐야 한다. 구단에서도, 여기서도 최선을 다하다 보면 기회가 있지 않을까."

대표팀 일정을 마치고 소속 팀에 복귀한 그는 이를 악물었다. 그해 11월 23일 분데스리가 하이덴하임과의 경기에 중앙 미드필더로 출전해 90분간 왕성한 활동량과 투지 넘치는 플레이로 3-0 완승 및 3연승에 기여했다. 전반 17분 그의 절묘한 패스를 하리스 타바코비치가 슈팅으로 연결하나 골대를 강타하는 바람에 어시스트가 날아갔다.

11월 29일 라이프치히전에선 오른쪽 윙백으로 나서 상대편 안토니오 누사(노르웨이) 등을 틀어막으며 0-0 무승부에 기여했다. 12월 5일 마인츠와의 경기에서도 오른쪽 윙백으로 나서 팀 최고 평점인 7.7점을 받았다. 그날 태클과 걷어내기 각각 4회, 리커버리 5회, 기회창출 2회를 기록했다.

앞서 11월 18일 뮌헨글라트바흐는 오이겐 폴란스키 임시감독을 정식 감독으로 선임한다고 발표했다. 카스트로프에게는 호재였다. 시즌 초반 그를 중용하지 않던 세오아네 감독이 리그 3라운드 만에 경질된 뒤 임시 지휘봉을 잡은 폴란스키 체제에서 벤치에 머문 경기가 거의 없고 언제나 팀의 계획에 속해 있다. 그는 윙어뿐 아니라 중앙 미드필더와 오른쪽 윙백 등을 소화했다. 최하위에 머물던 팀도 어느새 중위권까지 치고 올라갔다.

12월 9일 그는 분데스리가가 주최한 화상 기자회견에서 소속 팀과 달리 대표팀에선 아직 활약이 기대에 못 미치는 것에 대해 "소속 팀은 매일같이 선수단과 만나 훈련하는 환경이지만, 대표팀은 장거리 비행을 하고 시차에도 적응해야 한다. 이 부분이 아직 어렵다"고 털어놨다. 또 "코치진과 선수단의 합이 좋기 때문에 앞으로 좋은 모습을 보여줄 수 있을 것이다. 매주 분데스리가라는 터프한 무대에서 경기를 치르고 있는 만큼 자신감이 생긴다. 대표팀에서 곧 좋은 활약을 보여주게 될 것"이라고 했다.

한국이 북중미 월드컵에서 멕시코와 같은 조에 편성되고 카스트로프도 그해 9월 멕시코전(2-2 무)에 출전했던 터라 그것과 관련된 질문이 나왔다. "멕시코전은 자신 있다. 지난 9월 멕시코를 상대로 세 차례 득점 기회를 만드는 등 좋은 경기를 했다. 당시 운이 따르지 않아 이기지 못했으나 다시 경기하면 충분히 잘할 수 있을 것"이라면서 "월드컵에선 모든 (상대) 팀이 강하고 어려울 테지만 한국은 충분히 경쟁력과 저력이 있어 약하다고 할 수 없다"고 했다.

'어머니의 나라'를 대표해 월드컵에 나서는 꿈

여전히 홍명보호에서 황인범의 파트너 자리는 최대 고민거리로 남아 있다. 백승호는 강팀 브라질을 상대로 고전했고 김진규는 공격 성향이 좀 더 강하다. 브라질전에선 카스트로프가 황인범과 호흡을 맞출 것으로 기대를 모았으나 황인범이 빠진 후반에 들어갔다. 그 때문에 대표팀이 황인범과 카스트로프가 공존할 수 있는지 실험하지 않았다는 지적도 나왔다. 물론 카스트로프 역시 월드컵 출전을 두고 안심할 상황이 아니다.

2022년 카타르 월드컵 당시 3선 미드필더에 황인범과 정우영, 손준호, 백승호 등 4명이 승선했다. 홍명보호에서는 황인범과 김진규가 경쟁 우위를 점하고 카스트로프는 백승호, 원두재, 서민우 등과 경쟁할 것으로 보인다. 다만 카스트로프는 중앙 미드필더와 측면 미드필더, 윙백 등 무려 6개 포지션이 가능해 감독이 필요로 하는 곳이면 어디서든 뛸 능력이 있다.

'한국 축구 첫 해외 태생 혼혈선수'라는 타이틀이 월드컵행을 보장하지는 않는다. 결국 소속 팀과 대표팀에서 경쟁력을 보여야 물음표를 느낌표로 바꿀 수 있다. 그가 2025년 출전한 A매치 5경기 중 가장 오랜 뛴 시간은 45분이었다. 다시 대표팀에 뽑히거나 더 많은 출전 시간을 부여받는다면 경쟁력을 보여줘야 한다.

글로벌 스포츠 매체 ESPN은 2025년 12월 북중미 월드컵을 앞두고 한국의 베스트11(3-4-2-1)을 예상히며 공격진은 황희찬과 손흥민, 이강인, 중원은 카스트로프와 백승호, 스리백은 김지수와 김민재, 김주성, 양쪽 윙백은 이태석과 설영우, 골키퍼는 조현우를 꼽았다.

일부 팬들이 오해하는 것처럼 홍감독이 여론에 떠밀려 카스트로프를 뽑은 건 아니다. 홍감독은 2025년 8월 필자와의 단독 인터뷰에서 "지난 5월 서울에서 직접 만나 대화를 나눴다. 담담히 자기 생각을 밝히는 옌스의 눈빛에서 진정성을 읽었다. '내 뿌리는 한국'이라는 그의 언급을 듣고 확신이 들었다. 낯선 환경에 적응하는 그를 위해 영상도 보여주고 역할에 대해 많은 애기를 나눴다. 아직 스물 두 살인 만큼 잘 지켜보려 한다"고 말했다.

카스트로프의 오랜 꿈은 대한민국을 대표해 월드컵 무대를 밟는 것이다. 그는 "어머니는 내게 큰 존재다. 나처럼 강한 파이터 기질을 가지셨다. 내가 발전하도록 강하게 키워오셨다"면서 "월드컵이라는 꿈에 한 걸음씩 다가가고 있다. 좋은 기량을 갖춰 감독님의 선택을 받고 싶다. 아직 갈 길이 멀고 소속 팀에서 좋은 경기를 유지해야 한다. 대한민국이라는 나라를 대표해 월드컵에 나가기 위해 모든 걸 바치겠다"고 했다.

플레이어 카스트로프의 SWOT

Strength

최대 강점은 '멀티 능력'이다. 기본적으로 3선 자원이나 공격적으로 뛸 수도 있고, 황인범과 이재성이 공격에 집중하게 수비로 뒷받침할 수도 있다. 그는 필자에게 "소속 팀에서 감독님이 원하거나 위급한 상황이 생기면 윙백이나 윙어로도 뛰었다"고 말했다. 그는 포지션에 상관없이 공간을 파고들고 속도를 살린다. 뉘른베르크 시절 드리블 시도·성공률이 분데스리가2에 걸쳐 '톱 6' 안에 들었다. 과거 한국 축구는 필요에 따라 상대를 들이박기도 했다. 그러나 최근 한국 축구가 실점하는 장면을 보면 상대를 적극적으로 막지 않는다. 그 때문에 '도련님 수비를 한다'는 비판도 받았다. 자신을 '힘센 러너'라 부르는 그는 팀을 위해 몸을 아끼지 않고 저돌적인 태클을 한다. 경기당 평균 태클이 4회가 넘는다. 거친 태클로 상대 공격을 끊어내는가 하면 다리를 쭉 뻗어 공을 가로챈다. 폴란스키 뮌헨글라트바흐 감독은 "카스트로프는 공격성과 왕성한 활동량으로 팀에 많은 걸 가져다준다. 어떤 공도, 어떤 경합도 쉽게 포기하지 않는다"고 말했다.

반면 거친 플레이 탓에 옐로카드를 많이 받아 별명이 '카드 캡터'다. 뉘른베르크에서 뛴 두 시즌(2023~2025년) 동안 23장의 옐로카드를 받았다. 거의 두 경기에 한 장꼴로 경고를 받은 셈이다. 뉘른베르크 시절 클로제 감독이 "노란 딱지(옐로카드)가 9장이나 쌓였는데 한 장 더 받으면 벌금 1만 유로"라고 경고한 적이 있다. 뮌헨글라트바흐의 대다수 동료들도 '팀에서 올 시즌 누가 제일 먼저 퇴장당할까?'라는 질문에 "옌스", "옌스"라고 입을 모을 정도다. 그의 투쟁적 플레이는 양날의 칼이다. 거친 플레이로 상대의 기세를 꺾을 수 있으나 그것이 경고 누적에 따른 퇴장이나 출장정지로 이어지면 팀에 큰 피해를 준다. 월드컵처럼 큰 대회에서 레드카드라도 받는 장면은 상상만으로도 끔찍하다. 모험적인 플레이를 하다 보니 패스성공률도 다소 떨어진다.

2003년생이니 아직 20대 초반이다. 젊은 선수들은 실수하며 배운다. 앞으로 발전할 가능성이 무궁무진하다. 특히 한국 대표팀에 없는 스타일이다. 전진 성향이 강하고, 돌발 변수를 만들어낼 수 있다. 전술적 활용 가치가 높다. 독일 통계 매체 '트랜스퍼마르크트'가 예상한 이적료도 6백만 유로(100억 원)가 넘는다. 김민재, 이강인, 손흥민, 황희찬, 황인범에 이어 한국 선수 중 여섯 번째로 높은 몸값이다.

앞서 우려한 대로 그는 2025년 10월 25일 바이에른 뮌헨과의 분데스리가 경기에서 킥오프 19분 만에 퇴장당했다. 공을 뺏으려다 거친 슬라이딩 태클로 상대의 발목을 가격했다. 비디오 판독 끝에 레드카드가 주어져 퇴장이 선언됐다. 2경기 출장정지 징계를 받은 그는 "우리 팀의 계획은 몸싸움에서 물러서지 않는 것이지만 그 장면은 정말 불운했다. 당연히 레드카드가 맞는 판정이었다. 멍청한 장면이었다. 상대 선수가 심하게 다치지 않아 다행이고 미안하다"고 사과했다. 2025/26시즌 초반 7경기에서 벌써 옐로카드 1장과 레드카드 1장을 받았다.

다만 예전 뉘른베르크에서 두 시즌간 뛸 때는 옐로카드를 23장 받는 동안 퇴장은 딱 두 차례였다. 이처럼 앞으로도 영리하게 '선'을 지켜나가야 한다. 세르히오 라모스는 레알 마드리드 시절 16시즌간

   이강인과 Z세대

뛰는 동안 시즌당 평균 옐로카드 10장을 받았다. 그러나 라모스는 스페인 국가대표로 180경기에 나서고도 퇴장은 '제로'였다. 터프한 플레이를 펼친 김남일 역시 국가대표로 98경기를 치르는 동안 퇴장은 없었다. 그가 과격한 성향을 다스리지 않는다면 10월 그날의 퇴장이 마지막 퇴장이 아닐 수 있다.

2022(2023) 항저우 아시안게임에서
골 세리머니를 하는 이한범.
사진 FAphotos

2025년 11월 한국 대표팀과 가나의 평가전에서
첫 골을 넣은 이태석. **사진** FAphotos

강원FC에서 뛰던 시기의 양민혁.
사진 강원FC

강상윤. **사진** 전북 현대

수원 삼성에서 뛰던 시기의 박승수. **사진** FAphotos

신민하. **사진** 강원FC

양민혁. 사진 강원FC

기타 치는 세리머리를 하는 박승수. **사진** FS코퍼레이션 이수명

이한범

2002년생 차세대 수비수 이한범,
"민재형 스페셜 영상을 수시로 봐요"

"얘는 지금이 제일 싸다"

2025년 9월 30일 덴마크 헤르닝의 MCH 아레나에서 열린 2025/26시즌 덴마크 수페르리가 경기. 미트윌란의 이한범이 라네르스를 상대로 풀타임을 뛰며 2-1 승리를 지켜냈다. 스리백의 중앙에 포진한 그는 공중볼 경합 6회 등 탄탄한 수비를 펼쳤다. 공격 지역 패스 7회, 기회 창출과 키패스 각각 2회씩 기록하며 공격 빌드업에도 적극 가담했다.

수페르리가 사무국은 10라운드 이주의 팀(4-4-2 포메이션)을 선정하며 중앙 수비수 자리에 그를 뽑았다. 라네르스를 상대로 멋진 바이시클킥 골을 터뜨린 미트윌란의 공격수 조규성도 들지 못한 중에 미트윌란 선수 중 유일하게 베스트11에 이름을 올린 것.

덴마크 매체 'TV2스포츠'의 축구 전문가 모르텐 브룬도 그에게 평점 8점을 주며 경기 MVP로 뽑았다. 그러면서 "묵묵히 자기 역할을 다하는 차분한 한국 선수들이 좋다. 이한범은 평소 같은 국적 동료인 조규성의 그늘에 가려져 있지만, 이번 경기에서 촘촘하고 뛰어난 활약을 펼쳤다. 비록 조규성이 멋진 골을 넣긴 했지만 말이다"고 극찬했다.

2년 전인 2023년 8월, 미트윌란은 2002년생인 그와 4년 계약을 체결했다. 2021년부터 3시즌간 FC서울의 주축 수비수로 활약한 그에게 잉글랜드 챔피언십(2부) 등 유럽의 다수 팀이 관심을 보인 가운데 미트윌란이 이적료 20억 원(추정치)을 투자해 영입 경쟁에서 다른 팀들을 따돌렸다.

미트윌란의 스벤 그라베르센 스포츠 디렉터는 "이한범은 한국 최상위 리그에서 획기적인 발전을 보인 젊은 선수다. 신체적으로 뛰어나고 경합 능력도 좋다"며 기대감을 표했다. 그렇게 미트윌란은 조규성을 영입한 지 한 달 만에 또 다른 한국 선수를 데려오게 됐다. 이한범은 "미트윌란의 공격적이며 적극적인 스타일이 매력적으로 느껴졌다. 이제 내게 가장 중요한 건 그라운드에서 차이를 만들어내는 일이다. 한국 대표팀에 뽑히고 클럽에선 트로피를 따내는 것이 목표"라고 입단 소감을 밝혔다.

조규성은 2024년 1월 TV 예능 프로그램인 '맨인유럽'에 출연해 "미트윌란이 이한범 영입을 고려할 때 내게 어떤 선수인지 물었다. 난 K리그에서 뛰며 '한범이는 다르다. 무조건 잘된다'고 생각했다. 그래서 '얘는 지금 사야 한다. 지금이 가장 저렴하다'고 말했다"는

    이강인과 Z세대

비하인드 스토리를 털어놨다.

2023년 11월 6일 이한범은 비도우레를 상대로 미트윌란 데뷔전을 치렀다. 교체 투입된 지 2분 만에 전방 침투 패스를 찔러 넣어 팀 동료의 쐐기골을 어시스트했다. 하지만 첫 시즌에 주전 경쟁은 쉽지 않았다. 이후 선발로 출전할 기회를 잡는 데까지 무려 6개월이 걸렸다.

이듬해 2월 26일 오르후스전엔 센터백이 아니라 라이트백으로 나섰다. 문전에서 몸싸움하는 과정에서 페널티킥을 유도해 조규성의 득점에 간접적이나마 기여했다. 후반 3분 코너킥 상황에선 문전으로 쇄도하며 툭 차 넣어 유럽 무대 데뷔골까지 뽑아냈다. 또 미트윌란 선수가 둘이나 퇴장당해 수적으로 열세인 상황에서도 후반 막판 골문으로 향하던 슛을 클리어링했다. 그렇게 3-2 승리를 이끌며 양 팀 통틀어 최고 평점인 8.7점을 받고 라운드 베스트11에 뽑혔다.

그날 로커룸으로 향할 때 이한범이 조규성의 뒤통수를 툭 치는 모습이 중계 화면에 잡혀 둘 사이의 끈끈함이 엿보였다. 다만 데뷔 시즌이던 2023/24시즌 미트윌란은 수페르리가 우승을 차지했지만, 이한범은 아쉽게도 단 3경기 출전에 그쳤다.

잉글랜드 명문 맨체스터 유나이티드 출신인 박지성은 이한범과 식사하는 자리에서 "처음 에인트호번(네덜란드)에 갔을 때 (이)영표 형은 계속 뛰는데 난 경기를 못 뛰었다. 뛰지 못하면 조급함이 생길 수밖에 없지만 너무 조급해하지 않으면 좋겠다"고 조언했다.

'수퍼 리'

덴마크에서 두 번째 시즌인 2024/25시즌, 초반에도 주전 경쟁은 녹록지 않았다. 그러던 중 2024년 8월 산타 콜로마(안도라)와의 UEFA 챔피언스리그 2차 예선 2차전에서 풀타임을 소화하며 1-0 승리에 기여했다. 같은 달 덴마크 수페르리가 쇠네르위스케와의 경기에 나서 역전골을 도우며 3-2 승리를 이끈 공로를 인정받아 유럽 무대에서 처음으로 '이주의 팀'에 뽑혔다.

그런데도 2024년 10월부터 좀처럼 출전 기회를 얻지 못했다. 미트윌란의 토마스 토마스베르 감독은 중앙 수비수로 마스 베크 쇠렌센과 우스망 디아오를 중용했다. 팀이 유럽대항전을 병행해 경기 일정이 빡빡한 와중에도 벤치만 달군 그는 더 많은 출전 시간을 얻을 수 없다는 사실에 실망했다.

그해 12월 미트윌란은 이한범 측과 팀 미팅을 가져 겨울 이적시장에서 다른 팀의 영입 제의가 오면 보내주겠다고 합의했다. 실제로 2025년 1월 크로아티아의 오시예크와 독일 분데스리가2 한 팀이 임대 영입을 원했다. 그러나 미트윌란은 말을 바꿔 그를 보내주지 않았다. 마스 베크와 디아오가 부상하거나 부진할 경우를 대비해 팀 내 세 번째 센터백인 그를 내보내지 않기로 변경했다. 그러면서 시즌이 막바지로 접어든 4월 중순까지 그는 컵대회를 포함해 고작 9경기에 출전하는 데 그쳤다.

그는 무척 힘들었던 당시를 이렇게 회상했다.

"처음에는 이겨내려고 했지만 '솔직히 안 되겠다. 못 뛸 것 같다'

는 느낌을 받았다. '난 훈련용 선수다. 훈련에나 집중하자'고 자포자기했다. 경기에 거의 나서지 못하다 보니 동기부여도, 축구에 대한 즐거움도 모두 잃게 됐다. 독일과 크로아티아 팀들의 제안을 받았으나 미트윌란은 '미안하지만 기다려달라. 곧 기용할 테니 네 시간이 올 거다'고 했다. 한국에 돌아가고 싶다는 생각도 했지만, 김홍근 대표(에이전트)가 좀만 더 버텨보자고 하고 미트윌란도 보내주지 않으려고 했다."

인고의 시간을 견딘 끝에 마침내 그의 시간이 왔다. 2025년 4월 23일 노르셸란전에서 중앙 수비수 디아오가 자책골을 넣고 퇴장까지 당했다. 토마스베르 마트윌란 감독은 거의 2년간 출전 기회를 얻지 못하던 이한범을 투입했다.

그는 70여 일 만에 잡은 선발 출전 기회를 놓치지 않고 노르셸란과의 리턴매치에서 5-0 대승을 거두는 데 일조했다. 몇 달간 경기에 나서지 못해 긴장될 법도 한데 그는 미트윌란의 10경기 만의 클린 시트(무실점) 경기를 이끌었다. 그는 "간절했지만 팀이 질까 봐 걱정도 됐다. 막상 경기가 시작하고 10~20분 정도 지나니 안정이 됐다"며 당시를 되돌아봤다.

그 경기를 기점으로 상황이 완전히 달라졌다. 다음 경기인 오르후스와의 경기에도 선발 출전하고 이어진 코펜하겐과의 경기에서도 펄펄 날았다. 코펜하겐전 전반 38분 스로인 상황에서 감각적인 백헤딩으로 동료의 선제골을 어시스트해 '수페르리가 이주의 팀'에 뽑혔다. 주장이자 센터백 파트너인 마스 베크는 "이한범이 페널티박스에서 공격을 차단했다. 기본기가 탄탄하고 전술을 충실히 이행하며 중요한 경기에서 중압감을 이겨낸다"고 칭찬했다. 홈구장을 찾은 1만 2천여 미트윌란 팬들은 그런 그를 향해 "수퍼 리(Super Lee)"라고 연호했다.

디아오가 징계를 마치고 복귀했을 때도 이한범은 다시 벤치로 돌아가지 않았다. 4경기 연속으로 선발 출전했고, 브뢴뷔전에선 전반 40분 세트피스 상황에서 그의 백헤딩이 상대 자책골로 연결된 덕에 팀이 2-1로 이겼다. 미트윌란은 소셜미디어에 그가 로커룸 테이블에 올라가 춤을 추는 영상을 공유했다. 그가 가수 싸이의 '강남스타일'에 맞춰 말춤을 출 때 동료들도 노래를 부르며 함께 즐겼다.

그 무렵 덴마크 매체 '엑스트라 블라뎃'은 "이한범의 강렬한 경기력은 거꾸로 디아오에겐 불운"이라고 썼다. 토마스베르 감독은 "이한범은 볼 경합이 좋고 위치 선정도 훌륭했다. 정말 오랫동안 기회를 기다리며 자신이 얼마나 뛰어난 선수인지 증명하고 싶어했다"고 했다.

2024/25시즌 미트윌란은 승점 1점 차로 코펜하겐에 아깝게 우승을 내주지만 이한범은 시즌 막판 희망을 쐈다. 팀 주전 경쟁에서 밀렸을 때 이적해야 한다는 목소리가 비등했으나 요즘 말로 '존버(끝까지 버티기)'는 승리했다. 어려운 상황에서 끝까지 버티며 결국 이겨냈다.

그는 "미트윌란에서 일이 년간 경기를 뛰지 못할 때는 무척 힘들고 시간만 허비하는 것 같아 한국으로 돌아가고 싶은 마음이 컸다.

그런데 그때 잘 버틴 시간이 큰 도움이 됐다. 어떻게든 버티면 승리한다는 말을 믿게 됐다"고 했다.

46경기 연속 무패, '승리 요정'

스물한 살에 미트윌란으로 향한 그는 첫 시즌 3경기 출전에 그치고 두 번째 시즌도 주전 경쟁에 힘들었으나, 그렇게 덴마크에 입성한 지 3년 만에 '스텝업'했다. 유럽 무대에서도 통한다는 걸 스스로 증명함으로써 2025/26시즌엔 미트윌란의 주전으로 도약했다. 2025년 7월 21일 수페르리가 개막전인 오덴세와의 경기부터 선발로 나섰다. 전반 30분 공을 제대로 걷어내지 못해 실점의 빌미를 제공했지만 결자해지했다. 전반 추가시간 코너킥 상황에서 헤딩을 떨궈 팀 동료의 골을 어시스트했다.

그로써 시즌 초반 팀이 치른 8경기 중 7경기에 선발 출전했다. 그 동안 스리백의 중앙과 오른쪽을 오가며 활약했다. 그는 "이전(첫 번째와 두 번째 시즌)엔 팀 내 경쟁 구도가 부족했다. 주전 선수들이 무조건 출전하다 보니 훈련 때 피 튀기는 게 없었다"며 "새 감독님(마이크 툴베르)은 센터백이 4명뿐인데 스리백을 세우다 보니 기회를 비교적 공평하게 준다. 완전 로테이션으로 바뀌면서 훈련 때부터 분위기가 달라졌다. 난 두 경기 뛴 다음 한 경기 빠지는 식이다. 센터백 넷이 구멍 없이 다 잘한다. 누가 뛰어도 이상하지 않을 정도가 되다 보니 경기를 못 뛰어도 납득이 된다"고 설명했다.

10월 6일 미트윌란과 코펜하겐의 경기가 끝난 뒤 덴마크 매체 'BT'는 "양 팀의 선발 명단을 보면 서로 다른 14개 국적 출신의 선수들이 포함됐다. 그중 가장 인상적인 활약을 펼친 선수는 이한범이었다. (그는) 미트윌란 수비진의 등대 같은 존재였다. 상대의 움직임을 예측하며 '아시안 센세이션'이라 불릴 만한 활약을 펼쳤다"고 보도했다.

이한범은 그해 12월 5일 노르셸란과의 덴마크컵 8강 1차전에서 전반 34분 스로인을 백헤딩으로 연결해 어시스트를 기록하며 5-1 대승에 이바지했다. 그러다 보니 시즌 중반인데도 28경기에 출전했다. 앞선 두 시즌에 걸쳐 뛴 경기 수가 26경기이니 그보다 많다. 유로파리그에도 출전해 프리미어리그 노팅엄 포레스트와의 원정 경기에 뛰며 3-2 승리에 기여했다. 12월 11일 벨기에 헹크와의 유로파리그 경기에선 상대 공격수인 오현규를 꽁꽁 묶으며 1-0 승리를 이끌었다. 2026년 1월 기준, 미트윌란은 유로파리그 리그 페이즈에서 5승 1무 1패로 4위를 달렸다.

미트윌란에서 그는 새로운 별명도 얻었다. '승리 요정'이다. 그가 출전하면 미트윌란이 지지 않는다는 공식이 계속 이어졌기 때문이다. 12전 12승을 시작으로, 30경기 연속 무패(21승 9무)를 넘어 무패 수는 계속 늘어났다. 그해 10월 6일 미트윌란은 풀타임을 뛴 그와 함께 코펜하겐을 또다시 이겼다. 미트윌란은 "이한범은 미친 기록을 이어가고 있다. 그가 미트윌란 유니폼을 입고 출전한 32경기에서 모두 지지 않았다. 한국 대표팀 8경기를 포함하면 무려 40경기 연속 무패 행진"이라고 소개했다. 그가 뛴 경기에서 미트윌란은 26승 6무를 거두고 대표팀은 아시안게임을 포함해 7승 1무로 지지 않았다.

그는 무패 행진에 대해 "솔직히 운이 따랐을 수도 있지만 기분 좋은 일이다. 동료들 없이는 연속 무패 기록을 세울 수 없었을 것"이라며 "대표팀에서도 멕시코, 미국과의 평가전에서 깨질 수도 있겠다고 생각했는데 막상 부딪쳐보니 할 만했다"고 했다. 아쉽게도 무패 행진은 그해 11월 '47경기째'에 깨졌다. 미트윌란이 추가시간에 페널티킥을 내주는 바람에 졌다. 그래도 한 선수가 경기에 나서면 소속 팀이 46경기 내내 계속 지지 않는다는 건 단순히 우연이라고 볼 수는 없다. 그만큼 팀 승리에 이바지한 셈이다.

'성산동의 벽'

서울 보인고 출신인 그는 2019년 FIFA 17세 이하 월드컵에 정상빈, 엄지성 등과 함께 출전했다. 당시 김정수 감독의 지휘하에 지옥처럼 강도 높은 훈련을 했다. 대회를 앞두고 프로 2군팀과 가진 연습경기에서 이기기도 했다. 한국 대표팀은 8강에 진출했으나 4강에 못 간 게 두고두고 아쉬웠다.

그리고 이듬해 12월 신인 자유계약으로 K리그 FC서울의 유니폼을 입었다. 2021년 안익수 감독이 FC서울 사령탑에 부임한 뒤엔 핵심 센터백으로 급부상했다. 안감독은 그가 영리하게 빌드업하는 모습을 높이 평가했다. 그는 오스마르, 김주성과 번갈아 가며 FC서울의 수비를 책임졌다. 상대적으로 발이 느린 편인 오스마르가 뚫려도 그가 수비 뒷공간을 잘 커버했다. 열 살 넘게 나이 차가 나는 오스마르는 그를 두고 "내가 계속 봐주고 뭘 하라고 말해줘야 할 선수가 아니다. 오히려 내가 이 어린 선수 덕분에 보호받고 있다"고 했다.

2022년 3월 성남FC의 공격수 뮬리치를 그가 꽁꽁 묶는 모습을 본 안익수 감독은 이렇게 칭찬한 적이 있다. "한범이가 어디까지 발전할지 궁금하다. 나이에 비해 성장이 빠르고 발전 속도도 가늠할 수 없다. 축구에 대한 생각도 누구보다 앞서 있다."

2021, 2022시즌 도중 부상을 겪기도 했으나 그는 2023시즌에도 계속 선발로 나섰다. 그렇게 FC서울에서 3시즌간 51경기에 출전하다가 2023년 9월 미트윌란의 유니폼을 입고 유럽으로 향했다.

황선홍 감독이 이끄는 24세 이하 대표팀에 뽑혀 2023년 항저우 아시안게임에도 출전했다. 와일드카드(만 24세 초과 선수) 박진섭과 함께 수비를 책임졌다. 특히 조별리그 바레인전에선 코너킥 상황에서 헤딩골을 터뜨리고 빠른 속도로 실점 위기를 막아냈다. 그때 금메달을 획득하고 병역 혜택까지 받아 장밋빛 미래를 예고했다.

당시 그는 리버풀FC의 수비수 버질 판데이크에 빗댄 '범다이크'라는 별명도 생겼다. FC서울의 홈구장인 서울월드컵경기장이 성산동에 있다고 해서 '성산동의 벽'이라고도 불렸다. '제2의 김민재'라는 수식어도 붙었다.

프로 데뷔 연도를 따지면 김민재가 스물둘에, 이한범이 스무 살에 데뷔했다. 이한범은 보통 경기를 3시간 정도 앞두고 롤 모델인 김민재의 스페셜 영상을 돌려본다. 그는 "FC서울에서 뛸 땐 판데이 크와 맨체스터 시티의 아칸지, 존 스톤스 등의 경기 영상을 참고하 며 그들과 비슷하게 공을 차려고 했다. 반응과 예측이 빠른 센터백 이 되려고 노력했다"면서 "요즘엔 민재형이 나폴리에서 뛰던 시절 의 영상 3개를 돌려본다. 8분짜리 1개, 4분짜리 2개"라고 했다.

또 "민재형이 늘 '중앙 수비수는 거친 면이 있어야 한다'고 강조 한다. 후배들에게 잘되라고 쓴소리를 해주는 것이 고맙다. (설)영우 형은 '민재형은 초반에 비하면 유해진 거다. 초반엔 정말 많이 혼났 다'고 하더라"고 했다. "대표팀에 가면 민재형을 보고 최대한 배우려 고 한다. 전방 압박 때 등지고 있는 상대 센터포워드와 미드필더에 달려들어 '묻어치기'를 한다." 그러면서 자신만의 강점도 어필했다.

"민재형은 경합 과정에서 파워풀하게 버티거나 스피드로 커버 한다. 형이 무력행사하는 스타일이라면, 난 형처럼 버티지 않고 머 리를 좀 더 써 부드럽게 움직이며 상대를 짜증 나게 한다. 민재형이 매운맛이라면 난 다른 맛으로 요리하는 셈이다. 난 '설탕처럼 달달 한 줄 알았다가 먹으면 짠맛'이다. 상대한 형들도 '겉으론 순하고 착 해 보이지만 경기장에서 붙어보면 그렇지 않다'고 말한다."

유력한 '포스트 김민재'

이한범은 2002년 6월 17일생이다. 2002년 한일 월드컵에서 한국과 이탈리아가 맞붙은 16강전 하루 전날에 태어났는데, 그날 홍명보는 중앙 수비수로 뛰며 승리를 지켜냈다. 그렇게 한국 축구 역사상 최고 수비수로 손꼽히는 홍명보가 국가대표 감독이 되어 2024년 8월 이한범을 대표팀에 처음 발탁하고 9월에도 뽑았다.

그는 미트윌란에서 주전 경쟁에서 어려움을 겪을 때 태극마크와 잠시 멀어졌으나 2025년 6월 대표팀에 다시 뽑혔다. 홍명보 감독이 세대교체의 일환으로 2026년 북중미 월드컵을 위한 아시아 3차 예선 쿠웨이트와의 10차전에서 2000년대생 6명에게 기회를 줄 때 그중 한 명이었다. 그때 그는 풀타임을 소화하며 4-0 무실점 승리에 이바지해 A매치 데뷔전을 클린 시트로 마쳤다. 친정팀 FC서울의 홈구장인 서울월드컵경기장에서 옛 동료들인 김주성, 이태석과 수비 호흡을 맞춰 상대에 슈팅을 한 개도 허용하지 않았다.

그해 9월에도 대표팀에 뽑혀 A매치 두 경기 모두에서 풀타임을 소화했다. 김민재와 호흡을 맞춰가는 중에 미국을 2-0으로 꺾고 멕시코와는 2-2로 비겼다. 미국전에선 적절한 압박을 통해 개인기 좋은 상대 선수들을 틀어막고, 멕시코전에선 포지션을 변경해 수적 우위를 만들어내는 상황을 저지했다. 이어진 10월 A매치에도 발탁됐다. 파라과이전에 선발 출전하나 백패스 미스 등 다소 아쉬운 모습을 보인 탓에 전반만 뛰고 교체됐다.

대표팀과 미트윌란 모두 스리백을 쓰지만 각자 추구하는 바가 달라 그로선 스타일을 바꿔가며 뛰어야 한다. 그는 "미트윌란은 완전히 리스크를 감수하고 전방 압박을 한다. 공간과 상관없이 일대일 맨투맨을 한다. 코펜하겐전에서 상대 센터포워드와 공격형 미드필더를 페널티박스까지 따라갔다. 반면 대표팀은 공간을 더 방어하고, 큰 리스크를 감수하기보다는 좀 안정적으로 한다"고 했다. 그해 10월 한국은 브라질과의 평가전에서 0-5 참패를 당했는데, 당시 브라질 선수들은 공간과 여유가 주어진 중에 한두 명을 가볍게 제쳤다. 맨투맨이 좋은 그는 이 경기를 뛰지 않았다.

한국 축구의 오랜 과제는 '포스트 김민재', 즉 김민재의 파트너를 찾는 일이다. 김민재가 대표팀 수비수 중 한 자리를 굳건히 차지하고 있는 가운데 이한범은 박진섭, 조유민, 김주성, 김태현 등과 경쟁하고 있다. 김민재와 이한범은 대표팀에 사실상 둘밖에 없는 유럽파 센터백이다. 덴마크 프로축구의 유력한 우승 후보팀에서 살아남은 이한범이 그 가능성을 보여주고 있다. 앞으로 월드컵 본선 무대에서 피지컬이 좋은 상대 선수를 막는 카드로 쓰일 수 있다.

김진규 코치의 평가

이한범이 2021~2023년 FC서울에서 뛸 당시 코치와 감독대행을 역임한 '은사' 김진규 현 한국 대표팀 코치는 제자를 이렇게 평가했다.

Q. 이한범의 신인 시절은 어땠나.

"유스 시절부터 좋은 선수라는 이야기가 많이 돌다 보니, 전북 현대도 영입전에 참가했다고 들었다. FC서울에 들어온 첫해 동계 훈련 초반엔 무리한 패스로 실수를 자주 해 혼나기도 했다. 그런데 2차 동계훈련에서 보니 전진 패스와 빌드업이 좋아졌더라. 학창 시절 포워드도 봐서 그런지 패스가 좋았다. 자신감이 붙은 뒤 빌드업이 더 좋아졌다. 선수는 코칭스태프의 인정도 받아야 하지만 그보다 먼저 선수들의 인정을 받아야 한다. 당시 기성용이 '이 친구는 수비력과 빌드업이 좋다. 이한범의 성장은 FC서울뿐 아니라 대한민국 축구의 미래를 위해서도 좋은 일'이라고 평가했다."

Q. 미트윌란에 입단하고 2년간 주전 경쟁에서 어려움을 겪었다.

"사실 (FC서울로) 돌아올 뻔했다. 솔직히 말씀드리면, 2024년 1월 내가 (한국으로) 들어오라고 했었다. 위르겐 클린스만 당시 한국 대표팀 감독이 세대교체를 한다고 해서, 한범이에게 '한국에 돌아와 6개월이라도 경기를 뛰어라. 그러면 넌 대표선수가 될 수 있고 그런 다음 미트윌란에 돌아가면 다들 너를 다른 눈으로 쳐다볼 거다'고 말했다. 90퍼센트가량 마음을 굳혔는데 마지막에 가서 한범이가 유럽에 남아 하고 싶다고 했다."

Q. 이한범에게 국가대표 선배이자 FC서울 수비수 출신인 김진

　　　　　　　　　　　　　　　　이강인과 Z세대

규 코치는 최고의 선생님이다.

"한범이에게 '상대 공격수한테 잡아먹히면 안 된다, 기에서 밀리면 절대 못 이긴다, 처음부터 몸싸움을 강하게 해 기싸움에서 눌러야 한다'고 강조했다. 난 선수 시절 그것(상대 공격수를 강하게 다루는 것)만 잘했다(웃음). 최근에 한범이에게 'FC서울 시절과 달리 요새 수비 움직임이 게을러진 것 같다'고 쓴소리도 했다. 덴마크 프로축구는 키 큰 선수가 많다 보니 좀 늦게 수비 이동을 해도 커버되는 부분이 있다. 초심을 잃어버리면 안 된다고 상기시켰다."

Q. 대표팀 코치로서 본 이한범은 어떤가.

"한범이에게 (2025년 9월) 멕시코와의 평가전에서 실점한 장면을 짚어줬다. 클리어링을 하다가 반대쪽으로 볼이 흐르면 안으로 들어와 잡아야 한다고 말했다. (파라과이전에서 백패스 실수로 실점의 빌미를 제공했는데) 홍감독님은 당장 실수를 지적하기보다 월드컵에서 같은 실수가 나오지 않는 게 중요하다고 말씀한다. 난 한범이에게 편집한 영상을 보여주며 '정신 차리라'고 혼냈다. 시제지간인 만큼 한범이도 맞는 건 맞다고 인정하고 아니라고 생각하면 반박도 한다. FC서울 시절부터 서로 논쟁을 해왔다. 사실 한범이가 느리게 보이지만 막상 데이터를 뽑아보면 빠른 축에 속한다. 겉으론 호리호리해 보이지만 옷을 벗으면 몸이 좋은 친구다. 내가 훈련을 많이 시키는 편이나 선수 본인이 찾아 훈련한다. 자기가 알아서 두 탕, 세 탕 (훈련을) 뛴다."

Q. 아무래도 유럽 프로축구에서 뛰는 선수들이 월드컵 같은 세계 무대에서 경쟁력이 더 있을 것 같다.

"유럽에서 뛰는 선수들은 현지 선수들과 매번 몸싸움하고 부딪치는 중에 그런 템포의 축구를 익히게 된다. 당연히 좀 더 장점이 있을 수 있다. 우선 감독님이 포메이션을 결정해야 한다. 수비수를 5명으로 둘지, 6명으로 둘지 따져봐야 한다. 멀티 포지션을 소화하는 선수들도 있다. 현재 북중미 월드컵에 확실히 간다고 장담할 수 있는 선수는 몇 명밖에 안 된다. 주전 경쟁 끝에 누가 정해질지는 2026년 5월이 돼봐야 알 수 있지 않을까."

Q. 끝으로 이한범에게 조언한다면.

"빌드업과 헤딩은 워낙 수준급인 선수다. 다만 좀 더 부지런하고 파이팅 있는 모습이 나와야 한다. 그런 점이 바뀌면 무엇보다 본인한테 이득이 될 것이다. 한범이의 성격이 좀 내성적인 편이라 경기장 안에서 '짖어야 할 때 못 짖는 경우'가 있다. 강하게 소리를 지르기도 해야 한다. 민재를 많이 따라다녔으니 이제는 그런 모습이 나와야 한다. 정말 필요한 부분이다."

유럽 4대 리그 진출의 꿈

이한범이 느린 편이라고 오해하는 국내 팬들이 있다. 그러나 그를 겪은 지도자와 선수들은 웬만한 선수보다 빠르다고 한다. 신인 때 김진규 코치와 함께 훈련을 소화하며 노력한 결과다. FC서울 시절엔 그라운드에서 별로 말이 없는 편이었다. 유럽 무대에 진출한 뒤에는 센터백으로 뒤에서 리딩을 하며 말을 많이 하려고 한다. 그 때문에 영어 실력도 크게 늘었다.

한국 축구는 북중미 월드컵에서 멕시코, 남아공, 유럽 플레이오프 D 승자와 A조에 편성됐다. 2025년 9월 멕시코와의 평가전에 선발 출전해 2-2 무승부에 기여한 그는 "멕시코는 미국보다 좋은 팀이다. 우리의 전방 압박이 먹힐 때가 있었는데, 멕시코는 영리하게 포지셔닝을 변경해 수를 늘리는 식으로 풀어가더라. 특정 선수가 잘하기보다는 조직력이 좋았다. 라울 히메네스(풀럼) 선수는 민재 형이 정리했다. 그는 프리미어리그에서 페널티킥을 11개 차 다 넣을 정도의 확실한 골잡이인 만큼 페널티킥을 주면 안 될 것 같다"고 했다. "그래도 당시 멕시코는 생각보다 해볼 만한 팀이었다. 우리가 잘 다듬어나가면 충분히 이길 수 있을 것이다. 다만 멕시코가 홈 이점이 있기에 쉽지 않은 경기가 될 것 같다. 고지대에서 경기를 뛰는 건 정말 힘들다고 하더라."

2026년 3월 열리는 유럽 플레이오프 D에서 덴마크가 체코와 북마케도니아, 아일랜드 등을 따돌리고 본선에 올라와 한국과 맞붙을 수도 있다. 덴마크 리그에서 뛰는 이한범은 "조 추첨을 한 다음 날 팀에서 친한 덴마크 동료들이 '덴마크에 잘된 조 편성'이라고 하더라. 팀의 멕시코 코치 및 규성이형과 대화할 때 서로 '쟤네(덴마크)는 올라오지도 않았는데 왜 저런 얘기를 하고 있냐. 덴마크가 본선에 올라오더라도 멕시코와 한국이 토너먼트에 올라갈 것'이라고 말했다. 또 '너희 대신 체코가 올라올 것'이라고 했다"면서 김칫국을 마시는 덴마크를 견제했다고 했다. 앞서 덴마크에서 두 시즌간 벤치를 지키며 마음고생을 했던 그는 "오기가 생겨 더 열심히 할 수 있을 것 같다. 미트윌란은 내게 좋은 팀이지만, 두 시즌 동안 (벤치만 지킨) 힘들었던 기억이 있는 만큼 무조건 이겨야 하지 않나 싶다. (덴마크를 이겨서라도) 마음의 한을 풀어야죠"라고 했다.

2025/26시즌 덴마크 리그와 유로파리그에서 좋은 모습을 보인 그를 보고 유럽 다수 팀들이 관심을 보이고 있다. 그의 꿈은 유럽 4대 리그(잉글랜드, 스페인, 독일, 이탈리아)에 진출하는 것과 북중미 월드컵에 출전하는 것이다. "언젠가 유럽 4대 리그 중 독일이나 영국에서 뛰고 싶다. 4대 리그의 상위 팀에 바로 못 가더라도 해당 리그의 하위 팀에라도 가는 게 최우선 목표다. 그다음 빅클럽에 가는 걸 꿈꾼다."

"규성이형이 다치기 전에 '월드컵에 같이 가자'고 했었다. 형은 재활하는 중에 몸이 다시 안 좋아져 '월드컵은 안 될 것 같다'고 했다. 하지만 다시 건강한 몸을 회복해 희망을 갖게 됐다. 우리 둘 다 노력하면 같이 갈 수 있지 않을까."

이강인과 Z세대

플레이어 이한범의 SWOT

김민재 이후 한국 센터백들 사이에서 최고 재능 중 한 명으로 손꼽힌다. 양발을 다 잘 쓴다. 후방에서 단순히 공을 걷어내는 데 그치지 않고 현대 축구에서 센터백의 필수 덕목으로 여겨지는 빌드업을 구사한다. 10대 시절에 포워드로도 뛴 덕에 패스도 미드필더 못지 않게 좋다. 때때로 상대에게 막혀 끊기기도 하지만 과감한 전진 패스를 시도한다. 위기 상황에선 거침없는 태클로 탈출구를 마련한다. FC서울 시절부터 세트피스 상황이 되면 공격에 적극 가담해 어시스트를 올리기도 한다. 타점 높은 헤딩을 지녔고, 특히 백헤딩으로 동료에게 기회를 만들어준다.

덴마크 프로축구에 입성할 초기 농구선수처럼 키와 덩치가 큰 북유럽 선수들 사이에서 고전했다. 거친 플레이가 다소 부족한 편이다. 김민재가 "더 거칠어야 한다"고 잔소리하는 이유다. 웨이트트레이닝을 통해 몸을 키우고 플레이 스타일도 좀 더 적극적으로 바꾸려고 노력하고 있다.

홍명보 한국 대표팀 감독은 2025년 여름을 기점으로 스리백을 밀고 있다. 공교롭게 미트윌란도 2025/26시즌 3-4-2-1 포메이션을 쓰면서 그의 출전 시간이 늘었다. 그는 대표팀과 소속 팀 모두에서 스리백의 오른쪽 스토퍼로 나서고 있다. 다만 두 팀에서 보이는 스타일은 완전히 다르다. 대표팀에서 홍감독은 사람보다 공간을 방어하는 수비를 원한다. 반면 미트윌란에선 리스크를 감수하고라도 상대 공격수를 적극 따라붙기를 원한다. 그 플레이 스타일 차이에서 오는 혼돈을 줄여야 한다.

덴마크 리그에서 우승 후보로 꼽히는 미트윌란은 그만큼이나 좋은 센터백을 셋이나 더 보유하고 있다. 주장 마스 베크는 브렌트퍼드(잉글랜드)와 니스(프랑스) 등을 거친 선수다. 미트윌란이 높은 몸값을 지불하고 데려온 마르틴 에를리치는 크로아티아 국가대표로 이탈리아 볼로냐 등에서 활약했다. 우스망 디아오도 재능이 넘치는 선수다. 이한범이 벤치로 밀리더라도 인정할 수밖에 없는 좋은 경쟁자들이다. 벤치로 밀리면 다시 시련의 계절이 찾아올 수도 있다. 훈련과 경기 때 더 잘하는 수밖에 없다.

이태석

Gen-Z Soccer Player

'이을용 아들' 이태석,
'부자 월드컵 출전' 꿈꾼다

2025년 11월 18일 서울월드컵경기장에서 열린 한국과 가나의 평가전. 0-0으로 맞선 후반 18분, 이강인이 왼쪽 측면에서 올려준 크로스가 골문 앞을 가로질러 왼쪽 골포스트 쪽으로 향했다. 그때 배후에 침투해 있던 이태석이 문전으로 돌진해 방아를 찧듯 헤딩골로 연결했다.

이태석이 A매치 13경기 만에 터뜨린 데뷔골이다. 어안이 벙벙했는지 오른쪽 손가락을 흔들며 코너 플래그 근처로 갔다. 그리고서야 달려와 안기는 동료들과 기쁨을 나눴다. 득점뿐 아니라 수비에서도 상대를 무실점으로 막아내며 1-0 승리를 이끌었다. 그런 활약 덕분에 한국 축구는 2025년 마지막 A매치를 승리로 장식할 수 있었다. 그 결과 FIFA 랭킹 22위를 유지하게 됐고, 북중미 월드컵 조추첨에서 포트2(2번 포트)를 사실상 확정함으로써 유리한 고지에 올랐다.

경기 후 공동취재구역에서 만난 그는 "강인이형이 정말 좋은 크로스를 올려줬다. 동료들이 '강인이형한테 밥을 사야 한다'고 입을 모으는데, 나중에 기회가 생기면 그렇게 하겠다"며 웃었다.

이태석과 이강인의 합작골은 한국 전역에 TV로 생중계됐다. 둘은 18년 전부터 전국구 축구 스타였다. 2007년 KBSN스포츠 예능 프로그램 '날아라 슛돌이' 3기에 함께 출연한 사이다. 축구 영재들이 고 유상철 감독과 함께 축구를 배우는 컨셉이었다. 당시 여섯 살 이강인이 '축구 신동'으로 불리며 큰 화제를 모았는데 그 옆에 한 살 어린 이태석도 있었다. 이후 이강인은 스페인 발렌시아 유스팀으로 건너가고 이태석은 FC서울 유스팀을 거치며 성장했다.

'슛돌이 동기'가 18년 만에 합작한 득점이기에 이태석의 감회도 남달랐다. 그는 "아주 옛날의 얘기이지만 '날아라 슛돌이' 때 처음 만나 지금처럼 대표팀을 같이 하는 게 너무나 영광스럽다. 형 덕분에 함께 성과를 낼 수 있어 의미가 깊다"고 했다. 이강인도 "태석이의 데뷔골을 축하한다. 어릴 적 함께 축구한 추억이 있어 더욱 뜻깊은 골"이라고 했다.

공교롭게도 이태석의 아버지 이을용이 2006년 6월 4일 영국 에딘버러에서 A매치 마지막 골을 넣은 상대가 가나였다. 19년이 지나 아들이 가나를 상대로 A매치 데뷔골을 터뜨렸다. 우연도 이런 우연이 없다. 가나전은 이태석에게 정말 특별한 경기였다.

아버지 이을용의 뒤를 이어

그의 아버지는 2002년 한일 월드컵 4강 진출의 주역인 이을용(전 경남FC 감독)이다. 한일 월드컵의 여운이 채 가시지 않던 2002년 7월 태어난 그는 2남 1녀 중 장남이고, 동생 이승준도 축구선수다.

아버지가 뛰던 튀르키예에서 유년 시절을 보낸 그는 한국에 들어와 초등학교 3학년 때 본격적으로 축구를 시작했다. 이후 FC서울 유스팀인 오산중과 오산고를 다녔다. 2021년 4월 FC서울에서 프로에 데뷔해 첫해부터 주전으로 도약했다. 그해 인버티드 풀백으로 19경기에 나섰다. 2022년엔 27경기, 2023년 30경기를 소화했다.

FC서울에서 동생 이승준과 같은 팀 소속으로 나란히 나서기도 했다. 2023년 7월 1일 K리그1 대전 하나시티즌과의 경기에서 형은 선발로 나서고 마찬가지로 오산고에서 프로로 직행한 동생은 교체 출전했다. 2000년대 FC서울에서 활약한 아버지에 이어 삼부자가 같은 유니폼을 입고 K리그 경기를 치렀으니 가문의 영광이었다.

이을용은 필자에게 "형제가 축구 스타일과 성격이 모두 정반대다. 왼쪽 수비수인 태석이는 나처럼 왼발잡이다. 선 굵은 직선적인 플레이를 펼치는데 신중하고 묵직하다. 반면 오른발잡이 새도 스트라이커 승준이는 수비를 제치는 걸 좋아하고 성격은 약간 덤벙댄다"며 웃었다.

이태석과 이승준은 롤 모델도 각각 앤디 로버트슨(리버풀)과 네이마르(산투스)로 서로 다르다. 형제의 장점을 반반씩 섞으면 아빠가 된다. 이을용은 터프하면서도 아기자기한 축구를 했다. 영어를 잘하는 이태석은 2024시즌 FC서울에서 맨체스터 유나이티드 출신인 제시 린가드와 친하게 지냈다.

시련도 있었다. 이태석은 2022(2023년 개최) 항저우 아시안게임을 앞두고 최종 명단에서 탈락해 좌절했다. 2024시즌 FC서울에선 주전 경쟁을 하느라 애를 먹었다. 김기동 FC서울 감독이 데려온 강상우에게 밀려 입지가 좁아진 끝에 어쩔 수 없이 그해 여름 유스팀 때부터 몸담아온 FC서울을 떠나게 됐다. 애초 그는 원두재와의 트레이드로 울산HD로 향할 예정이었으나 계약 직전에 여러 이유로 무산됐다. 결국 8월이 돼서야 강현무와의 트레이드를 통해 포항 스틸러스의 유니폼을 입게 됐다

울산HD로의 이적이 무산될 때 심적으로 힘들었으나 성장에 도움이 될 것이라는 아버지의 말에 떨쳐버릴 수 있었다고 한다. 포항 스틸러스에선 친정팀인 FC서울과의 경기에 선발 출장하며 데뷔전을 치렀다. 윙어로 나섰는데 측면 공격수로 출전하기는 초등학생 때 이후 처음이었다. 박태하 포항 스틸러스 감독은 경기 전 미팅을 통해 선수 구성상 그의 주 포지션인 왼쪽 풀백이 아니라 윙어로 전진 배치해 활용할 것임을 설명했다.

포항 스틸러스에서 왼쪽 풀백과 측면 미드필더를 오간 게 오히려 전화위복이 됐다. 공격수로 나서 상대 수비를 상대하는 과정에서 수비수가 뭘 까다로워하는지 잘 알게 되고 수 싸움도 늘었다. 그렇게 새로운 팀에서 한 단계 도약에 성공했다. 박태하 감독의 중용을 받은 그는 그해 후반기 K리그 12경기에 출전해 1골 2도움을 올

렸다. 특히 그해 11월 30일 울산HD와의 코리아컵 결승전에서 연장 120분간 풀타임을 뛰며 3-1 승리와 우승을 이끌었다. 그렇게 유럽에 진출하기 전까지 K리그1 통산 123경기에 출전해 2골 8도움을 기록하며 폭풍 성장했다. 위기를 기회로 만든 셈이다.

유럽 진출

이후 2025시즌 이태석이 A대표팀에도 뽑히며 주전으로서 입지를 넓히자 잉글랜드 챔피언십의 퀸즈파크레인저스와 스코틀랜드 레인저스 등이 영입에 관심을 보였다. 그런 와중에 경남FC에서 이강희를 데려간 오스트리아의 아우스트리아 빈이 영입전에 가세했다. 이강희의 좋은 활약으로 한국 선수에 대한 신뢰가 생긴 슈테판 헬름 감독이 영입을 강력히 원했다. 포항 스틸러스는 애초 국가대표로 성장한 이태석의 판매를 주저했으나 빈이 과감한 금액을 제시했다. 유럽행 의지가 강력했던 이태석도 다가오는 월드컵 출전을 위해 안정보다는 새로운 도전을 택했다.

2025년 7월 27일 대구FC와의 원정 경기에서 '포항 고별전'을 치렀다. 경기가 끝나고 동료들의 헹가래를 받은 그는 눈시울을 붉힌 채 "선수로서 유럽 무대는 도전해보고 싶은 곳이어서 열망이 컸다. 오퍼가 왔을 때 무조건 나가야겠다고 생각했다"고 말했다.

박태하 포항 스틸러스 감독도 "꿈을 위해 내린 결정을 환영한다. 태석이는 국가대표와 유럽 진출을 목표로 축구를 해왔다"고 지지

하고, 유럽에서 활약했던 같은 팀 선배 기성용도 "태석이가 성장할
좋은 기회다. 경험을 쌓다 보면 한 단계 더 성장할 것이다. 유럽에
처음 가니 이미지가 중요할 것 같다"고 조언했다.

아버지 이을용이 2002년 한일 월드컵 직후 튀르키예 트라브존
스포르로 떠날 당시 인천국제공항에 배웅을 나간 이태석은 생후
9일밖에 안 된 갓난아기였다. 23년이 흘러 그런 아들이 아버지처럼
유럽 무대로 향하게 됐다. 이태석은 그해 7월 30일 출국길에 "유럽
에 나가는 건 너무 '고팠던' 일이라 망설일 필요 없이 그냥 도전해보
고 싶다"고 했다.

아버지도 아들의 결정을 지지했다. 이태석은 "(아버지가) 도전하
고 싶다면 도전해도 좋겠다고 하셨다. 적극적으로 유럽 무대의 장
단점을 말씀해주셨다. 그래서 고심 끝에 이적해야겠다고 결론을 내
렸다"며 "더 이루고 싶은 게 있다. 유럽 대항전 그리고 얼마 남지 않
은 월드컵에 도전하고 싶다"고 했다. 오스트리아 잘츠부르크에서
활약했던 황희찬의 조언도 큰 힘이 됐다면서 "오스트리아 무대가
어떤지, 또 유럽에 가면 어떻게 해야 하는지 많은 얘기를 해줘서 감
사했다"고 했다.

'포르자 비올라'

그해 8월 2일, 그는 아우스트리아 빈과 2029년 여름까지 4년 계
약을 맺었다. 1911년 창단한 빈은 오스트리아 1부 분데스리가에서

라피드 빈(32회)에 이어 두 번째로 많은 24회 우승을 차지한 명문 팀이다. 오스트리아컵 우승을 제일 많이 차지한(27회) 팀이기도 하다. 그는 "유구한 역사를 가진 팀에 합류하게 돼 정말 기쁘고 설렌다. 포르자 비올라(Forza Viola)!"라고 입단 소감을 밝혔다. 빈의 유니폼 색상인 보라색을 구호처럼 내세운 말로 '보라색, 전진'이라는 의미다.

8월 11일 리그 2라운드 볼프스베르거와의 경기에서 빈 데뷔전을 치렀다. 후반 시작과 함께 교체로 들어가 45분간 뛰었다. 그렇게 '부자 국가대표'에 이어 대대로 유럽 프로축구 무대를 밟았다. 곧바로 3라운드 LASK 린츠와의 경기에 처음 선발 출전하면서부터 왼쪽 윙백 주전 자리를 꿰찼다.

9월 29일 8라운드 라피트 빈과의 원정 경기에선 선제골을 터뜨려 3-1 승리에 기여했다. 0-0으로 맞선 전반 25분 역습 찬스에서 공격에 가담해 페널티에어리어로 파고들었다. 뒤쫓아 온 상대와의 몸싸움을 버텨낸 뒤 왼발 슛으로 골망을 흔들었다. 유럽에 진출한 지 한 달 만에 터뜨린 데뷔골이다. 특히 그 득점은 '더비 경기'에서 나와 의미를 더했다. 중산층의 지지를 받는 아우스트리아 빈과 노동자가 팬의 중심인 라피트 빈의 맞대결은 '빈 더비'라 불린다. 그 경기를 계기로 그는 홈팬들에게 눈도장을 찍고 팀 내 입지도 넓혔다. 그는 "큰 더비에서 골을 넣고 팀에 도움이 돼 기쁘다. 계속 팀에 도움이 되겠다"고 말했다.

수비수인데도 공격포인트를 계속 올린 끝에 유럽 무대에 연착륙

할 수 있었다. 11월 23일 14라운드 FC블라우바이스 린츠와의 경기에선 어시스트 2개를 올리며 3-2 승리에 크게 기여했다. 전반 13분 왼발 전환 패스로 선제골을 돕고 2-1로 앞선 후반 7분 동료의 크로스를 헤딩으로 정확히 떨궈 쐐기골까지 도왔다.

12월 7일 16라운드 볼프스베르거와의 원정 경기에선 시즌 2호 골을 뽑아냈다. 0-2로 뒤진 후반 28분 페널티에어리어 오른쪽 모서리 부근에서 프리킥 키커로 나섰다. 그의 왼발 킥은 수비벽을 넘어 원바운드된 뒤 골망 오른쪽 구석으로 빨려 들어갔다. 아버지 이을용의 전매특허인 왼발 킥을 연상시키는 '부전자전 프리킥'이었다. 그날 경기에서 받은 팀 최고 평점(8.2점)은 덤이었다.

그는 적응하는 과정에서 "단점을 보완하고 장점을 극대화했다"고 했다. 훈련과 경기에선 왼발 킥 능력을 뽐내며 전담 키커로 나섰다. 빈 지역이 독일어를 공용어로 쓰는 걸 알고 처음 갈 때부터 독일어 교제를 잔뜩 챙겨 갔다. 동료들과 빠르고 디테일하게 소통하기 위해 독일어 공부를 통해 언어 장벽을 깼다.

역대 세 번째 '부자 국가대표'

이태석은 연령별 대표팀에서 꾸준히 뛰었다. 열네 살에 처음 태극마크를 달고 2019년 브라질에서 열린 17세 이하 월드컵에도 출전해 8강행에 힘을 보탰다.

이후 23세 이하 국가대표로 뽑혀 2024년 4월에 열린 23세 이하 아시안컵에 나섰다. 당시 조별리그에서 3경기 연속으로 어시스트를 올렸다. 3회 연속으로 '택배 크로스'를 선보여 '황금 왼발'이라는 찬사도 받았다. 아랍에미리트와의 1차전에서 후반 추가시간 4분, 정교한 코너킥으로 이영준의 헤딩골을 도와 1-0 극적승에 기여했다. 중국과의 2차전에선 후반 24분, 왼발 땅볼 크로스로 이영준의 추가골을 도와 2-0 승리에 힘을 보탰다. 일본과의 3차전에선 후반 30분, 왼발 코너킥을 올려 김민우의 헤딩골을 만들어냈다.

그렇게 그는 아버지가 보여줬던 세트피스와 전진 패스 능력을 그대로 재현했다. 앞서 이을용은 2002년 한일 월드컵 조별리그 미국전에서 프리킥으로 안정환의 헤딩골을 어시스트했다. 튀르키예와의 3·4위전에선 직접 프리킥 골을 터뜨렸다. 또 조별리그 폴란드전에서 절묘한 왼발 크로스를 올려 황선홍의 선제골을 어시스트했는데, 당시 골을 터뜨린 황선홍은 이후 23세 이하 대표팀을 이끌며 이태석의 스승이 된다. 즉 이을용은 동료로, 이태석은 제자로 부자가 함께 황선홍을 도운 셈이다. 그러나 안타깝게도 당시 23세 이하 대표팀은 인도네시아와의 8강전에서 패해 탈락했다. 이태석의 2024년 파리 올림픽 출전도 무산됐다.

2024년 11월 4일 그는 마침내 홍명보 감독의 부름을 받아 A대표팀에 처음 뽑혔다. 홍감독은 "한국 축구는 늘 풀백 자리가 고민인데, 미래를 생각하면 관찰할 필요가 있다고 봤다"고 발탁 배경을 설명했다.

그렇게 이을용과 이태석 부자는 한국 축구 역사상 세 번째로 부자 국가대표가 됐다. 1950년대와 1960년대 국가대표로 활약한 김찬기와 1980년대 태극마크를 달고 뛴 김석원이 역대 1호다. 1970년대와 1980년대 한국 축구의 전설로 이름을 떨친 차범근과 2002년 한일 월드컵의 멤버 차두리가 두 번째다. 차범근과 차두리 부자 이후 23년 만에 부자 국가대표가 탄생했다.

"국가대표로 패기 넘치는 모습을 보여주겠다"고 다짐한 이태석은 기대보다 빠르게 A매치 데뷔전을 치렀다. 그해 11월 14일 북중미 월드컵 아시아 3차 예선 쿠웨이트와의 원정 경기에 2-1로 앞선 후반 19분 교체 투입됐다. 이을용이 스물네 살이던 1999년 브라질과의 친선경기에서 A매치에 데뷔했으니 나이로는 아들이 아빠보다 2년 더 빨리 A매치에 데뷔했다. 그날 역대 세 번째로 부자가 A매치에 출전한 가문으로 이름을 올렸다.

그날 경기에서 이태석은 3-1 승리에 힘을 보탰다. 항상 아버지에게 피드백을 받는 그는 경기를 마치고 바로 전화를 걸었다. 그는 "아버지가 '첫 경기치고는 잘한 것 같다'고 말씀해주셨다. 프로팀 경기와 관련해서는 쓴소리를 많이 하시는 편인데, 대표팀에서는 단점이 안 보여 좋았고 '이제부터 시작'이라고 말씀해주셨다"고 했다. 이을용도 "후반에 들어가는 모습을 보고 뭉클했고, 아빠로서 뿌듯했다. (나도) 축구를 한 입장에서 그 자리까지 올라가기가 얼마나 힘든 줄 안다. 난 국가대표 데뷔전 때 긴장을 많이 했는데, 태석이는 시간이 지날수록 여유를 찾는 것을 보고 놀랐다"고 했다.

그뿐 아니라 이태석은 아버지가 국가대표 시절 달았던 등번호

   이강인과 Z세대

13번을 달고 꿈에 그리던 A매치에 데뷔했다. 대표팀 코칭스태프가 등번호를 추천했다고 한다. 아버지는 아들이 대표팀에서 '13번'을 달고 뛸 줄은 꿈에도 몰랐다가 그 모습을 보고 너무 뿌듯했다고 했다. 당시 아랍에미리트 리그에서 뛰는 둘째 이승준을 뒷바라지하기 위해 와 있던 어머니는 이웃 나라 쿠웨이트로 넘어가 장남을 응원했다. 어머니는 아들이 그라운드에 들어서는 순간 눈물을 쏟았다고 한다.

이태석에게 2024년은 다사다난한 해였다. K리그에서 트레이드가 무산되는 아픔을 겪은 뒤 코리아컵 우승을 차지하고, 처음 A대표팀에 뽑히고, 국가대표 데뷔전도 치렀다.

차범근·차두리 부자처럼 부자가 월드컵에 출전할까

2025년 3월 20일 고양종합운동장에서 열린 북중미 월드컵 아시아 3차 예선 7차전 오만과의 경기에서 국가대표 선발 데뷔전을 치렀고, 경기는 1-1로 끝났다. 닷새 뒤 수원월드컵경기장에서 열린 8차전 요르단과의 경기에도 선발로 나서 상대 에이스인 무사 알타마리(스타드 렌)을 꽁꽁 묶었다. 알타마리는 2024년 2월 아시안컵 4강에서 1골과 1도움을 올려 한국에 0-2 패배와 함께 트라우마를 안겼던 선수다. 지상볼 경합 성공률 100퍼센트, 태클 5회 성공을 기록한 이태석은 "알타마리는 워낙 좋은 선수라 막는 과정에서 많이 배우게 된다"고 했다.

대표팀은 오만, 요르단과의 경기에서 모두 무승부에 그쳤으나 왼쪽 풀백 이태석을 발견한 것은 수확이었다. 홍명보 대표팀 감독도 "이태석이 상대 10번(알타마리)의 카운트 어택이나 중요한 선수를 잘 막았다"고 칭찬했다.

대표팀 주전급으로 성장한 그는 그해 7월 한국에서 열린 동아시아축구연맹 E-1 챔피언십(동아시안컵)에 출전했다. 아버지 이을용이 22년 전인 2003년 '을용타打'라는 달갑지 않은 별명을 얻은 대회다. 이을용은 중국전 당시 뒤에서 다리를 건 리이의 플레이에 격분한 나머지 뒤통수를 때려 퇴장당했다. 대회를 앞두고 이태석은 관련 질문에 "지금은 웃음거리가 됐지만 (상대가 도발해도) 당연히 해서는 안 될 행동이었다. 아버지도 많이 반성하고 계실 거다"며 "대표팀 선수로서 실력으로 누르는 게 제일 바람직한 선택"이라고 했다.

7월 8일 중국과의 1차전에도 선발 출전해 3-0 승리에 기여했다. 스리백 포메이션에서 왼쪽 윙백으로 출전한 그는 높은 위치에서 공격적으로 나서 측면에서 안쪽으로 파고들었다. 특히 1-0으로 앞선 전반 21분, 왼쪽 측면에서 크로스를 올려 주민규의 헤딩골을 도왔다. 측면에서 넓게 서 패스를 받은 그는 자로 잰 듯한 크로스를 올렸다.

그렇게 2025년에만 A매치 12경기에 출전하며 가파른 성장세를 보였다. 그 덕분에 오른발잡이 설영우를 왼쪽 측면에 기용할 수밖에 없었던 홍감독은 고민을 덜게 됐다. 홍철과 김진수 등이 물러난 뒤 한국 축구의 오랜 고민거리가 돼온 왼쪽 측면 수비 자리에 이태석이 단비처럼 등장했다. 이제 대표팀은 유럽파만으로 수비진 구축이 가능해졌다. 독일 바이에른 뮌헨의 김민재, 덴마크 미트윌란의 이한범, 세르비아 츠르베나 즈베즈다의 설영우에 이어 이태석도 성장하고 있다.

이태석에게는 늘 '축구인 2세'라는 꼬리표가 따라다닌다. 그 수식어는 자랑이면서도 부담이었다. 스타플레이어 출신인 아버지의 뒤를 이어 축구를 하는 게 힘들 때가 많았다. 그는 "어릴 때부터 '아버지 덕에 우대를 받는다'는 뒷말을 들었다. 아버지가 왼발이 좋았지만, 이건 내 왼발이다. 닮았다고 하면 닮았다고 할 수 있지만 나도 다른 선수들과 똑같이 노력해 지금 위치까지 올라왔다"고 했다.

이태석은 부자가 국가대표에 발탁되어 출전한 것에서 더 나아가 월드컵 무대에 오르는 것까지 꿈꾼다. A매치 51경기(3골)에 출전한 이을용은 월드컵 무대를 2002년과 2006년 두 차례 밟았다. 이태석이 만약 2026년 북중미 월드컵 최종 명단에 뽑힌다면 차범근과 차두리 부자에 이어 '부자 월드컵 국가대표' 타이틀을 얻게 된다.

오산고 감독 시절 이태석에게 주장을 맡겼던 차두리 감독은 "나와 공통점이 너무 많은 아이라서 더욱 애착이 갔다. 아버지의 그늘, 아버지가 감독 경질된 일, 사람들의 시선…"이라며 애틋함을 드러냈다. 차감독은 이태석에게 "너는 너고 아빠는 아빠다. 너와 아빠의 플레이 스타일이 다른 만큼 네가 가진 능력을 그라운드에서 펼치고 부담감을 즐겨라"라고 조언했다.

축구인 2세 중엔 성공한 사례보다 실패한 사례가 더 많다. 이태석은 아버지의 그늘에서 한 걸음씩 벗어나는 중이다. 이을용은 "태석이에게 항상 동료들보다 5분 먼저 그라운드에 나와 연습하라는 말을 자주 한다"면서 "계속 성실히 노력한다면 자신이 원하는 꿈을 이룰 수 있을 것"이라고 응원했다.

이태석은 아버지의 명성을 뛰어넘는 게 목표다. 자신이 '이을용 아들'이라 불리는 게 아니라 아버지가 '이태석 아버지'라 불리는 날을 꿈꾼다. 그는 이렇게 말했다.

"위대했던 아버지의 그늘 밑에서 축구를 하나 아버지의 얼굴에 먹칠하지 않도록 계속 노력하고 있다. 아버지에 이어 아들도 월드컵에 나가는 멋진 그림도 완성해보고 싶다. 월드컵이라는 큰 무대에 나간다면 나와 가족들에게 정말 큰 영광이 될 것이다."

플레이어 이태석의 SWOT

Strength

이씨 부자는 둘 다 오른손잡이이지만 왼발을 잘 쓴다. 그의 최대 장점은 아버지를 쏙 빼닮은 날카로운 왼발 킥이다. 아버지처럼 체력과 활동량도 좋다. 수비뿐 아니라 공격적인 부분에서도 강점을 보인다. 다양한 포지션에서 경쟁력을 보인다. 전술적으로 효용 가치가 높다. 현대 축구에서 풀백이 정말 중요한데, 아우스트리아 빈의 스포츠 디렉터 마누엘 오르틀레흐너는 그에 대해 "전술 이해도가 높고 활동량이 뛰어나다. 왼발 킥 능력과 윙백으로서의 자질도 탁월하다. 무엇보다도 인간적으로 훌륭하다"고 했다.

Weakness

시야를 더 넓히고 볼 간수를 더 잘해야 한다. 2025년 10월 한국과 브라질의 평가전에선 고전했다. 브라질 월드 클래스 선수들의 개인기에 어려움을 겪었다. 대인방어를 좀 더 깊이 고민할 필요가 있다.

Opportunity

대표팀에 꾸준히 뽑히면 아버지처럼 월드컵 무대도 바라볼 수 있다. 계속 더 증명해야 한다. MBTI가 계획형 ISTJ인 그의 가장 큰 장점은 노력이다.

Threat

김문환과 이명재 등 대표팀 측면 수비수 경쟁자들도 만만치 않다. 빈과 유럽 무대에서 성장하고 있음을 계속 어필할 필요가 있다.

양민혁

양민혁

K리그의 센세이셔널,
'포스트 손흥민' 양민혁

2024년 11월 29일 K리그 시상식 현장. 2006년생으로 열여덟 살의 고교 3학년 학생인 양민혁이 단상에 올랐다. 그것도 두 번이나. 한 번은 영플레이어상 수상을 위해 단독으로 등장했고, 또 한 번은 베스트11 수상자에 이름을 올리며 이동경과 안데르손, 조현우 등 K리그의 내로라하는 선수들과 어깨를 나란히 했다.

고등학생 신분으로 K리그1 신인상 또는 영플레이어상(3년차 이하)을 받은 선수는 K리그 역사에 걸쳐 그가 유일하다. 고종수와 박주영, 기성용, 이청용 등 시대를 대표하던 선수들조차 이루지 못한 업적이다. 그해 그가 어느 정도로 센세이셔널했는지 알 수 있는 대목이다.

2024년은 양민혁의 해였다. 혜성같이 등장해 4월부터 7월까지 4개월 연속으로 이달의 영플레이어상을 받고 10월까지 총 5회에

길쳐 수상자가 됐다. 7월에는 이달의 선수상까지 석권해 2관왕에 오르기도 했다. 영플레이어는 물론이고 같은 포지션의 그 어떤 선수도 그의 자리를 넘볼 수 없었다. 상상 이상의 활약, 존재감을 발휘한 그는 시상식의 주인공이 될 자격이 있는 선수였다.

준프로로 등장한 '고3'

2023년 12월 강원FC가 22세 이하(U-22) 의무 출전 자원으로 산하 유스팀인 강릉제일고에서 뛰던 양민혁을 선택하면서 그는 만 열일곱 살 나이에 준프로 계약을 맺고 1군 동계훈련에 합류하게 됐다. 최근 몇 년 사이 K리그에선 산하 유스팀에 속한 고등학생 유망주와 준프로 계약을 맺어 1군에 합류시키는 게 유행이었다. 준프로 계약은 2018년 4월 정식 도입된 제도로 선수는 연봉 1200만 원을 기본급으로 받는다. 그렇게 그는 고교 3학년에 올라가며 월급 1백만 원의 '거액'을 받게 됐다.

그의 준프로 계약은 놀라운 일이 아니었다. 그는 당시 17세 이하(U-17) 대표팀의 에이스였다. 그 연령대엔 현재 유럽에서 활동하는 김명준(헹크·벨기에)과 윤도영(엑셀시오르·네덜란드) 등 잠재력을 인정받은 재능 있는 선수들이 유난히 많았다. 프로 산하 유스에서 빠르게 성장하는 자원들로 그중에서도 양민혁은 가장 뛰어난 공격수로 평가받았다. U-17 월드컵 예선을 겸한 아시아축구연맹 아시안컵에서도 맹활약해 팀의 준우승을 이끌었다. 막상 월드컵 본선에선 팀 전체의 밸런스가 무너지는 바람에 큰 존재감을 발휘하지는 못했으나 강원FC 입장에선 '긁어볼' 만한 영스타였다. 강원FC는 원래 그가 2학년이던 2023년 여름 무렵 준프로 계약을 체결할 계획이었으나 그가 계약일을 앞두고 발목 부상을 입은 탓에 1군 합류가 반년 정도 미뤄졌다.

기대감이 높은 상황에서 2024년 1월 그는 튀르키예 안탈리아 훈련에 합류했다. 그 뒤 빠르게 두각을 드러냈다. 당시 수석코치로 훈련을 지휘했던 정경호 강원FC 감독은 이렇게 회상했다. "아무래도 고등학생이라 걱정을 많이 했는데 기우였다. 막상 훈련에 들어가보니 기존 프로선수와 별 차이가 없었다. 피지컬이 강해 보이지는 않아도 밸런스가 잘 잡혀 있었다. 당시 우리는 유럽 클럽과 연습경기를 많이 했는데 양민혁은 몸싸움에서도 크게 밀리지 않았다. 정말 놀라웠다."

정감독의 말대로 그는 러시아 프리미어리그의 강호 디나모 모스크바와의 연습경기에서 1골 1도움을 기록하며 모두를 놀라게 했다. 특히 골 장면이 일품이었다. 오른쪽 측면에서 이어진 패스를 상대 진영에서 받아 정확히 퍼스트 터치를 한 뒤 폭발적인 속도로 내달려 상대 수비수 한 명을 따돌렸다. 이어 페널티박스 안에서 한 명을 더 제친 뒤 오른발 아웃프런트로 가볍게 밀어 넣어 골망을 흔들었다. 기본기와 스피드, 마무리까지 삼박자가 맞아떨어진 득점이었다. 고등학생 레벨의 골이 아니었다. 심지어 그가 따돌린 수비수는 이스라엘 국가대표였다. 이미 동계훈련부터 수준 높은 플레이를 구사했다는 뜻이다.

정경호 감독도 당시 골 장면을 생생히 기억하고 있었다. "벤치에서 그 장면을 보다 정말 깜짝 놀랐다. 다른 선수였다면 동료가 역습에 가담하기를 기다리며 만들어가는 플레이를 했을 텐데 민혁이는 혼자 과감히 치고 들어가더라. 그때만 해도 민혁이의 능력치를 완벽히 파악하지 못하던 때라 무리가 아닌가 싶었는데 결국 혼자 골을 만들어냈다. 그때부터 민혁이를 향한 확신이 들기 시작했다."

이후에도 양민혁은 연습경기에서 꾸준히 좋은 모습을 보여 눈도장을 찍었다. 정경호 감독은 "민혁이의 훈련 퍼포먼스를 보며 적어도 U-22 카드를 걱정할 일은 없겠다고 생각했다. 엄청난 활약은 아니더라도 45분 이상을 소화할 U-22 자원이 되리라고 확신했다"고 말했다. 그렇게 '고3' 양민혁의 겨울이 풍성해졌다.

데뷔전 35초 어시스트

2024년 3월 2일 그는 춘천송암스포츠타운에서 열린 제주SK와의 시즌 개막전에 선발 출전하며 강원FC 구단 역사상 역대 최연소 출장 기록을 새로 썼다. 당시 그의 나이 만 17세 10개월 15일.

강원FC가 낳은 또 다른 '영스타' 양현준의 47번을 단 그는 믿기 어려운 데뷔전을 치렀다. 경기 시작과 동시에 왼쪽 측면에서 공을 잡더니 상대 미드필더 이탈로를 가볍게 제치고 빠르게 앞으로 이동한 다음 중앙으로 볼을 연결했다. 이후 혼전 상황에서 페널티박스 안에 있던 그가 다시 공을 잡고 오른발로 슛을 시도했다. 공은 동료 공격수 이상헌을 맞고 굴절되어 골대 안으로 빨려 들어갔다. 마지막으로 몸에 맞은 선수가 이상헌이라 양민혁의 어시스트로 기록됐다. 킥오프한 지 35초 만에 벌어진 일이다.

인상적인 데뷔전을 치른 그는 이어진 2라운드 광주FC전에 다시 선발로 나서 마침내 데뷔골까지 터뜨렸다. 이번에도 경기 초반에 '사건'이 터졌다. 전반 1분 30분 상대 사이드백 두현석의 볼을 빼앗은 그가 아크서클까지 밀고 들어간 다음 오른발 감아차기로 골망을 흔들었다. 적극적인 수비 가담과 폭발적인 스피드, 손흥민을 연상하게 하는 슛까지 완벽하게 개인의 능력으로 만든 골이었다. 그렇게 17세 10개월 23일의 나이에 골을 넣은 그는 K리그1 역대 최연소 득점자에 이름을 올렸다. 역대 최연소 '2경기 연속 공격포인트'라는 이색 기록의 주인공도 됐다.

두 경기 만에 이름을 제대로 알린 그는 탄탄대로를 걸었다. U-22 자원이 기복 없는 활약을 펼치며 아성의 존재감을 발휘해 강원FC 공격의 한 축을 담당했다. 10라운드 포항 스틸러스전에서는 처음으로 풀타임을 소화하기도 했다. 공격 자원이 풀타임을 뛰는 경우는 많지 않다. 최근에는 공격수도 수비에 적극 가담하기 때문에 체력적으로 지칠 수밖에 없어 수비수에 비해 90분을 보장받을 기회가 적은 편이다. 그런데 그는 그해 5월 세 경기 연속으로 90분을 뛴 적도 있다. 당시 윤정환 감독은 "그 나이 때 연속으로 90분씩 뛰는 건 쉽지 않다. 나도 그 정도까지는 못 했다"라며 칭찬하기도 했다.

그렇게 갈수록 팀 내 입지가 커졌다. 그 시점을 지나는 동안 그는 U-22 카드가 아니어도 주전을 차지할 수 있는 선수로 도약했다. 17라운드까지 개근하며 5골 3도움을 기록했다. 전반기에만, 시즌 최종 기록(38경기 12골 6도움)이라 해도 우수한 수치인 공격포인트 8개를 기록하며 K리그에 큰 반향을 일으켰다.

플레이 스타일 때문에 그는 '포스트 손흥민'으로 평가받았다. 정경호 감독은 "사실 U-22 카드 중에선 경쟁력이 있으리라고 확신했으나 그 이상일 것이라고는 생각하지 못했다. 상상 이상의 퍼포먼스를 보였다. 세상에 어떤 고등학생이 K리그1에서 그 정도의 활약을 할 수 있겠나. 민혁이는 우리가 생각했던 것보다 훨씬 좋은 선수였다. 나도 현역 시절 민혁이와 같은 포지션이라서 잘 아는데 정말 독특하다. 단순히 빠른 게 아니라 자기만의 리듬이 있다. 그게 프로 무대에서도 잘 통했다"고 돌아봤다.

기대 이상의 활약을 펼치는 그를 보고 김병지 강원FC 대표이사는 준프로 딱지를 떼고 '프로' 계약을 추진하기로 했다. K리그1 역사상 최초의 고등학생 프로 신분 선수. 양민혁이 얻은 타이틀이다.

EPL이 품은 '포스트 손흥민'

2023년 9월로 거슬러 올라간다. 그는 17세 이하 대표팀에 차출되어 스페인 마르베야에서 열린 4개국 친선대회에 출전했다. 대회

    이강인과 Z세대

에는 벨기에와 잉글랜드, 모로코, 한국 등 네 나라가 출전했다. 벨기에, 잉글랜드는 말할 것도 없고 모로코와 한국 또한 유망주가 쏟아지는 나라라 유럽의 여러 스카우트가 마르베야에 모였다. 그는 당시 세 경기에 모두 선발 출전해 맹활약하고 모로코전에서는 득점도 했다. 당연히 현지에 모인 관계자들로부터 호평, 관심을 받았다.

그때만 해도 단순 관심 수준이었다. 구체적으로 그를 원한다고 나서거나 이적을 추진하려는 팀은 없었다. 그런데 불과 9개월여 만에 상황이 완전히 달라졌다. 그가 한국의 최상위 리그에서 두드러지는 활약을 펼치는 것을 지켜보던 유수의 팀들이 2024년 6월부터 러브콜을 보내왔다. 잉글랜드만 해도 풀럼과 사우샘프턴 등이 참전하고 네덜란드 명문 페예노르트, 독일도 둘 이상 구단이 영입을 위해 움직였다. 당시 이적 협상을 진행한 유니크스포츠 그룹 코리아의 김동완 대표는 "만약 민혁이가 1부 리그에서 뛰지 않았다면 그 정도의 관심을 받지는 못했을 것"이라면서 "꾸준히 실전을 뛰고 있다는 점이 장점으로 작용했다. K리그가 유럽 빅리그에 비해 떨어지기는 해도 민혁이는 성인 무대에서 통한다는 것을 증명했다. 그 팀들에는 그 점이 가장 중요했다. 단순히 잠재력 있는 선수가 아니라는 뜻이기 때문"이라고 설명했다.

토트넘 홋스퍼는 상대적으로 늦은 시점에 관심을 보였다. 하지만 제일 적극적이었다. 강원FC가 요구하는 이적료와 기타 조건을 대부분 맞출 수 있는 팀이었다. 원활한 협상을 위해 공식 레터까지 발송하며 협상에 임했다. '포스트 손흥민'을 찾던 토트넘의 입장에선 10대 나이에 손흥민과 비슷한 포지션으로 뛰는 양민혁이 엄청 매력적인 자원으로 보였을 것이다. 강원FC 입장에서도 가장 좋은 조건을 제시한 토트넘의 손을 잡는 게 당연했다.

그해 7월 초 이삼 주 동안 이어진 협상은 원활히 마무리됐다. 그런데 양민혁이 메디컬 테스트를 받기로 한 7월 말 갑작스러운 변수가 발생했다. 프리미어리그의 명문 리버풀에서 급하게 러브콜을 보내온 것. 리버풀은 토트넘보다 한 단계 위에 있는 클럽이다. 박지성이 뛴 맨체스터 유나이티드와는 라이벌 관계이고 2024/25시즌 프리미어리그 챔피언이기도 하다. 양민혁 측에선 관심을 보일 법도 하나 방향을 바꾸지 않았다. 이번에 김동완 대표는 비하인드 스토리를 들려줬다.

"이미 토트넘과 협상이 많이 진행된 상황이었다. 그 시점에 우리가 더 좋은 팀으로 가겠다고 틀면 신의에 어긋난다고 생각했다. 민혁이의 생각도 중요했다. 민혁이는 손흥민이 뛰는 토트넘을 선호했다. 10대 선수들의 우상 아닌가. 리버풀 역시 위대한 클럽이지만 이적에 변수가 되지는 못했다. 결국 이변 없이 토트넘행을 마무리했다."

7월 28일. 토트넘은 양민혁 영입을 발표했다. 계약 기간은 2025년 1월부터 2030년 6월까지. 총 5년 6개월의 장기 계약이었다. 양민혁은 2024시즌을 온전히 K리그1에서 보낸 뒤 2024/25시즌 도중 토트넘에 합류하기로 했다. 한국은 들썩였다. 손흥민의 전성기가 끝나가는 시점에 그와 유사한 스타일의 윙어가 공교롭게도 토트넘으로 향

　　　　　　　　　　　　　　이강인과 Z세대

했으니 흥분할 수밖에 없었다.

마침 이적이 마무리된 직후인 7월 31일 팀K리그와 토트넘의 쿠팡플레이 시리즈가 예정돼 있었다. 그는 팀K리그에 선발되어 자신이 향할 토트넘을 상대했다. 선발 출전한 그는 강렬한 인상을 남겼다. 전반 21분 에메르송 로얄을 터닝 동작으로 가볍게 제친 다음 폭발적인 스피드로 달아나는 모습으로 자신의 장점을 제대로 보여줬다. 그 한 장면 때문에 영국에서도 뜨거운 반응이 나왔다. 온라인과 SNS상에서 토트넘의 새 선수를 향한 관심이 쏟아졌다.

18세에 국가대표 경쟁선에 서다

2024시즌 양민혁의 퍼포먼스는 이미 U-22 카드에 갇히지 않았다. 나이와 관계없이 K리그에서 가장 위협적인 공격 자원으로 평가받았다. 자연스럽게 그는 국가대표와 연결되기 시작했다. 워낙 뛰어난 경기력을 선보였기에 태극마크를 달아도 무리가 없다는 축구계 목소리도 나왔다. 활약을 면밀히 지켜봐온 축구대표팀 홍명보 감독은 2024년 9월 A매치를 앞두고 그를 호출했다. 8월 26일 발표된 엔트리에서 그의 이름 석 자가 발견됐다. 손흥민, 이강인, 황희찬, 황인범, 김민재 등 기라성 같은 한국의 스타들이 모두 포함된 명단에 올라 있었다. 그의 나이 18세 132일이었다. 손흥민보다 20일 이른 시점으로 역대 열세 번째로 어린 국가대표였다.

홍명보 감독은 명단을 발표하는 기자회견 당시 "양민혁은 대표팀에 들어올 퍼포먼스를 보여줬다. 물론 지금 이 시점이 가장 좋았을 7월의 시기에 비해 기량이 조금 떨어졌다고 생각하나 그동안 보여준 모습을 보면 충분히 대표팀에 들어올 자격이 있다"라며 칭찬했다. "어린 선수들에게 기회를 주는 건 타이밍이 있다. 지금은 양민혁에게 기회를 주는 게 맞다고 생각하지만, 앞으로 기회를 받는 건 그의 역할이다. 사람들이 큰 기대를 걸고 있는 선수라 대표팀에서도 잘하길 기대하고 있다"라며 그를 선발한 것은 미래를 바라보는 포석이라는 생각도 함께 밝혔다. 현재의 기량과 앞으로의 발전 가능성을 모두 염두에 둔 발탁이라는 의미였다. 당시 대표팀은 팔레스타인과 오만 등을 상대하는 월드컵 3차 예선을 앞두고 있었다. 상대적으로 전력이 떨어지는 팀들이라 홍감독은 그 기회에 그의 기량을 테스트하고 싶어 했다. 북중미 월드컵에 도달하는 시점이 되면 한층 발전해 팀에 보탬이 되리라는 계산도 깔려 있었다.

강원FC에서 그랬듯 그는 대표팀에 합류해서도 크게 동요하지 않는 모습이었다. 대한축구협회의 인터뷰 영상을 보면 별다른 긴장감이 엿보이지 않았다. 태연한 표정으로 "나이가 어리다고 주눅 들지 않고 당돌하게 하고 싶다. 내 장점인 스피드를 활용한 드리블 돌파와 피니시 능력을 최대한 어필하고 싶은 마음"이라며 다부진 각오를 드러냈다.

2024년 9월 5일 서울월드컵경기장에서 열린 팔레스타인전. 양민혁은 명단에서 제외됐다. 공격 자원이 풍부한 상황에서 홍감독은 그를 출전 멤버로 분류하지 않았다. 일단 대표팀 '맛'을 보는 게 더

　　　　　　　　　　　　　　　이강인과 Z세대

중요하다고 여겼다. 그에게는 강력한 동기부여가 됐을 것이다. 이어진 오만 원정에서도 출전 기회를 잡지 못했다. 비슷한 포지션에서 교체가 필요한 경우 엄지성이 들어가 활약했다. 그렇게 첫 A매치 두 경기가 흘러 지나갔다.

10월과 11월 A매치에서도 그의 모습은 보이지 않았다. K리그 1에서는 꾸준히 활약했지만, 홍명보 감독은 같은 포지션의 다른 선수들을 더 적극적으로 테스트했다. 10월엔 이승우와 이동경이 호출되고 11월엔 정우영과 이현주 등이 부름을 받았다. 양민혁에겐 냉혹한 현실을 확인하는 가을이었다.

'유럽파' 첫 시즌

12월 16일 그는 영국 런던행 비행기에 몸을 실었다. K리그1 시즌을 마치자마자 곧바로 토트넘에 합류하는 일정이었다. 그렇게 '유럽파' 양민혁의 축구 인생이 시작됐다.

2025년 1월 2일 프리미어리그 선수 등록을 마친 그는 19일 에버턴과의 프리미어리그 경기에서 처음으로 교체 명단에 포함됐다. 손흥민이 선발 출전하고 양민혁이 대기하는 보기 드문 그림이었다. 한국 선수 둘이 한 팀에서, 그것도 유럽축구의 중심인 프리미어리그에서 나란히 섰다. 한국 축구 역사에 남을 한 장면이었다. 그날 그는 출전 기회를 얻지는 못했으나 처음으로 프리미어리그 현장 안에 들어가는 소중한 경험을 했다.

이후 토트넘에서 출전 기회를 얻지 못한 그는 임대를 떠나게 됐다. 아직 10대인 그가 프리미어리그에서 당장 뛰는 것은 무리였다. 예상한 대로 2부 리그인 챔피언십의 클럽이 행선지였다. 그렇게 그는 1월 30일 퀸즈파크레인저스(QPR)의 유니폼을 입었다. 과거 박지성이 주장으로 뛴, 런던을 연고로 하는 팀이다.

강원FC에서 달던 등번호 47번을 부여받은 그는 이적하고 곧바로 잉글랜드 무대 데뷔전을 치렀다. 2월 2일 밀월과의 챔피언십 30라운드 경기에서 후반 31분 교체 투입됐다. 이후에도 꾸준히 경기에 나서 33라운드 더비 카운티전에서는 처음으로 베스트11에 포함됐다. 39라운드 스토크 시티전에서는 마침내 데뷔골까지 터뜨렸다. 후반 33분 강력한 중거리 슛을 터뜨려 역사적 첫 득점에 성공했다. 18세 348일의 나이에 득점한 그는 잉글랜드 무대에서 가장 어린 나이에 득점한 한국 선수가 됐다. 공교롭게도 그 경기에는 스토크 시티의 배준호가 출전했다. 유럽파 동지이자 라이벌인 선수 앞에서 존재감을 과시한 셈이다.

41라운드 옥스퍼드 유나이티드전에서도 골맛을 봤다. 시즌 최종 기록은 14경기 출전, 2골 1도움. 대단한 활약은 아니지만 꾸준히 챔피언십 무대에 등장했다는 것만으로 만족할 만한 첫 시즌이었다. 점수를 주기엔 애매하지만 일단 시작했다는 점에서는 긍정적이었다.

도전, 여전히 쉽지 않지만

2025년 여름 그는 다시 한 번 임대를 떠나야 했다. 토트넘에는 여전히 그를 위한 공간이 크지 않기 때문이다. 프리시즌을 토트넘과 함께하고 한국까지 와 손흥민의 토트넘 고별전에도 참여했지만, 현실적으로 프리미어리그 레벨에서 경쟁하기 어렵다는 내부 진단이 나왔다. 토트넘 정도 규모의 클럽은 원래 유망주를 적극적으로 임대함으로써 성장을 노린다. 프리미어리그에서는 뛸 수 없어도 챔피언십 또는 3부 리그인 리그원 수준에서 꾸준히 출전 기회를 잡는 게 낫다는 판단이다. 실제로 해리 케인도 어린 시절에는 두 시즌간 임대 생활을 하며 발전을 도모했다. 양민혁도 같은 케이스다.

8월 8일 그의 포츠머스 임대가 확정됐다. 김동완 대표는 "예상된 수순이었다. 토트넘에서 10대인 양민혁이 '즉시 전력감'이 되기는 쉽지 않다. 임대된 팀에서 뛰며 선수가 숙성되고 성장하는 과정을 거쳐야 한다. 토트넘은 지금도 양민혁이 뛰는 경기를 모두 면밀히 확인하고 있다"고 밝혔다.

아쉬운 점이 있다면 포츠머스의 플레이 스타일이었다. 잉글랜드 특유의 롱볼 축구를 구사하는 팀이라 그는 선발 출전해도 수비에 집중하는 시간이 많았다. 공격에 장점이 있는 그의 입장에선 팀 컬러와 맞지 않는 모습도 엿보였다. 그러나 챔피언십에도 배울 것은 많다. 유럽에서 가장 강력한 피지컬과 체력을 요구하는 무대. 아직 신체가 완성되지 않은 그에겐 소중한 배움의 무대다. 김동완 대표는 "유럽에서 생존하려면 그에 맞는 피지컬을 갖춰야 한다. 민혁이도 현지에서 웨이트트레이닝에 무척 신경 쓰고 있다. 밸런스를 맞춰가며 탄탄한 상체를 갖추는 데 주력하고 있다”고 말했다.

2026년 새해 다시 변화가 찾아왔다. 챔피언십에서 우승을 노리는 코벤트리 시티가 양민혁을 원하면서 임대가 성사됐다. 그의 잉글랜드 무대 세 번째 임대 팀이다. 코벤트리 시티를 이끄는 프랭크 램파드 감독이 그를 직접 원했다. 후반기 공격 강화를 위한 카드로 그를 선택한 것이다. 그에게는 새로운 기회가 될 이적이다.

그의 2026년 최대 목표는 북중미 월드컵 출전이다. 그는 2025년 마지막 A매치 일정이던 11월 2연전을 앞두고 엔트리에 이름을 올렸다. 볼리비아전에선 후반 잠시 교체로 출전하기도 했다. 그러나 갈 길은 멀다. 그는 대표팀에서 여전히 물음표인 자원일 뿐이다. 냉정히 평가해 그가 월드컵에 갈 확률은 낮은 편에 속한다.

기회가 없는 것은 아니다. 매일매일 빠르게 성장하는 그가 2025/26시즌 후반기 소속 팀에서 맹활약한다면 홍명보 감독도 관심을 기울일 수밖에 없다. 토트넘이 2026/27시즌에는 1군에서 활용하고 싶은 정도의 선수가 된다면 그도 월드컵 엔트리 진입을 노릴 수 있다. 월드컵 출전을 기대한다면 결국 소속 팀에서 경기력을 유지해야 한다.

 이강인과 Z세대

플레이어 양민혁의 SWOT

가장 큰 장점은 공수 균형감이다. 폭발적인 스피드를 앞세운 돌파와 독특한 리듬의 드리블, 마무리 능력까지 갖춘 공격력은 '포스트 손흥민'이 되기에 부족함이 없다. 여기에 수비 가담 능력까지 보유하고 있다는 점이 중요하다. 현대 축구는 공격수에게도 수비력을 요구한다. 김동완 대표는 "유럽에서 민혁이를 높이 평가한 요소 중 하나가 수비였다. 적극적이고 능동적인 수비 가담을 좋게 보더라"라고 말했다. 정경호 감독도 "민혁이는 수비 지능이 뛰어나다. 자기가 어느 포지션에서 어떻게 수비하면 되는지를 안다. 하나를 가르치면 몇 가지를 이해하는 능력이 좋다"고 말했다.

정경호 감독은 양민혁이 개선해야 할 1순위로 헤더 능력을 꼽았다. 다른 능력은 충분히 갖췄으나 머리를 쓰는 플레이가 약하다는 지적이다. 스트라이커가 아니니 꼭 헤더를 잘할 필요는 없지만 머리를 잘 쓰면 할 수 있는 플레이가 다양해진다. 공이 꼭 허리 아래로만 온다는 보장은 없다. 손흥민도 종종 헤더로 골을 넣었다. 이재성도 '헤더 장인'이라 불릴 정도로 머리를 잘 쓴다. 유럽 무대에서는 작은 차이가 큰 변화를 만든다. 부족하다면 헤더 능력도 채워야 한다.

'나이가 깡패'라는 말이 있다. 양민혁을 두고 하는 말이다. 2006년생인 그의 장래는 밝기만 하다. 성장 속도가 워낙 빠르고 태도와 정신력까지 건강하다. 정경호 감독은 "내가 민혁이를 높이 평가하는 것 중 하나가 태도다. 정말 긍정적이고 적극적이다. 자신감이 있지만 절대 교만하지 않은 모습을 봤다. 더 잘하고 싶어 하는, 성장하고 싶어 하는 의지를 봤다. 그런 태도라면 유럽에서도 경쟁력이 있다고 본다. 강원FC에 합류해 빠르게 적응하던 모습을 잊지 못한다. 유럽에서도 분명 잘 정착하리라 믿는다"고 말했다. 손흥민이 떠난 프리미어리그에서 한국 선수의 활약을 보기는 쉽지 않다. 양민혁이 정착한다면, 손흥민이 누렸던 인기를 고스란히 이어받을 가능성이 크다.

K리그를 1년만 거치고 유럽으로 향한 그는 경험이 절대적으로 부족한 선수다. 나이가 어리다는 게 장점이기도 하지만 동시에 약점으로 작용할 수 있다. 토트넘에서 정착하지 못한 채 계속 임대만 다니는 건 그의 성장을 저해하는 요인이 될 수 있다. 여러 지도자를 만나 배우는 것도 좋지만, 한 팀에서, 하나의 철학을 공유하며 성장하는 게 중요한 순간이 온다. 언젠가는 토트넘에 정착해야 커리어에 탄력을 받을 수 있다. 안착하지 못한 채 계속 방황하는 것은 긍정적인 모습이 아니다.

강상윤

강상윤

전북 현대의 '엔진'
강상윤

⚽

포옛 감독의 '아들'

2025년 7월 공동취재구역에서 인터뷰를 하던 전북 현대의 강상윤에게 거스 포옛(우루과이) 감독이 슬그머니 다가가 볼에 **뽀뽀**했다. 해당 영상은 화제를 불러일으켰는데 배경음악이 또 가수 김건모의 'my son'이었다. 포옛 감독은 팀원인 그를 '아들'처럼 아꼈다. 그는 필자에게 "부모님한테 말고는 볼 **뽀뽀**를 받아본 적이 없어 당황스러웠다. 포옛 감독님은 발음이 어려워서 그런지 나를 '상영'이라 부른다"며 수줍게 웃었다.

2024시즌 K리그1 10위에 그쳐 가까스로 잔류에 성공한 전북 현대는 불과 1년 만인 2025시즌에 환골탈태했다. 전북 현대의 입장에서 2024시즌과 2025시즌을 비교해보면 감독이 포옛으로 바뀌고 새 얼굴로 콤파뇨와 송범근이 들어오고 강상윤이 임대를 마치고 복귀한 정도였다.

강상윤이 복귀해 처음 선발 출전한 2025년 3월 16일 5라운드 포항 스틸러스전을 기점으로 전북 현대는 지는 법을 잊었다. 26라운드까지 22경기 연속으로 무패(17승 5무)를 기록하며 독주했다. 결국 33라운드 만에 K리그1 조기 우승을 확정하고 12월에는 코리아컵(옛 FA컵)까지 들어 올려 2관왕을 달성했다.

박진섭, 김진규와 함께 중원을 책임진 그는 전북 현대모터스의 '엔진' 같은 선수다. 사방을 스캔하며 공을 소유하다가 동료에게 연결한다. 포옛 감독의 주문에 따라 그는 공격 지역이든 수비 지역이든 공간 침투를 통해 수적 우위를 만들었다. 워낙 활동량이 많다 보니 동료들이 공격하다가 놓친 수비 공간까지 커버했다.

중원의 핵심으로 뛴 그는 포옛볼에 대해 "일각에서 감독님의 축구를 (개인 능력에 의존하는 롱볼 위주의) '뻥축구'라고 폄훼하는데, 목적이 분명하면서 심플하고 효율적인 '킥 앤 러시'"라고 설명했다. 일찍이 2025년 1월 태국 전지훈련 때부터 그는 포옛 감독의 눈에 들었다. 강도 높은 지옥 훈련을 잘 견뎌냈다. 당시를 회상할 때는 "나는 그렇게 힘들지 않았는데 뛰다가 돌아보면 형들은 다들 금방 죽을 것 같더라"며 웃었다. "감독님이 주도한 식단 효과도 있었다. 닭가슴살과 저염식 위주였고 삼겹살과 자극적인 김치찌개는 못 먹게 하셨다."

그는 진작부터 스스로 식단 관리를 해왔다. 밀가루 음식을 잘 안 먹는 대신 고기를 많이 먹는다. 스포츠영양학 전문가인 김주영 교수를 통해 필요한 정보도 얻는다. 꾹 참았다가 경기가 끝난 다음 날이나 비시즌에만 좋아하는 디저트나 빵을 먹는다.

그는 2025시즌 K리그1 34경기에 출전해 득점 없이 4도움만 올렸다. 그런데도 K리그1 베스트11 미드필더 부문에 뽑혔다. 생애 처음으로 베스트11에 뽑힌 뒤 그는 "설마 '후보에 들어가겠어?'라고 생각했다. 포엣 감독님의 배려가 큰 도움이 됐다. 많은 분이 좋게 봐주셔서 감사하다"고 소감을 밝혔다. 한 시즌 만에 사인 요청은 물론 유니폼 구매 요청도 쇄도했다.

말뼈도 고아 먹던 제주 소년

그의 고향은 제주다. 어릴 적 아버지가 몸에 좋다며 말뼈를 고아 먹였다. 그는 "말뼈와 한약재를 함께 달인 진액을 먹었다. 너무 비렸지만 참고 먹었다"고 회상했다. 제주 외도초 5학년 때 화랑대기 전국 유소년 축구대회에 나갔다가 프로팀의 눈에 띄어 스카우트됐다. 전북 현대의 유스팀인 김제 금산중에 디닐 때는 금서배 우승을 이끌며 최우수선수상을 받았다. 전주영생고 3학년 때 전북 현대와 준프로 계약을 맺고 2022년 5월 열일곱 살 나이에 프로 데뷔전을 치렀다.

2023년 전북 현대에 정식 입단했으나 쟁쟁한 선배들과의 주전 경쟁은 쉽지 않았다. 더 많은 출전 기회를 얻기 위해 그해 7월 부산 아이파크로 임대를 떠나고 거기서 K리그2(2부) 준우승에 일조했다.

이듬해 K리그1 수원FC로 다시 임대됐다. 그해 29경기에 출전해 3골 2도움을 올리며 영플레이어상 후보에 오르기도 했다. 그는 임대 신분으로 뛰던 지난 시절을 이렇게 돌아봤다.

"날 원하는 팀으로 임대되어 가서 뛸지, 전북 현대에 남아 도전할지를 두고 고민했었다. 그래도 경기를 뛰어야 경쟁력을 키울 수 있다고 생각했다. 전북 현대 준프로 시절 B팀을 맡았던 박진섭 감독님이 있는 부산 아이파크로 임대돼 갔다. 2024시즌엔 청소년대표 시절 함께했던 김은중 감독님이 있는 수원FC로 재차 임대를 떠났다. 당시 형들의 부상으로 생긴 공백을 메우기 위해 수비형 미드필더를 맡았다. 김감독님이 수비에서 공격으로 연결되는 빌드업 과정에 관여하고 수비할 때는 수비와 미드필더 라인 간격을 좁게 유지하라고 지시했다."

결과적으로 임대는 최고의 선택이었다. 그는 경기를 계속 뛰는 과정에서 성장하며 많은 것을 배웠다. 은사 김은중 감독은 애제자 강상윤을 이렇게 평가했다.

"2023년 20세 이하 월드컵을 앞두고 내가 원한 이승원은 찾은 상태에서 미드필더가 한 명 더 필요했는데 강상윤이 '딱'이었다. 우리 팀 페널티박스부터 상대 팀 페널티박스까지 오가며 폭넓은 활동 폭을 보이는 박스 투 박스형 미드필더다. 작은 체구에도 불구하고 몸싸움에서 밀리지 않고 강단이 좋다. 그 부분을 믿고 선발했다. 승원이와 함께 줄곧 3·4위전까지 거의 풀타임 베스트 자원으로 썼다. 강한 승부욕을 갖고 있어 앞으로가 더 기대되는 선수였다. 그래서 수원FC에 임대로 데려왔다. 강상윤이 K리그1 무대에서도 경쟁할 수 있다는 걸 입증했다. 22세 이하 자원이 아니라 베스트 자원으로 썼다. 수원FC는 강팀이 아니다 보니 좀 더 많은 활동량이 필요했는데, 상윤이가 주축으로 활동했다. 좀 버거웠을 텐데도 기대한 만큼 잘해줬다. 경기를 치를수록 득점을 올리며 발전했다. 상대 팀에 따라 바꿀 수도 있는데 그러지 않고 무조건, 우선적으로 믿고 선발 명단에 넣었던 선수다. 2025시즌엔 전북 현대로 복귀한 터라 상대로 만났다. 강팀에서 뛰다 보니 자신감도 커졌더라. 제자가 잘하니 보람도 있지만 상대 팀 감독 입장에선 얄미웠다(웃음)."

그는 체격(171센티미터, 66킬로그램)은 크지 않아도 기계체조 선수처럼 어깨가 떡 벌어졌다. 학창 시절부터 숙소에서 줄넘기를 많이 해 '줄넘기 귀신'으로 불렸다. 전북 현대는 팀 훈련을 마치면 웨이트트레이닝 로테이션을 하는데, 그는 그걸 다 소화하고 추가로 턱걸이를 10개씩 4세트를 더 했다.

박지성의 활동량과 이재성의 센스

얼굴에 여드름이 난 그의 외모는 평범하다. 그런데 경기 모습을 보면 박지성(은퇴)과 이재성(마인츠)의 얼굴이 묘하게 겹쳐 보인다. 축구계는 그를 평할 때 "박지성의 활동량과 이재성의 센스를 겸비했다"고 찬사를 보낸다.

아니나 다를까 그는 중학생 때 볼보이로 활동하며 1년 반 동안 이재성이 전북 현대에서 뛰는 걸 맨 앞에서 지켜봤다. 이재성이 '축구의 신'만 같았다. 그는 이재성의 몸풀기부터 볼터치 하나하나까지 눈에 담아 따라 했다. 그는 "요즘도 아침에 루틴처럼 이재성 형의 블로그를 읽으며 삶과 마인드를 배운다"고 귀띔했다.

"이재성 형의 소속 팀인 마인츠의 경기를 진짜 많이 본다. 형이 큰 무대에서 에이스로 뛰는 모습을 보면 동기부여가 된다. 따라 하고 싶은 플레이가 많아서 존경하는 마음이 들고 배우게 된다. 내가 국가대표팀에 뽑혔을 때 재성이형이 축하한다며 먼저 연락을 줬다. K리그 베스트11을 받았을 때 '항상 초심을 잃지 말고 변함없는 마음으로 화이팅하자'고 말씀한 것도 마음에 와닿았다. 나중에 그런 상황이 된다면 나도 후배들에게 그렇게 해야겠다고 생각했다."

또 한편으로 그는 등번호(13번)와 외모, 희생적 플레이 등이 박지성을 닮았다. 등번호 13번은 형들이 박지성 선수와 잘 어울린다며 그에게 추천한 것이다. 그는 "유튜브로 박지성 선수의 경기 영상도 많이 봤다. 팀이 필요로 할 때 공간을 만들어내는 움직임이 인상적이었다"고 했다. 그의 바람도 다르지 않다.

"둘을 섞어 놓았다는 평가는 정말 너무 큰 찬사다. 그런 내용의 기사가 나오거나 얘기를 들을 때마다 너무 감사하다. 솔직히 내가 두 분을 따라가려면 멀었다. 형들을 따라가려면 멈추지 말고 계속 노력해야 할 것 같다. 두 선배의 장점을 합친 선수가 되고 싶다."

그도 박지성과 이재성처럼 축구가 최우선이다. "다른 형들이랑 골프를 쳐봤는데 '굳이 이걸 내가 왜 하지' 하는 생각이 들었다"고

　　　　　　　　　　　　　　　이강인과 Z세대

했다. 또 "나도 항상 무슨 선택을 하든 팀을 위한 선택을 한다. 골이나 어시스트 욕심보다는 팀에 도움이 되는 방안이 우선"이라고도 했다.

황인범의 파트너로 어떨까

그는 2023년 FIFA 20세 이하(U-20) 월드컵에 출전했다. 대회 내내 김은중호의 '살림꾼' 역할을 했다. 팀에서 가장 많은 활동량을 펼치며 4강 진출에 이바지했다. 2024년엔 한국 23세 이하 대표팀에 '월반'해 뽑히나 많은 출전 기회를 얻지 못하고 결국 파리 올림픽 본선행 좌절을 막을 수 없었다. 그는 "막판에 뽑혀 간절히 임했는데 (본선에 나가지 못해) 죄송스러운 마음이었다"고 했다.

2025년 여름 선두인 전북 현대의 공격 중심에 서 있던 그는 마침내 성인 A대표팀에도 승선했다. 그해 7월 국내파 위주로 뽑을 때 합류해 동아시아축구연맹 E1 챔피언십(동아시안컵)에 출전했다. 중국전에서 A매치 데뷔전을 치른 다음 홍콩전(7월 11일)에서 A매치 데뷔골을 터뜨렸다. 홍콩전 전반 17분 서민우의 침투 패스를 받은 그는 페널티에어리어 안에서 돌아서며 수비를 따돌린 뒤 오른발 터닝슛으로 골망을 흔들었다. 그날 그는 팀에서 가장 많은 패스 33회를 뿌리고 태클과 리커버리를 합쳐 11회를 기록했다.

당시 제주에서 택시 운전을 하던 그의 아버지는 '아들 국가대표 발탁'이라는 글귀와 함께 택시 번호판을 적은 플래카드를 내걸었다고 한다. 그는 "A대표팀은 훈련할 때부터 엄청 살아 있다는 느낌이 들었다. 숙소도 독실이고, 경호도 해주고, 셰프도 따로 있더라. 목표가 뚜렷하니 확실해지고 동기부여가 됐다. 앞으로도 기회가 있으면 잡으려고 노력하겠다"고 했다.

미드필더 지역을 쉼 없이 뛰어다니는 그는 중앙 미드필더 '8번' 자리를 선호한다. 하필 국가대표 그 자리에는 황인범이 있다. 그는 "(황인범 같은) 형들과의 경쟁에서 실력을 갖추면 월드컵에 나갈 수 있는 선수가 될 것이다. 장점을 업그레이드하고 공격포인트를 좀 더 올리면 나도 경쟁력이 생기지 않을까 생각한다"고 했다.

"어렸을 땐 박지성과 리오넬 메시 선수를 참고했다. 요즘 배우고 있는 선수는 페드리(바르셀로나)와 하타테 레오(셀틱), 브루노 기마랑이스, 황인범, 이재성 등이다. 좋은 미드필더가 있다고 하면 또 보고 배운다. 2025년 7월에 열린 바르셀로나와 FC서울의 친선경기를 보고 느낀 바가 많다. 원터치와 투터치가 쉬워 보여도 막상 하면 쉽지 않다. 나도 좀 더 넓게 보고 여유를 가지는 플레이를 많이 하려 한다."

그는 수비형 미드필더로도 뛸 수 있다. 감독 입장에선 쓸모가 많은 멀티플레이어인 셈이다. 홍명보 한국 대표팀 감독은 2025년 7월을 기점으로 스리백과 3-4-2-1 포메이션을 밀고 있다. 그러면서 '중원의 핵심'인 황인범의 파트너를 찾지 못해 애를 먹고 있다. 스리백 앞을 중앙 미드필더 둘로 커버하려면 미드필더 각각이 맡아야 하는 공간이 매우 넓어진다. 분데스리가 마인츠에선 사노 가이슈

   이강인과 Z세대

(일본)가 압도적인 활동량과 기동력으로 커버한다.

강상윤도 사노 가이슈가 활발하게 뛰는 걸 보고 감탄했다고 한다. "그가 공격에 가담했다가 다시 수비에 가담하기 위해 혼자 내려와 막는 걸 보면 저절로 감탄이 나온다"고 했다. 황인범과 같이 뛰는 꿈에 대해서도 언급했다. "황인범 선수와 뛰는 걸 상상해보면 나도 궁금하다. 잘 맞을지 기대도 된다. 북중미 월드컵 출전은 포기하지 않았다. 당연히 명단이 나올 때까지 기회는 열려 있다고 생각한다."

한국은 북중미 월드컵의 조별리그 1차전과 2차전을 해발 1570미터 고지대인 멕시코의 과달라하라 아크론 스타디움에서 치러야 한다. 한국으로 치면 오대산 정상에서 볼을 차는 셈으로, 산소가 희박하고 공기 밀도가 낮아 조금만 뛰어도 숨이 차고 지친다. 3차전이 열리는 몬테레이는 기온이 40도에 이르고 고온다습하다.

그는 "20세 이하 대표팀 시절 몽골 고지대에서 경기한 적이 있다. 동료들은 힘들어했는데 난 숨이 차거나 딱히 힘들지는 않았다"고 했다. 은사 김은중 감독도 "상윤이는 대표팀에서도 충분히 경쟁력이 있다고 본다. 2선에서 침투하는 공격적인 박스 투 박스형 미드필더가 많이 없는데, 상윤이는 활동량과 경기 운영 등 여러 면에서 장점이 있다. 스태미나와 근성도 있다. 월드컵이라는 무대에서 세계적인 선수들과 부딪치려면 체력적으로 뒷받침되지 않으면 안 된다. 다만 월드컵을 앞두고 남은 기간에 얼마나 자주 선발될 수 있느냐에 따라 월드컵행 여부가 가려질 것"이라고 했다.

강상윤

시장가치 60억 원

국제축구연맹 산하 국제스포츠연구소(CIES)가 2025년 7월 K 리그1 선수들의 추정 시장가치를 발표해 화제가 됐다. 전체 1위가 340만~390만 유로(55억~63억 원)로 평가받은 강상윤이었다. 그 영향 때문인지 유럽 쪽에서도 그를 주목한다. 그는 "형들이 이름 대신 '60억'이라고 부르며 놀린다. (김)태환 형은 '몸값이 너무 높게 잡힌 것 아니냐. 밥 사라'고 장난도 쳤다. 그 정도 가치가 있는 선수라면 당연히 경기장에서 그걸 드러내야 한다. 동기부여가 된다"고 했다.

잉글랜드 선덜랜드 사령탑 출신인 포옛 감독은 2025년 시즌 도중 기자들에게 "강상윤은 무조건 유럽에 갈 것이다. 시점은 우리가 결정할 수 없다. 어떤 스타일을 구사하는 팀에서든 뛸 수 있는 능력을 지녔다. 유럽에 가서도 분명히 성공할 것이라고 확신한다"고 말했다. 이후 2025시즌에 우승해 2관왕을 이끈 뒤 전북 현대를 떠나게 된 그는 '최애' 선수 강상윤에게 이렇게 말했다고 한다.

"상영(상윤). 올 시즌 정말 좋았고 고마웠다. 우리 팀에 너 같은 선수는 없다. 훌륭한 선수들이 많이 있지만 우리 팀에 너 같은 유형의 선수가 필요하다. 넌 유럽에 가면 분명히 성공할 거다. 네가 도전하고 싶은 리그도 잘 알고 있다. 다음 스텝을 이어갈 때 타이밍이 중요하다. (유럽 새로운 팀의) 감독님이 널 잘 알고 원하는지가 중요하다. 해외에 나가보면 윙어와 포워드 등 각자 개성과 특징이 다양하다. 그런 부분들도 네가 맞춰줄 줄 알아야 한다."

그 외에도 포옛 감독은 강상윤에게 유럽에 간다면 어떻게 할지,

앞으로 어떤 게 더 필요한지 등을 요모조모 알려줬다고 한다. 강상윤은 "어렸을 때부터 유럽 빅리그가 꿈의 무대였다. 일단 오퍼가 와야 한다. 난 전북 현대에서 더 많이 우승하고 팀에 이적료도 남겨 좋게 나가고 싶다"고 했다. 그와 연령별 대표팀에서 함께 뛴 동료 중 여럿이 유럽에서 뛰고 있다. 그는 "솔직히 형들이 해외 리그에 진출하는 모습을 보면 나도 유럽에서 뛰고 싶은 마음이 커진다"고 했다. 김은중 감독도 "상윤이가 큰 무대로 나가 도전해야 잠재력을 뽐낼 수 있다고 생각한다. 좋은 기회가 온다면 도전하기를 추천한다"면서도 "만약 유럽에 진출할 기회가 온다면 무조건 출전이 보장된 곳으로 가야 한다. 꼭 1부 리그가 아니어도 경기에 출전하며 성장할 수 있는 팀이 중요하다"고 했다.

2025년 12월 중순, 그는 휴식기인데도 개인 훈련에 매진하고 있었다. 딱 이틀만 쉬고 제주 고향집에 내려갔다. 어릴 적부터 개인 레슨을 받아온 김봉준 선생과 공을 차며 한국 23세 이하 대표팀 소집을 준비하고 있었다. 그는 이렇게 말했다.

"난 인생에서 무슨 선택을 하든 축구를 위한 선택을 했다. 축구에 도움이 된다면 어떤 일이든 힘들어도 했다. 앞으로도 그럴 것이다."

플레이어 강상윤의 SWOT

'산소 탱크'라 불린 박지성처럼 활동량이 대단하다. 강한 체력으로 공수를 오가며 공간을 지배한다. 90분 내내 뛰면서도 동료들에게 힘든 티를 내지 않는다. 팀을 위해 한 발 더 뛰는 식으로 헌신적이다. 그래서 든든하다. 체격이 크지 않은데도 볼을 잘 안 뺏기고 밸런스가 좋다. 최고 장점은 볼 소유 능력이다. 그는 "어릴 때부터 볼 소유 훈련을 많이 했다. 어떻게 하면 볼을 안 뺏기고 연결할 수 있을까를 많이 생각했다. 공간을 미리 보고 빈 공간이 어디인지, 우리 편과 상대 편이 어디에 있는지 찾는다. 성공 횟수가 점점 많아지면서 자신감이 붙었다"고 했다. 또 인터셉트도 잘한다.

공격포인트만 놓고 보면 스탯이 아쉽다. 2025시즌엔 골 없이 어시스트만 4개를 기록했다. 미드필더는 중거리 슈팅 능력과 득점력이 필요하다. 포지션 경쟁자인 황인범의 중거리포와 도움 능력을 배울 필요가 있다. 충분히 좋은 선수이니 실수를 두려워하지 않을 필요도 있다.

Opportunity

현 K리그 선수를 통틀어 유럽에 진출할 가능성이 가장 높은 선수로 꼽힌다. 더 큰 무대에서도 통한다면 A대표팀에서도 경쟁력 있는 선수가 될 것이다.

Threat

2025년 7월 동아시안컵에서 자신의 장점을 온전히 보여주지는 못했다. 감독의 전술과 취향에 따라 평가가 엇갈릴 수 있다.

신민하

신민하

신민하,
'포스트 김민재'를 꿈꾸며

2025년 12월 15일 천안 코리아풋볼파크(대한민국축구종합센터). 아시아축구연맹 23세 이하(U-23) 아시안컵을 위한 소집 현장에서 만난 이민성 감독은 "그 친구는 올해 너무 많이 뛰어서 지금 당장은 훈련보다 휴식이 필요하다. 대회를 잘 치르려면 지금 쉬어줘야 한다. 어차피 들어올 선수다. 테스트는 의미가 없다. 잘 쉬다 함께 출국할 것"이라고 말했다. 여기서 이감독이 말한 '그 친구'가 바로 신민하다.

2005년생인 그는 2025년 만 스무 살 나이에 2003년생이 들어가는 U-23 대표팀에 합류했다. 연령별 대표팀에서 종종 볼 수 있는 '월반' 케이스다. 단순한 월반이 아니다. 이민성 감독이 말한 대로 "테스트는 의미가 없는" 이미 검증을 마친 자원이 바로 신민하다.

그는 2024년 열아홉 살에 강원FC에서 교체 카드 한 자리를 차지하며 혜성같이 등장한 센터백 자원이다. 안정감과 노련함 같은 중앙 수비수의 덕목에 어울리지 않는 나이이지만 그는 2년차에 주전을 꿰찼다.

신장 186센티미터의 장신에 스피드와 기본기, 기술을 두루 갖춘 그는 2년간 K리그1 무대에서 검증을 마쳤다. 더 나아가 '포스트 김민재'로 평가받으며 언제든 유럽을 향해 노크할 수 있는 유망주로 분류되고 있다.

1년차, 강원FC의 교체 카드

신민하는 대형 유망주를 주로 배출하는 K리그 유스 출신은 아니다. 충주교현초를 졸업한 뒤 용인 원삼중으로 향해 용인시축구센터에서 엘리트 선수 생활을 이어갔다. 고교 생활도 같은 지역 덕영고에서 했다. 용인시축구센터는 유소년 무대를 대표하는 클럽으로 멀게는 정인환과 김주영, 윤영선 등 대형 센터백을 배출한 곳이자, 김보경과 한국영, 석현준, 김진수, 이순민, 정태욱 등 국가대표 수비수들이 성장한 무대이기도 하다. 최근에는 상대적으로 K리그 유스와 학원 축구의 비중에 밀려 대형 선수를 만들지는 못했으나 유소년 축구의 한 축을 담당하는 클럽으로 볼 만하다.

신민하는 2022년 고교 2학년 때부터 본격적으로 유소년 무대에서 주목받기 시작했다. 수비수치고는 빠른 발과 폭발적인 신체 능력을 앞세운 제공권, 여기에 노련한 수비 능력을 선보이며 팀의 무

　　　　　　　　　　　　　　　　　　이강인과 Z세대

학기 우승을 이끌었다. 많은 스카우트가 모이는 무학기에서 두각을 드러낸 그는 강원FC의 관심을 받은 끝에 프로행에 성공했다.

사실 프로 첫 시즌 동계훈련에선 크게 주목받지 못한 자원이었다. 외국인 선수로서 센터백 한 자리를 차지하는 강투지가 존재하고 국가대표 출신인 김영빈의 벽을 넘기에도 역부족이었다. 여기에 더해 센터백으로 성공적으로 포지션을 변경한 이기혁과 경험을 쌓은 이지솔 등이 버티고 있었다. 신민하가 비집고 들어갈 틈이 좁았다. 게다가 22세 이하(U-22) 의무 출전 카드 한 자리를 양민혁이 '찜'한 상태였다. 당시 수석코치로 팀 훈련을 총괄했던 정경호 감독은 "민하는 기본기가 좋고 스피드와 제공권에서 장점이 있는 선수였지만 당장 프로 무대에서 뛰기엔 피지컬이나 경험이 부족했다. 이미 민혁이가 U-22 주전 카드로 낙점받은 상태라 무리하게 민하를 올릴 필요는 없었다"고 말했다. 그러면서 정경호 감독은 "그래도 잠재력은 충분하다는 평가를 내릴 만했다. 시즌을 지나다보면 교체 카드로는 충분히 사용할 수 있다고 봤다. 어느 정도의 적응기를 보내면 된다는 생각으로 장기직으로 준비시킨 선수였다"고 설명했다.

실제로 신민하는 2024시즌 초반 두 경기에선 출전 엔트리에도 이름을 올리지 못했다. 그러다 3라운드에 처음으로 후보 명단에 포함되며 프로팀의 경기 준비 과정을 함께했다.

기회는 생각보다 빨리 찾아왔다. 3월 31일 FC서울과의 경기에서 1-1로 대치한 후반 41분, 이지솔이 경고 누적으로 퇴장당한 뒤 교체로 피치를 밟았다. 역사적인 프로 데뷔전이었다. 안정적으로 상대의 공격을 막아낸 그는 수적 열세 중에 무승부에 기여하며 첫 경기를 마쳤다. 성공적인 데뷔 무대였다.

짧은 시간이었지만 실수 없이 첫 경기를 마친 그는 이후 확실한 후반 교체 카드로 정착했다. 그해 4월부터 8월까지 16경기에서 교체로 들어가 강원FC 수비의 소방수 역할을 맡았다. 주전으로는 단 한 번도 뛰지 못하나 체력이 떨어지는 후반전에 투입돼 뒷문을 지키는 확실한 카드였다. 8월부터 U-20 대표팀에 차출되어 자리를 비우지 않았다면 후반기에도 많은 경기를 소화했을 게 분명했다.

11월 23일 포항 스틸러스와의 리그 최종전에서 선발로 출전할 기회를 얻었다. 베테랑 김영빈, 이기혁 등과 수비 라인에서 호흡을 맞춘 그는 무난한 선발 데뷔전을 소화하며 팀의 1-0 승리에 힘을 보탰다. 2024년 강원FC는 준우승을 차지하며 구단 역사상 최고의 시기를 보냈는데, 그도 나름의 역할을 한 시즌이었다.

주전으로 도약한 2년차

2025시즌을 앞두고 강원FC는 대격변의 시대에 접어들었다. 준우승을 이끈 윤정환 감독이 인천 유나이티드로 떠나는 대신, 2인자로 팀을 총괄하며 이끌던 정경호 감독이 지휘봉을 잡는 변화였다. 스쿼드에도 큰 변동이 발생했다. 신민하에게는 긍정적인 이탈이었다. 주전 센터백인 김영빈이 전북 현대로 이적하고 이지솔이 계약

　　　　　　　　　　　　　　　　　　　이강인과 Z세대

만료 후 수원FC로 향했다. 센터백 두 명이 동시에 팀을 떠났으니 그에겐 기회였다.

호재는 더 있었다. 주전 U-22 카드였던 양민혁의 유럽행은 그의 주전 도약을 의미했다. 새 시즌을 앞두고 그는 양민혁이 달던 등번호 47번을 물려받았다. 포지션은 다르지만 강원FC가 배출하는 대형 유망주를 상징하는 번호로 새 시즌을 출발했다.

정경호 감독은 "아쉽지만 영빈이의 이적을 허락한 것도 민하가 있어서 가능했다. 1년차에 프로 무대에 적응하며 가파르게 성장하는 모습을 목격했다. 민혁이가 유럽으로 가면서 U-22 카드도 필요했다. 민하는 최적의 자원이었다. 2025시즌을 준비하며 민하를 주전 수비수로 분류했다"고 말했다.

그는 2025년 2월 아시아축구연맹 U-20 아시안컵에 다녀오는 바람에 강원FC의 프리시즌 동계훈련을 온전히 소화하지는 못했다. 1~2라운드에는 결장하고 3라운드 제주SK전에서 교체로 처음 출전했다. 이후엔 주전 한 자리를 꿰찼다. 4라운드 전북 현대전에서 시즌 처음으로 베스트11에 들어가 강투지와 호흡을 맞추며 1-0 무실점 승리에 힘을 보탰다.

4월 19일 울산HD전은 그에게 잊을 수 없는 날이다. 프로 데뷔골을 터뜨렸기 때문이다. 후반 2분 왼쪽에서 김강국이 프리킥을 올렸을 때 페널티박스 안에 대기하던 중 달려들어 헤더로 연결해 득점에 성공했다. 그의 엄청난 신체 능력을 확인할 수 있는 장면이었다. 상대 선수들보다 머리 하나 더 떠 크로스바 근처까지 올라갔다.

'헤더 장인'으로 불리는 크리스티아누 호날두를 연상시키는 점프였다. 그 골 덕분에 강원FC가 2-1로 승리했다. 13년 동안 울산 원정에서 승리하지 못했던 강원FC의 우울한 징크스를 그의 헤더 한 방이 날려버린 셈이다. 그는 당시 데뷔골을 넣은 뒤 "준비한 세트피스였다. 올라오는 공을 보고 내 것이라 생각했다. 타이밍에 맞춰 잘 들어갔다. 관중석에 부모님이 계셨다. 그래서 하트 세리머니를 보냈다. 값진 승리로 이어진 골이라 너무 기뻤다"고 소감을 밝혔다.

4월의 활약을 통해 그는 이달의 영플레이어상을 처음으로 수상했다. 2024년의 양민혁이 그랬던 것처럼 K리그1 무대에서 인정받는 유망주로 확실하게 도약하는 시점이었다.

질주는 계속됐다. 8월까지 주전 경쟁에서 밀리지 않고 후방 한 자리를 확실히 지켰다. 9월 FIFA U-20 월드컵에 다녀온 뒤 10월과 11월에도 꾸준히 경기에 출전하며 제 몫을 했다.

2025시즌을 마친 뒤 강원FC는 아시아축구연맹 챔피언스리그 엘리트 무대로 향했다. 아시아 최고의 강호들이 모여 경쟁하는 무대였다. 그에게는 자신의 현주소를 확인할 소중한 기회이기도 했다. 그는 챔피언스리그에서도 빛났다. 특히 리그 스테이지 4차전인 산프레체 히로시마와의 경기에서 최고의 활약을 보였다. 아시아 무대에서도 통한다는 사실을 확인한 성과였다.

2025년 그는 K리그1 29경기, 코리아컵 2경기, 챔피언스리그 엘리트 4경기 등 강원FC에서만 35경기를 소화했다. 연령별 대표팀에선 2월 U-20 아시안컵 4경기, 6월 이집트 대회에서 1경기에 나섰다.

　　　　　　　　　　　　　　　　　　이강인과 Z세대

9월과 10월에는 U-20 월드컵에 출격해 4경기를 뛰었다. U-23 대표팀으로 이동한 11월에는 중국에서 열린 판다컵 3경기를 뛰었다. 그렇게 대표팀 유니폼을 입고 총 12경기에 나섰다. 한 시즌간 무려 47경기에 모습을 드러냈다. 약관의 선수에겐 행복한 시즌이었다. 1년차에 기반을 닦았다면 2년차에는 그 길 위에 확실하게 선 신민하였다.

그는 "생각했던 것보다 이른 시점에 기회를 얻었다. 2년간 강원 FC에서 더없이 좋은 시간을 보냈다"라면서도 "아직 더 많은 걸 채워야 한다는 걸 2년차에 깨달았다. 신인 티를 벗고 프로선수다운 모습을 더 보여줘야 한다"며 2년간의 프로 생활을 돌아봤다.

숙제도 발견한 2년이었다. 그는 "아직 피지컬이 부족하다는 걸 많이 느낀다. 외국인 스트라이커와 붙으면 위치 선정을 위한 자리 싸움에서 계속 어려움을 느낀다. 상대가 너무 쉽게 플레이하게 둔 것 같다. 상대를 제어하는 능력을 키워야 한다"고 말했다.

2년간의 프로 생활에서 빼놓을 수 없는 인물이 있다. 바로 정경호 감독이다. 신민하는 "나는 정말 행운아라고 생각한다. 프로 첫 생활을 정경호 감독님과 했기 때문"이라면서 "축구를 할 때 전술이 이렇게 중요하다는 것을 감독님을 통해 처음 알았다. 내 포지션에서 어떻게 해야 하는지를 정말 너무 섬세하게 알려주셨다. 그 덕분에 나도 경쟁력을 갖췄다"고 정경호 감독에 관해 얘기했다.

정경호 감독은 "민하는 앞으로 훨씬 더 잘될 선수다. 언젠가는 유럽 무대를 누빌 것이라 확신한다. K리그에서 좀 더 성장하고 발전한다면 충분히 해낼 수 있다. 머지않은 미래에 대표팀에 가고 월드컵 무대도 누빌 것이라 생각한다"고 제자를 칭찬했다.

태극마크를 향한 질주

2024년 8월 신민하는 19세 이하 대표팀에 차출되어 처음으로 태극마크를 달고 경기에 출전했다. 당시 서울 EOU컵에서 태국과 인도네시아를 상대로 나서 좋은 평가를 받았다. 인도네시아전에선 골까지 터뜨리고 무실점 수비를 선보여 경기 MVP에도 선정됐다. 그해 9월 U-20 아시안컵 예선에서도 그는 쿠웨이트와 아랍에미리트를 상대로 출전해 팀의 핵심 수비 자원으로 정착했다. 11월 스페인 4개국 친선대회에도 나서 미국과 덴마크를 상대로 국제 경험을 쌓았다. 이후로 그는 U-20 대표팀에서 빼놓을 수 없는 수비 자원이 됐다.

2025년 2월 아시안컵 본선에서도 조별리그 두 경기와 토너먼트 라운드 두 경기 등 총 네 경기에 출전해 활약했다. 본선의 백미는 우즈베키스탄과의 8강전이었다. 선발 출전한 그는 수비수인데도 혼자 2골을 터뜨리는 기염을 토했다. 전반 25분 왼쪽에서 윤도영이 올린 코너킥이 수비수에 맞고 굴절되어 골대 앞에서 대기하던 그에게 향했다. 그는 침착하게 오른발 슛으로 공을 밀어 넣어 선제골을 뽑아냈다. 후반 11분에는 오른쪽에서 윤도영이 올린 프리킥을 타점 높은 헤더로 연결해 득점에 성공했다. 그때 뛰어올라 손을 뻗은 골키퍼와 비슷하게 올라갈 정도로 엄청난 높이의 점프를 보여줬다. 팀은 승부차기 접전 끝에 승리해 4강에 진출함으로써 U-20 월드컵 진출권을 확보했다.

한국은 2019년과 2023년 U-20 월드컵에서 연이은 성공을 거뒀다. 그가 포함된 대표팀을 향한 기대도 강렬했다. 다만 축구계에선 지난 두 번의 대회와 비교해 스쿼드의 무게감이 떨어진다는 평가가 지배적이었다. 현실적으로 토너먼트 라운드 높은 곳으로 가기 어려우리라는 전망도 주를 이뤘다. 실제로 2025년 9~10월 칠레 대회에서 한국은 16강에서 탈락했다. 경기 내용도 좋지 않았다. 특히 공격의 완성도가 매우 떨어지는 모습이었다.

실망스러운 경기력 속에서도 그는 나름의 경쟁력을 입증했다. 조별리그 1차전인 우크라이나와의 경기에 선발 출전하고 2차전 파라과이전에서도 베스트11으로 들어가 무실점 무승부에 힘을 보탰다. 3차전 파나마전에서는 골까지 터뜨려 팀의 승리를 이끌었다. 1-1로 접전을 벌이던 후반 13분, 오른쪽에서 손승민이 올린 코너킥을 머리로 받아 득점했다. 어려운 각도였지만 몸을 틀어 공을 골대 구석으로 보내는 탁월한 골 결정력을 선보였다. 그 골로 한국은 조별리그의 유일한 승리를 챙겨 극적으로 16강에 합류했다. 16강 모로코전에서 1-2로 패배하며 대회를 마감했으나 그는 세계의 벽에 도전하며 한 뼘 성장하는 시간을 보냈다.

월드컵에 다녀온 그는 숨 돌릴 틈도 없이 그해 11월 곧바로 U-23 대표팀에 합류했다. 중국에서 열린 판다컵으로 향한 그는 세 경기에 모두 출전하며 이민성 감독에게 눈도장을 찍었다. 유소년 시절에는 연령별 대표팀과 인연이 없었으나 성인이 된 뒤로는 완벽하게 '에이스 센터백' 이미지를 굳혔다.

2026년 1월 사우디아라비아에서 열린 U-23 아시안컵에서도 주전으로 활약했다. 2026년 아시안게임 무대에서도 베스트11 한자리를 차지할 가능성이 크다.

신민하의 꿈은

그의 다음 목표는 A대표팀이다. 2026년 북중미 월드컵은 어렵겠지만 그다음 대회를 준비하는 여정에서는 그도 선택받을 가능성이 크다. 프로 3년차가 되어 한 단계 더 '레벨업'을 할 것으로 기대를 모은다. 그는 "가장 큰 목표는 당연히 월드컵 출전"이라면서 "2030년 월드컵에는 나도 20대 중반이 되니 도전해보고 싶다"고 목표를 밝혔다.

단순히 월드컵 출전이 전부는 아니다. 그는 "세대가 바뀌면 지금 나처럼 어린 선수들이 대표팀의 주축을 이루는 시기가 오리라 생각한다. 나도 지금은 유망주로 평가받지만 나중에 세대교체가 이뤄지는 시점에는 한국 축구의 핵심 선수가 되고 싶다. 그때가 (2034년) 사우디아라비아 월드컵이 되기를 기대한다"고 포부를 애기했다.

그의 또 다른 꿈은 대표팀에서 김민재와 조우하는 것. 그는 "프리미어리그 영상을 많이 보는데, 그보다는 김민재 선배의 영상을

이강인과 Z세대

주로 보며 이미지 트레이닝을 한다. 정말 볼수록 감탄하게 되는 센터백"이라면서 "같이 뛰는 게 어려울 수 있겠지만 내가 어떻게 하느냐에 달려 있다고 본다. 내가 빨리 대표팀에 간다면 김민재 선배와 대표팀에서 함께 뛸 기회가 오리라 생각한다"고 기대감을 드러냈다. 그러면서 "조금 무섭기는 하다. 경기장 안에서 많이 혼날 것 같다"라며 웃은 뒤 "그래도 그런 과정을 통해 배울 게 많을 것 같다. 내가 꼭 성취하고 싶은 꿈"이라고 말했다.

2025년 9월 국제스포츠연구소가 K리그 선수들의 시장가치를 평가할 때 그는 430만 유로(70억 원)의 추정 가치가 있다고 나왔다. 강상윤을 제치고 K리그 선수 중 1위에 오른 것. 그는 "사실 기분은 정말 좋은데 내가 정말 그 정도의 가치가 있는 선수인지는 의문이 들었다. 개인적으로 나는 많이 부족한 선수라고 생각한다"고 솔직하게 털어놨다. 하지만 그는 "기회가 된다면 유럽 어느 곳이든 도전하고 싶다. 가능하다면 잉글랜드나 스페인 같은 세계적인 무대에서 뛰고 싶다. 김민재 선배처럼 유럽에서 주목받는 선수가 되고 싶다"라는 야심을 풀어놨다. 실제로 그는 독일과 네덜란드 등 유럽 주요 리그 클럽의 관심을 꾸준히 받고 있다. 양민혁에 이어 강원FC 출신의 새로운 유럽파가 탄생할 가능성이 크다.

3년차에 접어드는 2026시즌에는 영플레이어상을 정조준한다. 상을 받을 수 있는 마지막 연차라 더욱 간절하다. 그는 "U-22 의무 출전 제도가 사실상 없어지는데 그 혜택 없이도 경기에 많이 출전해 인정받고 싶다. 열심히, 꾸준히, 내 자리에서 최선을 다해 상을 받고 싶다"고 말했다.

최종 꿈은 누군가의 롤 모델이 되는 것. 그는 "'포스트 김민재'라는 소리를 들으면 기분이 좋다. 내가 정말 존경하고 닮고 싶은 선수이기 때문"이라면서 "언젠가는 나도 대한민국의 최고 센터백으로 인정받고 싶다. 그래서 어린 선수가 신민하라는 선수를 롤 모델로 삼고 닮고 싶다고 말하는 모습을 보고 싶다"고 소망을 얘기했다.

플레이어 신민하의 SWOT

Strength

발 빠른 센터백은 어디서든 환영받는다. 그는 장신인데도 빠른 발을 갖추고 있다. 김영권과 홍정호가 한국 대표 수비수로 성장한 것도 빠른 발 덕분이었다. 그도 비슷하게 클 가능성이 충분하다. 여기에 엄청난 탄력을 앞세운 헤더 능력도 장점이다. 수비에서는 물론이고 세트피스 상황에서 팀의 무기로 활용할 만하다. 이미 프로와 국제 무대에서 검증된 능력이다. 헤더를 잘하는 센터백은 공수에 걸쳐 팀에 큰 힘이 된다. 단순히 높이 뛰는 게 아니라 골을 넣을 줄 안다는 점이 그의 최대 장점이다.

　　　　　　　　　　　　　　　이강인과 Z세대

현대 축구는 센터백에게 빌드업 능력을 요구한다. 그는 기본적인 패스 능력이 좋지만 후방에서 중앙과 전방으로 이어지는 '키패스' 능력은 부족한 편이다. 2025년 K리그1 28라운드 포항 스틸러스전에서 기가 막힌 침투 패스로 어시스트를 기록한 적이 있는데, 그런 패스를 좀 더 자주 보여줘야 한다. 아직은 빌드업 능력이 대단히 좋다고 평가하기엔 무리가 따른다. 그 자신도 "센터백이 수비만 하는 건 아니다. 우리 팀의 (이)기혁 형을 보면서 많이 느낀다. 좀 더 공격적인 패스를 할 수 있어야 한다"라며 단점으로 꼽을 정도다.

스무 살 나이에 K리그1 무대에서 주전으로 정착하는 기회를 잡기는 쉽지 않다. 그는 이른바 '나이가 깡패'인 선수다. 이대로만 성장하면 충분히 대표급으로 갈 수 있다. 잠재력을 의심하는 이는 거의 없다. 프로 생활을 시작하는 운도 좋다. 선수는 팀과 지도자를 잘 만나야 하는데, 그는 강원FC에서 프로 생활을 시작한 게 행운으로 작용하고 있다.

약점 중 하나인 피지컬은 반드시 보완해야 할 과제다. 걱정거리 하나는 어린 선수가 피지컬을 완성해가는 과정에서 신체 밸런스가 무너질 수 있다는 점이다. 밸런스를 유지하면서도 유럽에서 통할

신민하

만한 피지컬을 갖추지 못한다면 그의 성장에 큰 걸림돌이 될 수 있다. 간혹 나오는 치명적인 패스 미스나 대인 마크에서의 실수도 줄여야 한다. 센터백은 단 한 번의 실수로 인해 평가 절하되는 경우가 많다.

박승수

Gen-Z Soccer Player

박승수

'코리안 음바페'
2007년생 박승수

2025년 7월 30일 수원월드컵경기장에서 열린 잉글랜드 프리미어리그의 뉴캐슬 유나이티드와 팀K리그의 친선경기. 2007년생 윙어 박승수는 뉴캐슬 데뷔전인 그날 경기에서 강렬한 인상을 남겼다.

후반 36분 교체 출전한 그는 투입된 지 3분 만에 왼쪽 측면에서 드리블로 돌파해 상대 둘을 제치고 코너킥을 만들어냈다. 관중석에선 걸그룹 이이브의 하프타임 축하공연 때보다 더 큰 탄성이 터져나왔다. 후반 41분엔 남다른 템포의 드리블로 상대 두 명을 제치고 슛을 시도했다. 그렇게 10분 남짓 뛰고도 그 어느 선수보다도 큰 임팩트를 남겼다.

영국 매체 '실즈 가제트'는 그에게 팀 내 최고 평점인 8점을 주며 "깔끔한 풋워크로 즉각적인 임팩트를 만들어내고 카메오로서 활력을 불어넣었다"고 칭찬했다. 에디 하우 뉴캐슬 감독은 "(박승수는)

일대일 능력과 수비수를 자르고 들어가는 움직임, 페인팅 등에서 매우 높게 평가할 만하다"고 말했다.

당시 팀K리그를 이끈 이정효 광주FC 감독은 "뉴캐슬에서 가장 탐나는 선수는 박승수다. 솔직히 그 선수를 계속 보고 있었다. 언제 유럽에 나가나 했는데 오늘도 짧은 시간 동안 큰 임팩트를 남겼다"고 칭찬했다. 김판곤 울산HD 감독도 "탤런트가 있다. 얼마나 발전하느냐에 따라 제2의 손흥민이 되지 않을까"라고 기대감을 표하고, 울산HD의 골키퍼 조현우 역시 "소름이 끼쳤다. 손흥민처럼 분명히 훌륭한 선수가 될 것"이라며 놀라워했다.

뉴캐슬 구단과 팀 동료인 미드필더 브루노 기마랑이스는 소셜미디어 인스타그램에 그의 드리블 영상을 올렸다. 뉴캐슬 팬들도 SNS에 "박승수가 뛴 10분이 다른 선수들이 뛴 80분보다 나았다", "머지않아 킬리안 음바페를 '프랑스의 박승수'라고 부르기 시작할 것" 같은 댓글을 남겼다. 앞서 프리미어리그는 홈페이지에 "뉴캐슬은 왜 '코리안 음바페' 박승수와 계약했나"라는 제목의 기사를 게재했다.

전날 기자회견에서도 에디 하우 감독은 그에 대해 "선수의 태도와 성격에서 긍정적인 느낌을 받았다. 포지션과 성향을 고려할 때 스피드와 돌파, 결정력 모두 출중한 손흥민을 닮았으면 좋겠다"고 했다. 하우 감독은 본머스와 뉴캐슬의 사령탑을 지내는 동안 토트넘 공격수였던 손흥민을 여러 차례 상대한 바 있다.

박승수는 나흘 뒤인 8월 3일 서울월드컵경기장에서 열린 뉴캐슬과 토트넘의 친선경기에서도 재능을 뽐냈다. 후반 32분 교체로 들어간 그는 후반 44분 급격한 방향 전환으로 토트넘의 수비수 제드 스펜스를 엉덩방아 찧게 했다. 하우 감독은 "(박승수의) 거침없는 경기 모습이 인상적"이라고 평가했다. 그렇게 그는 고국에서 성공적인 미니 '쇼케이스'를 펼쳤다.

유럽 10개 팀 이상이 원한 '초신성'

일주일여 전인 7월 24일 뉴캐슬은 열여덟 살의 윙어 박승수를 영입한다고 공식 발표했었다. 2005년 박지성이 맨체스터 유나이티드와 계약해 프리미어리그에 진출한 지 20년 만에 스무 번째 한국 출신 프리미어리거가 탄생한 순간이었다. 게다가 역대 최연소였다. 뉴캐슬 아카데미의 스티브 하퍼 디렉터는 "진정한 잠재력과 재능을 지닌 젊은 선수"라며 기대감을 감추지 않았다.

1892년 창단한 뉴캐슬은 잉글랜드 1부 리그를 네 차례 제패하고 FA컵 트로피를 여섯 차례나 거머쥔 전통 명문이다. 전설적인 공격수 앨런 시어러와 한국 선수 기성용 등이 거쳐 갔고 2025년 기준 브루노 기마랑이스와 조엘린통 같은 스타들이 몸담고 있다. 2021년 무함마드 빈 살만 사우디아라비아 왕세자가 이끄는 사우디국부펀드(PIF)에 인수된 뒤 뉴캐슬은 2024/25시즌 리그컵에서 우승을 거둬 70년 무관을 끊어냈다. 그런 명문 팀이 고등학교를 졸업하지도 않은 나이에 K리그2 수원 삼성에서 뛰던 박승수를 데려간 것이다.

사실 그는 뉴캐슬뿐 아니라 여러 유럽팀의 관심을 한 몸에 받았다. 2024년 3월 그가 한국 17세 이하(U-17) 대표팀 소속으로 독일 전지훈련에 참여한 것이 기폭제가 됐다. 독일 바이에른 뮌헨과 호 펜하임, 오스트리아 잘츠부르크 등 각각의 U-19 팀들과 마련한 연 습경기에서 유럽 스카우터들의 눈을 사로잡으면서 그의 이름이 유 럽 전역에 퍼졌다.

잘츠부르크, 그라스호퍼(스위스), 발렌시아, 프랑크푸르트와 호 펜하임, 마르세유(프랑스) 등 유럽 10개 팀이 영입에 관심을 보였다. 영국 현지 매체에 따르면 프리미어리그에서도 울버햄프턴과 크리 스털 팰리스, 브라이턴뿐 아니라 첼시를 소유한 블루코, 맨체스터 시티를 소유한 시티풋볼 그룹이 군침을 흘렸다.

그가 수원 삼성에서 각종 최연소 기록을 갈아 치우며 성장을 거 듭하자 열여덟 살이 된 2025년부터 본격적인 제안이 쏟아졌다. 행 선지는 뉴캐슬과 덴마크의 미트윌란으로 압축됐다. 수원 삼성도 그 의 유럽행을 허락하면서 협상에 속도가 붙었다. 이미 한국 선수 조 규성과 이한범을 보유한 미트윌란은 높은 이적료를 제시하며 곧바 로 1군에서 활용하겠다는 뜻을 전했다.

FS코퍼레이션의 이수명 에이전트는 "승수가 그중에서 뉴캐슬을 선택했다. 그러면서 '자신 있다. 내 꿈의 무대가 프리미어리그다. 꼭 살아남을 테니 믿어달라'고 말했다"고 전했다. 박승수는 영국으로 건너가 뉴캐슬의 메디컬 테스트를 마친 뒤 7월 19일 글래스고 셀틱 파크에서 열린 뉴캐슬과 셀틱의 친선경기를 관중석에서 지켜봤다. 영국 매체 '뉴캐슬 월드'는 "박승수는 한국 축구계에서 킬리안 음바

　　　　　　　　　　　　　　　　이강인과 Z세대

페에 비유될 정도로 폭발적인 스피드를 지닌 선수다. 뉴캐슬이 여러 유럽팀과의 경쟁을 뚫고 영입을 앞두고 있다. 그는 이전에 바이에른 뮌헨에서 입단 테스트를 받고 잘츠부르크와 호펜하임, 발렌시아, 프랑크푸르트, 사우샘프턴 등의 관심을 받은 것으로 알려졌다"고 전했다.

그렇게 박승수는 브렌트퍼드의 김지수, 토트넘의 양민혁, 브라이턴의 윤도영 다음으로 10대 K리거로 프리미어리그로 직행한 해당 계보를 이었다. 그중 그는 최연소인 데다 K리그1 무대를 밟아보지 않고 순수하게 재능으로만 세계 최고 무대로 향한 경우였다.

"음바페가 '프랑스 박승수'로 불리는 날"

필자는 2025년 7월 프리시즌 경기를 위해 방한한 그와 단독 인터뷰를 진행했다. 뉴캐슬 선수단이 묵은 서울 여의도의 한 호텔에서 만났다.

실물이 훨씬 낫다는 말에 그는 "그런 말을 많이 듣는다"며 개구쟁이처럼 웃었다. 뉴캐슬을 택한 이유에 대해선 "뉴캐슬이 나에 대한 구체적인 플랜을 제시했다. 구단 역사를 소개하는 영상을 보내왔는데 뉴캐슬 팬들이 수원 삼성 팬들처럼 대단하고 멋져 보였다. 거기에 꽂혀 '저 팀에 가고 싶다'고 마음먹게 됐다"고 했다.

그는 친정팀인 수원 삼성 이야기를 꼭 써달라며 "유스 시절을 포함해 9년이라는 긴 시간 동안 사랑을 준 팬들에게 인사도 못 하고 떠나게 됐다. 이적을 적극 도운 팀 관계자들에게도 감사하다"는 말을 먼저 꺼냈다. "(당시) 싱가포르에서 아스널과의 프리시즌 경기를 소화하느라 수원 삼성의 경기를 챙겨보지 못했다. 하지만 경기를 마치고 휴대폰으로 가장 먼저 확인한 게 수원 삼성의 경기 결과였다. 버스 안에서 동료에게 '내 친정팀이 졌다'며 결과를 알려줬다."

그는 방한 직전인 7월 27일 뉴캐슬과 아스널의 프리시즌 경기를 벤치에서 지켜봤다. "(아스널의) 부카요 사카와 마르틴 외데고르, 데클란 라이스가 뛰는 모습을 눈앞에서 보고 있자니 믿기지 않았다. 특히 맥스 다우먼의 플레이에 놀랐는데 나보다 두 살이나 어린 2009년생 선수라는 점에 또 한 번 놀랐다." 전용기로 이동했느냐는 물음에 그는 "선수단하고 코치진만 타면 전용기죠?"라고 되물은 뒤 "좌석을 뒤로 젖히고 누워 갈 수도 있다"고 자랑했다.

뉴캐슬에서 받은 등번호는 64번. 남아 있던 배번 중에서 골랐지만 '6'과 '4'를 합하면 에이스를 뜻하는 번호 '10'이 된다. 승수라는 이름은 발음하기 어려워 팀 내에선 성인 '팍(Park)'으로 불린다.

"아직 영어가 완벽하지 않아 긴 대화는 못 하고 스몰 토크만 한다. 장난기가 많은 안토니 엘랑가와 윌리엄 오술라가 잘해준다. 앤서니 고든과 하비 반스는 조용한 편이고 산드로 토날리는 포스가 있다. 토트넘 출신인 키어런 트리피어가 '월드 클래스 쏘니(손흥민)의 나라에서 온 친구'라고 날 소개했다. 한국 남자는 군대에 가야 하는 것도 알더라. 하우 감독님은 '인조이(즐겨라)'를 강조하며 '문젯거리가 있으면 자기한테 말하라'고 했다."

"고든과 엘랑가 모두 스피드와 나가는 힘이 다르더라. 못 넘을 산은 아니라는 생각으로 따라잡아보려 한다. 나만 잘하면 무조건 기회는 온다고 생각한다. 그 기회를 잡아야 한다. 웨이트트레이닝으로 파워를 키우고 체중도 79킬로그램에서 84킬로그램으로 늘리겠다."

쿠팡플레이 예능 프로그램 'SNL'의 '신도림조기축구회'에도 출연한 이야기를 할 때는 "할리우드 액션을 선보일 때 함께 출연한 제이컵 머피 형이 연기를 잘했다. 난 개그와는 안 맞는 것 같다"며 웃었다

"한국에 나 같은 스타일은 없는 것 같다"고도 했다. 그는 "유튜브로 미토마 카오루와 킬리안 음바페(레알 마드리드)의 드리블을 찾아본다. 검색창에 영어로 'Mitoma'라고 치면 영상이 더 많이 나온다"고 했다. 브라이턴의 윙어 미토마 카오루는 드리블 솜씨로 프리미어리그를 휘젓고 있는 선수로 대학 시절 드리블을 주제로 논문까지 쓰고 동료 수비수의 머리에 캠을 달아 수비수가 드리블을 막을 때 뭘 보는지 연구할 정도다. 박승수는 "음바페가 '프랑스 박승수'로 불리는 날이 올 것"이라고 말했다. 농담도 패기가 넘쳤다.

최연소 기록 제조기

박승수는 수원 삼성의 유스팀인 매탄중과 매탄고를 나왔다. 2007년 3월생인 그는 매탄고 1학년이던 2023년 7월, 역대 한국 프로축구 역사상 최연소인 열여섯 나이에 수원 삼성과 준프로 계약을

맺었다. 이듬해 6월 프로 데뷔전이던 포항 스틸러스와의 코리아컵 16강전에선 어시스트를 올렸다. 그렇게 열일곱 살짜리 고교 2학년이 K리그의 각종 기록을 갈아 치웠다. 성남FC와의 경기에 나서 K리그 최연소 출전 기록(17세 3개월 5일)을 세우고, 며칠 뒤 안산 그리너스와의 경기에서 코너킥을 헤딩으로 연결해 K리그 최연소 득점 기록(17세 3개월 13일)도 경신했다. 이어서 천안 시티전에서 K리그 최연소 도움(17세 3개월 26일) 신기록도 세웠다. 그렇게 출범한 지 41년 된 K리그의 역사상 가장 빠른 페이스로 득점과 도움을 올린 선수에 등극했다.

2025년 5월 그는 천안 시티를 상대로 수원 현대의 홈구장인 빅버드에서 처음으로 선발 출전했으나 후반전에 교체 아웃됐다. 당시 벤치에 앉은 그가 두 손으로 얼굴을 가린 채 엉엉 우는 모습이 중계 카메라에 잡혔다. 그는 "경기력이 계속 마음에 안 들었다. 골 찬스도 놓쳤다. 갑자기 눈물이 났다"며 당시를 회상했다. 축구에 대한 열정과 승부욕을 단적으로 보여주는 장면이다. 사실 축구선수가 아니라도 직장 사회 초년생이라면 누구나 한 번쯤 겪는 성장통이다.

그해 2월엔 한국 20세 이하 대표팀의 막내로 중국 선전에서 열린 U-20 아시안컵에 참가해 보는 이들의 눈길을 사로잡았다. 조별리그 태국과의 경기에서 크로스로 김태원의 헤딩골을 도운 데 이어 후반 44분 골키퍼와 일대일로 맞선 상황에서 골까지 터뜨렸다.

"매탄고 스승이신 백승주 감독님의 지도하에 드리블을 많이 시도하다 보니 실력이 늘었다. 밖에서는 '오냐 오냐' 칭찬받으며 배웠

 이강인과 Z세대

다고 하지만 정말 많이 혼나기도 했다. 항상 월반을 시키며 적극적으로 하라고 독려해주셨다."

필자는 중학교 1학년 때부터 5년간 그를 지도한 은사 백승주 전 매탄고 감독을 2025년 11월 서울에서 만났다. 그는 제자의 학창 시절을 이렇게 회상했다.

"2019년 매탄중 감독을 지내던 시절에 초등학교 6학년이던 승수를 처음 봤다. 당시 스피드는 있는데 땅만 보며 드리블만 하고 이타적인 플레이를 못 했다. 하지만 내 눈엔 재능과 잠재력으로 치면 '1번(최우선)' 선수로 보였다. 중학교 1학년 일 년 동안 하고 싶은 만큼 드리블을 하라고 했다. 단, 어려운 상대를 맞닥뜨렸을 때 스스로 성찰하고 극복해나가라는 챌린지를 줬다. 2학년 때는 상대가 둘이 붙거나 등진 불리한 상황에서 패스를 주기보다는 드리블을 자신 있게 하라고 독려했다. 3학년 땐 이타적인 플레이로 공간 활용을 하고 인버티드(안쪽으로 파고드는) 연계하는 법을 가르쳤는데, 신기하게도 한 명을 건너가는 패스를 하고 드리블도 고개를 들고 하더라. 3학년 때 해당 연령대 중 넘버원이 되는 걸 보고 세계로 진출할 수 있겠다고 생각했다. 계속 월반시켜 중학교 2학년 때 3학년 경기를, 고교 1학년 때 3학년 경기를 뛰게 했다. 환경을 만들어준 다음, 제약하지만 않아도 어린 선수들이 성장할 수 있다고 믿는데 승수에게 그런 게 잘 먹혔다."

영국 카디프메트로폴리탄대에서 석박사 과정을 밟은 백감독은 "많은 한국 지도자가 콘을 놓고 패턴 훈련을 시키는데, 2016년 영국에 갔더니 그와 달리 '게임 베이스드 트레이닝', 즉 훈련도 실전처럼 시키더라. 리얼한 상황을 맞닥뜨려야지 실제와 동떨어지면 성장하지 못한다는 논리였다. 그래서 나도 그려준 대로 움직이기보다는 상황에 맞게 선택해야 한다는 주제로 논문을 썼다. 매탄중·매탄고를 맡은 뒤 게임 모델을 기반으로 방향만 정해주는 식으로 개인 능력을 특화했다. 승수의 드리블을 보면 때리는 척하면서 접을 때 각이 매우 크다. 지도자가 접는 각도나 타이밍을 명시하지 않았고, 스스로 수도 없이 많은 상황과 실패를 맞닥뜨리며 습득한 것"이라고 전했다.

박승수가 중학교 2학년 때 K리그 유스 챔피언십에 교체로 들어가면 상대 팀의 중학년 3학년 선수도 그를 잡지 못했다. 그런데 한 번은 울산 현대중과의 두 차례 경기에서 상대에게 잡혀 아무것도 못 한 적이 있다. 당시 그는 경기가 끝난 뒤 펑펑 울었다. 그렇게 본인을 성찰하는 시간을 통해 성장하고 또 성장했다.

2025시즌 K리그2 수원 삼성에서 뛰던 그는 주전이 아니었고 두 시즌 동안 25경기에서 1골 2도움을 기록하는 데 그쳤다. 그래도 그의 재능을 믿은 뉴캐슬은 계약금과 높은 연봉을 주고 영입했다. 각각 울버햄프턴과 셀틱으로 향한 정상빈과 오현규 다음으로 유럽 무대로 향함으로써 매탄고 출신 계보를 이었다. 백감독은 "개인적으로는 유럽의 중소 리그를 경험한 뒤 프리미어리그로 넘어갔으면 했으나, 승수가 워낙 도전하는 걸 좋아한다"며 "한국 축구 선수들의 고질적인 문제는 파이널 서드(축구장을 삼등분할 때 상대 골문에 가까운 지

이강인과 Z세대

역)에서 마무리가 안 된다는 점이다. 손흥민은 수비를 깨고 들어가 마무리하는 능력으로 그 레벨까지 올라갔다고 본다. 승수도 해낼 수 있게 특화돼 있다고 믿는다"고 했다. 이어서 당부의 말을 남겼다.

"GPS(위치정보시스템) 데이터를 보면 승수는 한 경기에 8~9킬로미터 정도 뛰는데, (그중) 1킬로미터가 스프린트(단거리 전력 질주)이고 대부분 공격 쪽에서 나온다. 수비만 강조하면 특징이 사라질까 봐 장점을 더욱 키우는 데 집중했다. 열다섯부터 열일곱 살 사이에 수비만 강조했다면 지금의 박승수는 없었을 것이다. 이제는 한계를 넘어 더 많이 뛰어야 한다. 수비가 부족하다는 지적을 받지 않게 더욱 노력해야 한다."

개막전 엔트리에 포함되다

2025년 8월 9일 영국 뉴캐슬어폰타인의 세인트제임스파크에서 열린 에스파뇰과의 친선경기에 박승수가 깜짝 선발 출전했다. 얼마 전 방한 경기에 그를 투입한 건 팬서비스 성격이 강했는데, 에디 하우 감독은 영국으로 돌아간 뒤 스페인 라리가 1부 팀과의 경기에 그를 기마랑이스와 댄 번, 머피 등 주전들과 함께 기용했다.

그날 자신의 주 포지션인 왼쪽 윙어로 나선 그는 에디 하우 감독에게 눈도장을 찍느라 과감한 플레이를 계속 시도했다. 전반 43분 왼쪽 측면을 돌파한 뒤 크로스를 올리고 후반 15분에도 방향을 바꾼 다음 크로스를 올렸다. 적극적으로 공을 요구한 그는 1-1로 맞선 후반 18분 홈팬들의 열렬한 박수를 받으며 교체 아웃됐다. 그는 그렇게 정확한 크로스를 두 차례 올리고 패스 성공률 95퍼센트(20회 중 19회), 드리블 성공률 75퍼센트(4회 중 3회), 볼경합 성공률 71퍼센트를 기록했다.

뉴캐슬 홈구장에서 첫선을 보인 그를 향해 호평이 쏟아졌다. '실즈 가제트'는 평점 7점을 부여하며 "뉴캐슬은 박승수를 필두로 흥미로운 공격을 전개했고 그가 공을 잡을 때마다 관중들은 환호성을 보냈다. 판단력을 다듬을 필요가 있으나 활력이 넘치고 공을 갖고 있을 때는 흥미진진했다"고 썼다. 지역 매체인 '크로니클 라이브'도 팀 내 공동 1위인 8점을 줬다.

그가 일주일 앞으로 다가온 2025/26시즌 프리미어리그 개막전 명단에 포함될 가능성은 열려 있었다. 실제로 8월 16일 애스턴 빌라와의 개막전에서 그는 교체 명단 8명에 포함됐다. 그날 벤치에서 출격하기 위해 대기했으나 아쉽게 결장했다.

그는 계속 1군에 잔류했으나 2라운드부터는 계속 명단에서 제외됐다. 뉴캐슬이 개막하고 3경기 연속으로 무승에 그친 상황에서 열여덟 살의 젊은 공격수가 기회를 얻기는 쉽지 않았다. 9월 잉글랜드 리그컵 3라운드 브래드퍼드시티(3부)와의 경기에도 출전 명단에서 제외됐는데, 하필 무릎이 좋지 않아 짧게 휴식을 취하는 시기였다.

그래도 21세 이하 선수는 언제든 콜업돼 프리미어리그 엔트리에 포함될 가능성이 열려 있다. 뉴캐슬은 그에게 1군 로커룸에 자리를 제공하고 적응을 돕기 위해 패밀리 하우스도 마련해줬다. 잉글랜드

   이강인과 Z세대

무대로 진출한 다른 한국 유망주들과 비교하면 대우가 달랐다. 뉴캐슬은 그를 타 구단에 임대로 보내는 대신 계속 U-21 팀에서 뛰게 했다. 그를 '홈 그로운(home grown) 제도'로 3년간 육성할 계획이다. 홈 그로운은 국적에 상관없이 15~21세 선수가 3년간 잉글랜드 및 웨일스 클럽에서 훈련할 경우 외국인 선수가 아니라 자체 육성 선수로 인정하는 제도다. 리그 측이 외국인 선수 등록을 제한하는 대신 국적에 상관없이 자체 육성 선수를 일정 수 이상 의무적으로 보유하게 하는 방침을 세운 터라, 팀들은 25명 중 8명을 홈 그로운 선수로 채워야 하고 이를 충족하지 못하면 부족한 만큼 등록선수 수가 깎인다. 유럽축구연맹 대회는 의무 등록 규정이 더욱 엄격하다. 박승수가 36개월 이상 잉글랜드에서 훈련을 받으면 홈 그로운 자격을 얻어 뉴캐슬 구단의 큰 자산으로 활용될 수 있다. 브라이턴과 계약한 뒤 엑셀시오르(네덜란드)로 임대된 윤도영과는 루트가 다르다.

뉴캐슬 U-21 팀

박승수는 뉴캐슬 U-21 팀 소속으로 각종 대회에 출전해 좋은 모습을 보였다. 2025년 10월 9일 내셔널리그컵에서 보스턴 유나이티드와 만났을 때는 전반 15분 전방으로 스루패스를 찔러줘 동료가 페널티킥을 얻어내는 데 기점 역할을 했다. 전반 39분엔 중원에서 개인기로 상대 선수 둘을 따돌린 뒤 침투 패스로 어시스트를 기록했다.

일주일 뒤 맨스필드타운과의 잉글랜드 풋볼리그(EFL) 트로피

경기에선 선발 출전했다. 그가 1-2로 뒤진 후반 추가시간 2분 왼쪽 측면에서 절묘한 아웃프런트 킥으로 전방 침투 패스를 찔러준 것을 팀 동료가 받아 골망을 흔들었다. 슈팅이 상대 선수를 맞고 굴절돼 자책골로 기록되는 바람에 그의 어시스트는 인정되지 않았다. 그는 이어진 승부차기에서 4번 키커로 나서 오른발 슛을 골문 오른쪽 구석에 꽂았다.

영국 매체 '풋볼 팬캐스트'는 2025년 10월 "박승수는 (뉴캐슬 1군 윙어) 안토니 엘랑가와 나란히 설 잠재력을 갖고 있다. 엘랑가처럼 속도와 힘을 갖췄고 공격 라인 전반에서 뛸 수 있을 만큼 다재다능하다"고 평가했다. 이어 "잉글랜드 풋볼리그 트로피 두 경기에서 매우 인상적인 활약을 펼쳤는데, 공을 다루는 창의성과 진취성에서도 가능성을 보였다. 드리블러의 자질을 갖췄다는 건 통계가 말해준다"며 "라민 야말(바르셀로나)과 비교하는 게 근거 없지 않고 그가 득점력까지 향상시킬 수 있다면 엘랑가를 넘어설 뿐 아니라 (동료들인) 앤서니 고든, 닉 볼테마데와 경쟁할 수도 있을 것이다. 창의성과 볼 감각은 뉴캐슬의 최상위 레벨 선수들과 같은 결이다. 시간문제일 뿐"이라고 했다.

박승수는 그해 10월 28일 프리미어리그2(21세 이하) 크리스털 팰리스와의 경기에서도 어시스트를 올리고 11월 9일 프리미어리그2 번리와의 경기에 나서는 등 U-21 팀에 머물며 경험치를 쌓고 있다. 뉴캐슬 U-21 팀 감독 로비 스톡데일은 "박승수는 정말 훌륭한 선수"라면서도 "마음이 아픈 부분도 있다. 영어를 잘하지 못하고 나도 한국어를 못 해 (그가) 힘든 부분이 있을 거다. 그에게 메시지를 전달하는 건 쉬운 일이 아니다. 모든 선수에게 학습이 필요하고 U-21 팀이 존재하는 이유"라고 했다.

같은 해 12월에는 UEFA 유스리그에서 레버쿠젠과 아틀레틱 클루브(스페인), 마르세유 등을 상대했다. 12월 31일 기준 리저브팀 (2군 및 21세 이하 팀)에서 15경기를 소화했다.

물론 그에게 여전히 뉴캐슬 1군 무대로 진입하는 벽은 높아 보인다. 뉴캐슬 구단은 2026년 1월 겨울 이적시장에서 그를 임대를 보내 경험을 더 쌓게 하는 게 나을지 고심하고 있다.

라면 먹는 세리머니

2025년에 잉글랜드 무대 마수걸이 골이 터지지는 않았다. K리그에서 뛸 때 그는 만화 '아기공룡 둘리'의 캐릭터인 마이콜이 기타를 연주하는 골 세리머니를 펼쳤다. 필자와의 인터뷰에서 그 얘기를 물으니 그는 그 세리머니를 계속할 생각이리머 웃었다. "(세리머니가) 촌스럽다는 의견도 있지만 마이콜이 (기타를 치며) '후루룩 짭짭, 후루룩 짭짭, 맛 좋은 라면' 노래를 부르는 세리머니를 밀고 갈 생각이다. 중학생 시절에 백승주 감독님이 (그런 세리머니를 하면) 라면 광고가 들어온다고 하셔서 그때부터 큰 그림을 그리고 있다. 신라면과 너구리를 좋아한다. 프리미어리그에서 골을 많이 넣고 세리머니도 자주 해 라면 광고를 찍고 싶다."

은사 백승주 감독도 "승수가 중학생 때 마이콜처럼 곱슬머리였다. 농담 삼아 기타 치는 세리머니를 추천했는데, 입을 삐쭉거리면서도 하고 이후 시그니처 세리머니로 밀며 즐기더라. 상대 팀의 벤치 앞에서 도발한 적도 있다"고 전했다.

드리블만 놓고 보면 그는 손흥민과 이강인을 잇는 역대급 재능이다. 키 184센티미터, 몸무게 79킬로그램의 체격은 손흥민이 열여덟 살 때 독일 함부르크에 합류했을 때의 체격과 비슷하다. 그는 2025년 8월 3일 토트넘 고별전을 마친 손흥민과 유니폼을 교환하지는 못했으나 자신의 유니폼에 사인을 받았다.

"대한민국 선수들뿐 아니라 전 세계 선수들 모두 손흥민 선수를 월드 클래스로 인정한다. 한국 축구를 이렇게 이끌어줘서 너무 감사하다. 나도 손흥민 선수처럼 모두가 인정하는 세계적 선수가 되고 싶다. 더 나아가 손흥민 선수보다 잘하고 싶다. 충분히 잘할 수 있다고 생각한다. 감독님의 전술 지시를 이해하고 동료들의 장단점을 파악해 프리미어리그에서 데뷔골을 넣는 날을 앞당기도록 이를 악물고 해보겠다. 실패한 모습으로 고국에 돌아가기는 싫다."

백감독도 끝으로 제자에게 새겨들을 말을 전했다.

"승수는 고속도로에 비유하면 너무 빨리 달려왔다. 빨리 데뷔하는 것도 좋지만 좌절과 기다림, 인내도 알아야 한다. 고등학생으로 프로에 올라갔을 때 출전하지 못해 (날) 찾아온 적이 있다. 당시에도 '팀은 필요한 선수만 뛰게 하는데 (네가) 부족한 이유를 고민해야 한다'고 조언했다. 승수는 드리블처럼 '가속'과 '감속' 모두 필요하다. 열매를 하나 주며 쟁취하는 연습을 시켜왔는데, 이제 본인의 노력으로 얻어야 할 시기다. 조만간 영국으로 건너가 런던에서 승수를 만날 계획인데 그때 많은 대화를 나누겠다.”

늘 태극마크를 꿈꾸는 그를 이민성 감독이 이끄는 한국 23세 이하 대표팀은 물론 홍명보 감독이 이끄는 A대표팀도 주시하는 것으로 알려졌다. 2025년 9월 필자와의 단독 인터뷰에서 홍명보 A대표팀 감독에게 ‘북중미 월드컵을 앞두고 깜짝 발탁이 있을까?’ 하고 물었다. 홍감독은 “유럽에서 뛰는 어린 선수들을 꾸준히 지켜본다. 예를 들면 박승수 같은 기대주들이 기회를 얻을 수도 있다”며 불쑥 그의 이름을 언급했다. 물론 “월드컵 때까지 어느 정도의 경쟁력을 보여주느냐가 중요하다”는 단서를 달았다.

한국 축구는 월드컵 본선에 11차례 연속으로 진출하는 과정에서 최종 명단에 10대 후반 내지 20대 초반의 신예를 꾸준히 발탁해 왔다. ‘즉시 전력’은 물론이고 미래까지 내다본 선택이었다. 1986년 멕시코 월드컵 당시 23세 조민국, 1990년 이탈리아 월드컵 당시 21세 이상윤, 1994년 미국 월드컵 당시 21세 조진호, 1998년 프랑스 월드컵 당시 19세 이동국과 20세 고종수 등이 발탁됐다. 또 2006년 독일 월드컵 당시 21세 박주영과 백지훈, 2010년 남아공 월드컵 당시 21세 이승렬, 2014년 브라질 월드컵 당시 22세 손흥민, 2018년 러시아 월드컵 당시 20세 이승우, 2022년 카타르 월드컵 당시 21세 이강인과 오현규(예비) 등이 뽑혔다. 이들처럼 깜짝 월드컵 행은 박승수 본인이 앞으로 어떻게 하느냐에 달렸다.

플레이어 박승수의 SWOT

보통 축구선수는 드리블을 한쪽으로만 치고 들어가는 경우가 많다. 그런데 그는 안과 밖 양쪽으로 치고 들어간다. 속도로 제치는 게 아니라 특유의 리듬감으로 상대의 타이밍을 뺏거나 테크닉과 순간 스피드로 벗겨낸다. 오른발과 왼발을 7대 3 정도 비율로 쓴다. 상대 수비수는 예측 불가능한 돌파를 허용할까 봐 가까이 달라붙지 못한다. 이수명 에이전트는 "승수의 가장 큰 장점은 상대와의 경합을 두려워하지 않는 저돌적 돌파다. 더불어 당돌하다"고 전했다.

간혹 무리한 돌파로 공격 템포를 끊어먹을 때도 있다. 그의 드리블 패턴을 읽은 상대 수비가 먼저 한쪽으로 가서 기다리기도 한다. 보통 그는 오른발로 밀어 넣고 때리는 척하면서 안으로 접고 들어가거나, 왼쪽으로 가 왼발로 때리거나 컷백을 한다. 그가 컨디션이 좋을 때는 상대가 드리블 패턴을 알고도 그의 속도와 타이밍을 막지 못한다. 몸싸움에서 어려움을 겪을 때도 있는 만큼 웨이트트레이닝을 통해 파워를 늘려야 한다. 골 결정력과 크로스도 보완해야 한다. 경험도 더 쌓아야 한다.

프리미어리그는 전 세계에서 가장 템포가 빠른 리그로 손꼽힌다. 스피드를 살려야 하는 역습 상황에서 그는 빠른 연계를 펼칠 능력이 있다. '손흥민 존(페널티박스 부근 좌우 45도)'처럼 그도 크로스하는 척 하면서 접은 뒤 오른발로 감아 때리는 능력이 있다. 최대 강점은 역시 아직 어리다는 점이다. 잉글랜드의 훈련장과 그라운드에서 태도와 열정도 매우 좋아졌다. 배운 시간보다 배울 시간이 더 많다.

그동안 프리미어리그에 진출한 한국 선수 중 황의조, 정상빈, 양민혁, 윤도영 등은 1부 무대에 데뷔하지 못했다. 그의 1군 데뷔도 기약 없이 길어지고 있다.

뉴캐슬 구단은 2025년 11월 박승수 측에 잉글랜드 챔피언십이나 독일과 벨기에 등에 임대로 보내는 걸 반대한다며 그는 다른 U-21 팀 선수들과 경쟁하는 데 그치지 않고 언제든 1군에 콜업될 수 있는 선수라고 재차 강조했다고 한다. 뉴캐슬은 시즌을 치를수록 경기 수가 많아지고 있다. 기회는 언제든 찾아올 수 있다. 다만 구단은 2026년 겨울 이적시장에서 임대를 보내 경험을 쌓게 하는 게 나을지 고심하고 있다고 한다. 앞날은 누구도 알 수 없다.

박승수

이강인과 Z세대

2000년대생 축구의 성장기와 세대교체

2026년 2월 10일 1판 1쇄 발행

지은이 박린, 정다워
펴낸이 임후성   **펴낸곳** 북콤마
디자인 *sangsoo*   **편집** 김삼수

등록 제2023-000246호
주소 (10449) 경기도 고양시 일산동구 호수로 336 103-309호
전화 031-955-1650   **팩스** 0505-300-2750
이메일 bookcomma@naver.com
블로그 bookcomma.tistory.com

ISBN 979-11-87572-54-1   03810

, BOOKComma